On ne joue pas avec la mort

Dernière Nuit à Montréal

EMILY ST. JOHN MANDEL

On ne joue pas avec la mort

Traduit de l'anglais (Canada)
par Gérard de Chergé

RIVAGES/THRILLER

Collection dirigée par François Guérif

RIVAGES

Retrouvez l'ensemble des parutions
des Éditions Payot & Rivages sur

www.payot-rivages.fr

Titre original : *The Singer's Gun*
(Unbridled Books)

Pour Kevin

Le spectacle des chars à Heathrow, l'aéroport de Londres, a modifié ma façon de voir. Avant qu'ils ne soient déployés – à l'époque innocente où les mesures de sécurité se limitaient à des policiers armés de mitraillettes –, un guide de voyage pouvait être frivole, stupide, familier ou conçu avec goût, cela n'avait guère d'importance. Après, chaque destination en vint à acquérir subitement une dimension infernale ; et chaque voyage, un élément de suspense parfaitement indésirable. L'évasion est devenue un problème en soi. Un guide de voyage sans danger – pour le corps, pour l'âme ou pour l'avenir – n'est absolument plus d'actualité.

… Nous avons besoin aujourd'hui de quelque chose de plus corsé : le guide de voyage qu'on peut lire en se frayant un chemin dans ce monde nouveau, inquiétant.

Michael PYE
The New York Times, 1ᵉʳ juin 2003

Dans l'un des bureaux d'une étincelante tour de verre aux arêtes vives, à New York, Alexandra Broden écoutait une conversation téléphonique. L'enregistrement ne durait pas plus de dix secondes, mais elle le réécouta cinq ou six fois avant d'ôter enfin son casque. Il était cinq heures et demie de l'après-midi et elle travaillait sans relâche depuis sept heures du matin. Elle ferma les yeux quelques instants, les doigts plaqués sur son front, et s'aperçut qu'elle entendait encore la conversation dans sa tête.

L'enregistrement commençait par un déclic : une femme décrochait son téléphone, lequel avait été mis sur écoute la veille du fameux appel. Une voix d'homme : *C'est fait.* Suit un bruit étouffé sur la bande – la femme qui retient son souffle – mais elle se contente de répondre par un simple : *Merci. On se rappelle bientôt.* Il raccroche et elle en fait autant trois secondes plus tard.

La femme s'appelait Aria Waker et la communication remontait à quinze jours. L'appel provenait d'un portable italien mais se révéla par ailleurs impossible à localiser. La police se présenta à l'appartement d'Aria quarante minutes après le coup de fil, mais elle avait déjà quitté les lieux et n'y revint jamais.

Broden alla prendre un café dans le hall, parla un peu de la saison de base-ball avec un collègue, puis regagna son bureau et remit son casque. Elle écouta une dernière fois l'enregistrement avant de donner un coup de téléphone.

– C'est tout ? demanda-t-elle à l'inspecteur qui lui répondit.

– C'est tout, Al.

– Ne m'appelez pas comme ça, s'il vous plaît. Et vous croyez qu'ils parlent d'Anton Waker ?

– Si vous aviez vu la tête que faisaient ses parents quand je suis allé les voir, le lendemain de cet appel, vous ne me poseriez pas cette question.

– Comment se passe l'enquête ?

– C'est l'horreur. Personne ne sait rien. Personne ne sait même comment s'appelait la jeune morte. (L'inspecteur soupira.) Enfin… ce n'est pas aussi moche que le dernier conteneur maritime dont nous nous sommes occupés.

– Je devrais sans doute m'estimer heureuse qu'une seule fille soit morte cette fois-ci. Écoutez, je vais aller interroger les parents.

– J'ai déjà essayé il y a deux semaines. C'est parfaitement inutile, mais ne vous gênez pas pour moi.

En traversant le Williamsburg Bridge, Broden, au lieu d'allumer la radio, appela sa fille de six ans. Tova était revenue de l'école et préparait des cookies avec sa nounou ; elle voulut savoir à quelle heure sa mère rentrerait.

– Avant que tu sois couchée, promit Broden.

Sur la rive opposée du fleuve, elle prit la bretelle de sortie pour Brooklyn et s'enfonça dans les rues tandis que se dressaient autour d'elle des entrepôts couverts de graffitis. Elle tourna en rond un bon moment avant de trouver le magasin : un vieil entrepôt en briques au coin d'une rue, près de l'East River, presque sous le pont, avec une inscription en lettres rouillées au-dessus des doubles portes – *Waker, récupération de matériaux architecturaux*. Elle se gara sur le côté du bâtiment et se dirigea vers le devant. Assise au bord du quai de chargement, une femme contemplait le fleuve et, à l'arrière-plan, Manhattan. Elle tourna lentement la tête quand Broden l'appela par son nom.

– Miriam Waker ?

– Oui.

– Madame Waker, je suis Alexandra Broden. Je travaille au Département d'État, service de la Sécurité diplomatique.

Elle gravit l'escalier métallique du quai de chargement et montra son insigne à la femme, qui ne le regarda pas : elle s'était remise à observer le fleuve grisâtre qui coulait paresseusement au-delà d'un terrain vague envahi de mauvaises herbes, de l'autre côté de la rue. Des cernes sombres soulignaient ses yeux et son visage était dépourvu de couleur.

– Excusez-moi de vous déranger, reprit Broden, mais j'aurais besoin de parler à votre fils.

– Il s'asseyait ici avec moi, dans le temps, murmura Miriam.

– Il est là ?

– En voyage.

– Pouvez-vous me dire où ?

– Dans un pays lointain.

Broden la dévisagea quelques instants avant de demander :

– Votre mari est-il là, madame Waker ?

– Oui.

Broden entra dans l'entrepôt.

– Celle-là a été repêchée dans la mer, du côté de Gibraltar.

Samuel Waker avait été interrompu alors qu'il repeignait une figure de proue. Il avait regardé Broden sans aménité à son entrée mais n'avait pu résister au désir de lui faire admirer sa collection. La figure de proue de Gibraltar représentait une femme au visage énergique émergeant de l'écume, les bras enfouis dans les plis de sa longue robe, laquelle était curieusement tronquée à l'endroit où la sculpture avait été fixée à un navire. Une autre figure de proue, récupérée au large de la France, avait tout le côté gauche lacéré par les récifs. Une autre encore avait été arrachée aux rochers, non loin du cap de Bonne-Espérance, et c'était celle que Samuel Waker s'employait à restaurer. La figure de proue du cap de Bonne-Espérance avait une chevelure flamboyante et des yeux d'un bleu terrible, implacable. Elle tenait dans ses bras un poisson gigantesque : à un bloc du fleuve le plus proche, il ouvrait vers le ciel sa gueule hoquetante.

— Celle-ci est-elle récente ? s'enquit Broden en examinant les écailles iridescentes du poisson. Elle a l'air en parfait état.

— Restaurée, dit Samuel Waker. Je l'avais déjà eue en magasin, je l'ai rachetée à un client.

Il se saisit d'une palette et, tout en conversant, entreprit de retoucher les cheveux de la figure de proue.

— Je n'en reviens pas de l'avoir récupérée, dit-il d'une voix empreinte de ferveur. Il se pourrait bien que je la garde pour moi, cette fois.

— Monsieur Waker, j'aurais voulu parler à votre fils.

— Sais pas où il est exactement. En voyage, pour autant que je sache.

Sa voix était ferme, mais la main qui maniait le pinceau tremblait.

— En voyage où, monsieur Waker ?

— En Europe, aux dernières nouvelles. Il n'a pas pris contact avec nous.

— Et votre nièce ? Vous lui avez parlé récemment ?

— Pas récemment, non.

— Monsieur Waker, dit Broden, un conteneur maritime a été déchargé la semaine dernière sur les docks de Red Hook. Il renfermait quinze jeunes filles d'Europe de l'Est qu'on faisait entrer clandestinement dans le pays, et l'une d'elles est morte pendant la traversée. Je pense que votre fils et votre nièce ont joué un rôle dans l'opération de transport.

— Je ne suis au courant de rien.

— Votre fils est-il mort, monsieur Waker ?

Le père d'Anton demeura silencieux un moment avant de répondre :

— Votre question est offensante. Je viens de vous dire qu'il est en voyage, et maintenant vous me traitez de menteur.

— Monsieur Waker…

— J'aimerais que vous partiez, dit-il calmement, sans la regarder.

À petits coups de pinceau précis, méticuleux, il retouchait la chevelure détériorée de la figure de proue.

— Je n'ai rien à vous dire, conclut-il.

Broden sortit dans la lumière vespérale. Le soleil se couchait sur l'île de Manhattan et Miriam Waker était une ombre au bord du quai de chargement, courbée sur sa tasse de café, les épaules affaissées. On était en novembre, il faisait frais mais son café ne fumait pas : il avait refroidi depuis longtemps et il y avait encore plus longtemps qu'elle n'en avait pas bu une gorgée. Broden s'assit à côté d'elle, mais Miriam Waker ne leva pas la tête.

— Madame Waker, je sais qu'un inspecteur vous a questionnée sur votre nièce il y a deux semaines. Est-elle entrée en contact avec vous depuis ?

— Non.

— Et votre fils ? Avez-vous parlé avec lui dernièrement ?

— Non.

— Madame Waker, je crains qu'il ne lui soit arrivé quelque chose.

— Je ne sais pas où est Anton. (Les yeux baissés sur sa tasse, elle parlait presque dans un murmure.) Je ne sais plus où il est.

— Eh bien… où était-il, la dernière fois que vous avez eu de ses nouvelles ?

— Sur l'île d'Ischia, répondit la mère d'Anton.

PREMIÈRE PARTIE

1

Pour des raisons qu'il était difficile d'analyser en détail, et *a fortiori* d'expliquer à sa femme à New York, Anton avait loué une chambre sur l'île d'Ischia pour la morte-saison. Moyennant cent euros par mois et l'obligation de laver lui-même ses serviettes, il se vit offrir une petite chambre peinte en bleu qui donnait sur la mer Tyrrhénienne, avec les côtes de Capri qui se découpaient par temps clair à la lisière du ciel. Les premiers jours, le silence lui parut miraculeux et il se dit qu'il avait peut-être enfin trouvé ce qu'il cherchait.

Son mariage avait été célébré six jours avant son arrivée sur l'île, au terme de fiançailles très longues et franchement désastreuses : Sophie se dénicha une robe, l'acheta, fut prise d'une crise de panique quand elle l'essaya à la maison et annula la cérémonie. Ce fut une manœuvre incroyablement onéreuse qui entraîna plusieurs dizaines d'heures de thérapie à trois cents dollars la séance et l'envoi de deux cents annulations d'invitations : « Le mariage de Sophie Berenhardt et d'Anton Waker a été remis à une date ultérieure pour raisons personeles. Merci de votre compréhension. » Elle l'informa qu'il y avait deux *n* à « personnelles », se lança dans la méditation transcendantale en sus de la thérapie et vint le voir un mois plus tard pour lui annoncer qu'elle avait eu une révélation : ils étaient destinés à se marier. Deux cent cinquante faire-part de mariage tout neufs furent envoyés, dans des dégradés de violettes de printemps ; les fleurs qui s'épanouissaient dans les coins du carton d'invitation, lui dit-elle, symbolisaient la renaissance. Anton venait de lire un article où on expliquait qu'à une certaine époque, des violettes épinglées au revers d'une jeune fille symbolisaient le lesbianisme, mais il préféra garder cette information pour lui. Deux cent une réponses arrivèrent sans provoquer d'incident. Sophie se présenta en larmes au bureau d'Anton, pendant sa pause-déjeuner, serrant dans son poing la deux cent deuxième. Le message disait simplement « Nous sommes tellement heureux pour toi ! Nous serons de la fête ! » et provenait d'une quelconque tante incontournable, mais il sut avant même qu'elle ait ouvert la bouche que le mariage était de nouveau à l'eau. Elle avait le trac, expliqua-t-elle. Il n'y était pour rien. Elle avait juste besoin d'un peu de temps.

– Parce que j'aime sincèrement Sophie, répondit-il à la question que lui posait son ami Gary.

Il décommanda le traiteur et la salle de réception et envoya deux cent cinquante annulations d'invitations sur papier en dégradés de bleu. La formulation de ces cartons était pratiquement la même, sauf qu'elle ajouta un *n* à « personnelles » et qu'Anton remplaça le mot « ultérieure » par le mot « indéterminée » juste avant d'envoyer le texte à l'imprimeur, ce qui lui valut de passer deux nuits sur le canapé. Six semaines durant, ils s'employèrent poliment à éviter le sujet. Il ne savait pas trop que faire ; d'un autre côté, il avait toujours su qu'elle était versatile et il aurait dû sentir venir cet énorme gâchis. Épouser Sophie était la seule ligne de conduite qui lui parût honorable. Il vivait dans d'étranges limbes au sein desquels il n'arrivait pas à se rappeler s'il l'aimait ou non, et il avait parfois l'impression de perdre la raison. Il faisait d'interminables promenades dans les rues de Manhattan et ne dormait pas bien. Le soir, pendant que Sophie s'exerçait, il passait beaucoup de temps avec son chat ; allongé sur ses cuisses, Jim ronronnait pendant qu'Anton lisait.

Leurs amis déployaient un zèle absurde pour éviter de parler du mariage. Tout le monde se montrait formidablement compatissant. Les factures de la thérapie étaient faramineuses. Les sujets de conversation semblaient changer brusquement quand ils entraient dans une pièce où leurs amis bavardaient. Il faisait de son mieux pour la protéger de cet environnement et pour rendre la situation générale aussi agréable que possible – café au lit le matin quand c'était faisable, fleurs tous les samedis – et il voyait bien que Sophie, de son côté, s'efforçait de limiter au maximum les lugubres accents de son violoncelle, ce dont il essayait de lui être reconnaissant. Assis sur le canapé, face à la porte fermée du studio de Sophie, le chat sur ses genoux, il s'abîmait dans l'indicible beauté de la musique qu'elle jouait.

– Je ne voudrais pas dire une lapalissade, mais ce n'est pas la même chose d'être impressionné par le talent d'une femme et d'en être amoureux, déclara Gary lorsque Anton lui annonça, à la fin du printemps, que Sophie était enfin prête à se marier. Mais que diable, la troisième fois sera peut-être la bonne ?

– La troisième fois sera plus ou moins la limite de ma patience, dit Anton.

Par la suite, il tenta de faire passer ce message à Sophie en termes beaucoup plus diplomatiques (« Je ne voudrais pas te mettre la pression, mon cœur, mais... »), ce qu'elle sembla prendre très bien sur le moment, sauf qu'elle s'enferma pendant des jours dans son studio pour y jouer ce qui ressemblait à une musique d'enterrement. Lorsqu'il entrebâilla la porte pour voir si elle avait envie d'en parler avec lui, elle se borna à murmurer : « Je travaille » sans lever les yeux de sa partition, ce qui contraignit Anton à refermer la porte parce qu'il était convenu entre eux que, lorsque Sophie travaillait, on ne pouvait pas lui adresser la parole. Il fit de longues promenades, s'adonna à la lecture dans des cafés, alla boire des verres avec Gary et fit très peu de progrès cette semaine-là, dans quelque domaine que ce fût.

Quand il téléphona au directeur de la salle de réception qu'il avait louée pour les deux précédentes tentatives de mariage, celui-ci éclata de rire et lui raccrocha au nez. Anton se rabattit alors sur une nouvelle salle, un peu plus chère, qui avait été son premier choix depuis le début ; il envoya par courrier trois cents nouvelles invitations avec une combinaison de couleurs totalement différente, parvint à convaincre Sophie que ce serait sans doute préférable qu'elle le laisse gérer les réponses cette fois-ci, après quoi il relança les opérations traiteur, décoration florale et musique de mariage. Sophie avait d'anciens amis de la Juilliard School[1] qui jouaient dans un groupe de rock pour arrondir leurs fins de mois ; au mépris de sa conviction intime, Anton les engagea, en essayant de ne pas penser au genre de musique que cela pourrait donner.

Les trois cents invités répondirent presque immédiatement, tous de façon positive – et la plupart, subodora-t-il, par pure curiosité – et Sophie paraissait heureuse et anormalement calme, même si, le soir, elle jouait beaucoup de musique moderne frénétique et atonale. Le jour J, elle fut une véritable apparition, boucles brunes et soie blanche et décolleté plongeant, collier bleu sur peau pâle. Le mariage fut célébré le soir, dans une église éclairée par près de mille bougies, et le temps s'écoula étrangement dans le clair-obscur. Anton la regardait remonter majestueusement la nef centrale, il y avait tellement de roses que leur parfum, mêlé à la fumée des bougies, lui donnait le tournis, puis elle était à côté de lui, ils écoutaient le prêtre et Anton n'arrivait pas à retenir un seul mot de ce

_____

1. École de spectacle (musique, danse, art dramatique) de réputation internationale, basée à New York. *(N.d.T.)*

qu'il disait. Sophie était un mirage à la lueur des chandelles et il se tenait à côté d'elle dans une sorte d'animation suspendue, il l'embrassait, Gary n'avait pas oublié les alliances, *Je vous déclare maintenant mari et femme.* L'orchestre était loin d'être aussi mauvais qu'Anton ne l'avait craint, son costume de marié tout neuf le gênait moins pour danser qu'il ne l'aurait cru, ils restèrent à la réception jusqu'à trois heures du matin, par moments il s'entendait rire et avait l'impression d'observer la scène de loin.

À présent, le temps semblait passer très rapidement. Il but du champagne et dansa avec la mariée. Son amie Ilieva lui mit derrière l'oreille une fleur qu'il laissa en place pendant une heure. Tout au long de la soirée, il se sentit étrangement tranquille, plus calme que n'aurait dû l'être à ses yeux un homme qui se marie – mais ce fut seulement le lendemain, à dix mille mètres au-dessus de l'océan Atlantique, Sophie endormie dans le siège voisin, qu'il se rendit compte qu'il avait confondu calme et indifférence. Maintenant qu'il y réfléchissait, il n'était pas calme du tout. Non pas qu'il fût tombé en désamour – *indifférence* n'était pas le bon mot, c'était à la fois plus doux et plus précis –, mais il n'était pas sûr du tout non plus d'avoir eu raison de l'épouser. Sa femme exténuée continua de dormir sans se douter de rien.

Il passa à l'action sur l'île d'Ischia. Ils arrivèrent dans le petit village de pêcheurs de Sant'Angelo en fin de matinée ; un taxi les déposa devant une arcade au-delà de laquelle les voitures n'étaient pas autorisées, et ils traînèrent leurs valises dans une ruelle pavée jusqu'à un hôtel rose situé au bord de l'eau. C'était un petit bâtiment à un étage, avec une demi-douzaine de chambres au premier et un restaurant au rez-de-chaussée. Il n'y avait pas de réceptionniste ; le propriétaire, Gennaro, un homme d'une cinquantaine d'années qui souriait en permanence, prenait les réservations à partir d'un téléphone installé dans un couloir, près de la porte. Le couloir menait au restaurant et un escalier conduisait aux chambres.

Une fois installés, ils passèrent la journée à baguenauder dans les rues de Sant'Angelo, qui se révéla être le plus bel endroit qu'Anton eût jamais vu. Le village était interdit à la circulation et n'aurait d'ailleurs pas pu accueillir de voitures ; les rues escarpées qui partaient du port étaient des couloirs à ciel ouvert séparant les maisons aux murs pastel et, par endroits, les pavés inégaux se transformaient en escaliers. On apercevait des jardins clos à travers des grilles en fer forgé, des vignes vierges se déversaient par-dessus les murs en plâtre. Au détour d'un chemin, ils virent scintiller la mer, loin en dessous d'eux, tandis que des bateaux aux couleurs vives se balançaient sur les eaux d'un bleu transparent. Trois cafés se faisaient concurrence sur une grande place aérée et, du haut de la colline qui surplombait le port, leurs parasols formaient des carrés et des cercles blancs aveuglants sous le soleil. Sophie et Anton dînèrent au restaurant de l'hôtel et se couchèrent de bonne heure ; le lendemain matin, ils descendirent sur la place et passèrent un moment ensemble à lire le journal et à boire du café.

– Tu sais, dit Anton du ton le plus dégagé possible, je pensais peut-être rester ici quelque temps.

Elle leva les yeux de son café *latte*.

– Nos billets d'avion sont pris pour jeudi. Nous devons retourner à Rome demain.

– Je me disais que si je restais ici encore un peu... (Il s'efforça, en vain, de ne pas souligner le *je* trop cruellement.)... je pourrais mettre mon livre en chantier. Tu sais, écrire pour de bon pendant quelque temps.

– Tu écris un livre ?

– Un guide de voyage d'un nouveau genre. J'avais bien l'intention de t'en parler. Je n'arrive pas à m'y mettre à la maison, mais l'atmosphère de cette île...

– Un guide de voyage d'un nouveau genre, répéta-t-elle.

– « Nous avons besoin aujourd'hui de quelque chose de plus corsé », déclara-t-il.

Il citait une critique qui avait paru dans le *New York Times* quelque temps auparavant, mais il déduisit du regard effaré de Sophie qu'elle ne l'avait pas lue. Il poursuivit néanmoins :

– « Le guide de voyage qu'on peut lire en se frayant un chemin dans ce monde nouveau, inquiétant. »

– C'est ça que tu écris ?

– Eh bien… je n'ai pas encore commencé. Mais ici, tu vois, à l'abri des distractions…

– Si tu n'arrives pas à l'écrire à New York, Anton, tu ne pourras pas davantage l'écrire ici.

– Bukowski, dit-il. J'aime bien sa formule.

– Laquelle ?

– N'est-ce pas lui qui a dit qu'on doit pouvoir écrire en pleine apocalypse avec un chat qui vous griffe le dos ? Quoi qu'il en soit, je pense…

– Non, il a dit que si on veut créer, on doit créer avec un chat qui vous grimpe sur le dos pendant que toute la ville tremble, ravagée par un tremblement de terre, des bombardements, une inondation et un incendie.

– Ah…, fit-il.

Elle le considéra en silence.

– Comme je te le disais, je pensais… je pense que ça pourrait être une bonne chose, après tout ce que nous avons traversé, cette période si intense avec le mariage et tout le reste, les annulations, je me disais qu'on devrait peut-être se séparer un moment. Enfin… quand je dis un moment, je veux dire pas longtemps, mettons juste deux semaines. Sophie, je t'en prie, ne pleure pas.

– Je ne pleure pas.

– Tu dois me détester, reprit-il. Faire une pareille suggestion pendant notre voyage de noces !

– Non.

Elle farfouillait dans son sac.

– Laisse tomber, dit-il, je vais payer le café. Ça va ? Réponds-moi honnêtement.

– Très bien, répondit-elle d'un air absent, sans lever la tête.

Son sac à main finit par lui livrer un horaire des ferries. Elle le parcourut, consulta l'antique montre-bracelet en or que ses parents lui avaient offerte en cadeau de fiançailles, se leva de table et quitta la place sans regarder Anton. Le temps qu'il trouve un billet de dix euros dans son portefeuille, elle avait disparu. Il laissa l'argent sur la table et se lança à sa poursuite, s'engouffra dans l'hôtel et s'aperçut, arrivé au pied de l'escalier, qu'elle n'y était pas entrée. Quand il ressortit dans le soleil, clignant des paupières, elle avait déjà parcouru la moitié de la route qui menait hors du village. Il la rattrapa à l'instant où elle montait dans un taxi.

– Qu'est-ce que tu fais, Sophie ?

Il songea qu'il ne l'avait jamais vue aussi calme et se demanda si, en définitive, elle ne s'épanouissait pas dans les catastrophes.

Elle dit quelques mots en italien au chauffeur, qui acquiesça et lança le moteur. Désemparé, Anton grimpa à côté d'elle et claqua la portière.

– Allons, Sophie, ce manège n'est pas nécessaire. Tes bagages ? Et ton passeport ?

– J'ai mon passeport dans mon sac, dit-elle, et tu pourras disposer de mes bagages à ta convenance.

Elle n'ouvrit pas la bouche pendant le restant du trajet jusqu'à la gare maritime. Anton, qui était assis dans le minivan côté littoral, contempla par la vitre le méli-mélo d'hôtels et de villas avec la mer à l'arrière-plan, songeant à l'intense beauté de la mer et à toute la crasse et la vulgarité qui l'en sépa-raient. Arrivée à la gare, Sophie ne parla pas davantage. Il voulut l'embrasser, mais elle se déroba et monta à bord du ferry sans lui dire un mot tandis qu'il restait planté, incertain, sur le rivage.

Son départ : debout sur le ferry qui s'écartait de lui pour voguer vers Naples, elle le regarda fixement. Elle arborait un demi-sourire qui, il le sentait, voulait véhiculer quelque chose – chagrin, espoir, reproche ? – mais il ne put le supporter et se détourna presque aussitôt, à un moment où les traits de Sophie et son demi-sourire étaient encore bien visibles et le bateau, encore bruyant sur l'eau. Il se rendit compte par la suite que c'était à cet instant précis que le cordon qui les reliait avait fini par craquer.

Il se surprit à répéter ce mouvement, à intervalles plus ou moins réguliers, au cours des semaines qui suivirent, essayant de retrouver la clarté de cet instant à la gare maritime. Par exemple, posté sur la route de Sant'Angelo, face à la mer, il se détournait très lentement du coucher de soleil, avec application, mais il était invariablement déçu par le manque d'irrévocabilité de ce geste.

Pendant ses deux premières semaines à Ischia, il fit très peu de chose. Une fois qu'il eut expliqué au directeur de l'hôtel qu'il envisageait de rester quelques semaines, voire davantage, et qu'il eut négocié un arrangement pour la morte-saison – « Vous m'aiderez à surveiller les lieux, oui ? » proposa le directeur – la question de savoir ce qu'il allait faire ensuite resta en suspens au-dessus de sa tête comme un nuage noir de bande dessinée. Il attendait un événement, et le fait d'y penser sans arrêt occultait tout le reste. Il avait des idées sur son guide de voyage mais était trop distrait pour écrire quoi que ce soit. La chambre était si petite qu'il souffrait de claustrophobie s'il n'ouvrait pas les portes du balcon, mais à ce moment-là la mer était trop bleue, l'air trop lumineux, et en moins de deux il se retrouvait dans l'un des cafés de la place avec un verre de café et l'*International Herald Tribune*, à lire, à absorber la lumière du soleil, à faire des mots croisés et à observer les bateaux. Anton avait déjà lu tous les livres qu'il avait apportés, ce qui posait un problème, d'autant qu'il avait énormément de temps à tuer. Il était surpris de voir à quel point son chat lui manquait. Il avait sauvé Jim alors que celui-ci était encore un chaton, deux ans plus tôt ; depuis lors, l'animal était dans sa vie une présence orange, borgne, éperdue d'adoration. Anton faisait de longues promenades en haut des escaliers du village, passant devant des maisons et des jardins qui s'étageaient à flanc de coteau, et il passait des heures le soir assis près du port. Quand la nuit était claire, Capri était un semis de lumières au loin. Il la voyait de sa chambre mais préférait être en bas, à proximité du port, où il pouvait marcher jusqu'à la lisière de la place, tourner le dos à Capri et imaginer qu'il n'y avait rien entre lui et la côte nord de l'Afrique. Il nourrissait le vague dessein de fuir en Tunisie.

— Tu fais une dépression nerveuse ? lui demanda Gary au cours d'une conversation téléphonique qui grésillait à cause de l'énorme distance.

— Non, répondit Anton.

Il était adossé à un mur, près du téléphone public de la place de Sant'Angelo, à observer les bateaux qui tanguaient en silence sur les vaguelettes du port. À imaginer les lignes télé-phoniques qui s'étiraient sous la mer Tyrrhénienne. La place était déserte. Il y avait des gens attablés dans un café proche, fréquenté surtout par des pêcheurs, mais les boutiques et les restaurants étaient grillagés et plongés dans l'obscurité. Le vent du large était froid.

— Tu me le dirais, hein ? J'ai été ton témoin de mariage, tout ça.

— Évidemment. La question n'est pas déraisonnable.

— Qu'est-ce que tu as dit au bureau ?

— Ce que j'ai dit au… ? Ah ! Au bureau. Ils ont sans doute compris, à l'heure qu'il est.

— Tu ne les as pas prévenus que tu abandonnais ton job ?

— En fait, c'est le job qui m'a abandonné en premier. Et j'ignorais moi-même avant de partir que je ne reviendrais pas.

– Donc, tu ne reviendras pas.

– Je n'en sais rien.

– Tu peux comprendre qu'un ami inquiet en déduise qu'il y a quelque chose qui cloche, dit Gary. Même un ami qui n'aurait pas été ton témoin il y a deux semaines.

– Je peux, oui.

– Quelles sont tes ressources, là-bas ?

– J'attends de l'argent bientôt. La vie n'est pas chère. J'ai de quoi subsister un bon moment ici.

– Combien de temps ?

– Je ne sais pas. Écoute, je n'ai plus envie de parler de ça. Je te rappellerai.

Anton raccrocha et se dirigea vers la lisière de la place pour regarder les bateaux.

L'emploi d'Anton avait commencée à s'évaporer au début de l'été, lentement d'abord, puis à une vitesse croissante, jusqu'au jour où il s'était retrouvé seul dans une pièce où on stockait les dossiers d'archives, à l'entresol de la tour où il travaillait. Le processus démarra le jour où sa secrétaire disparut, même si on ne pouvait pas prévoir à ce moment-là que les événements s'enchaîneraient si rapidement ; cela se passait début juin, et la troisième et ultime tentative de mariage venait d'être programmée pour la fin du mois d'août.

Anton était le responsable d'une petite unité de recherche dans une société de conseil pour les réseaux internationaux de distribution d'eau. Jusqu'à présent, la plupart des projets de la firme avaient concerné des villes du désert telles que Las Vegas et Dubai, où un quelconque visionnaire irréaliste avait un jour touché un point sur la carte en disant : *Là*. Tant pis si l'endroit pointé sur la carte était inhabité pour une bonne raison : « Mais il n'y a pas d'*eau* là-bas ! » protestait un inévitable ronchon, et c'était à ce moment-là qu'intervenait Water Incorporated. Ils effectuaient aussi des travaux dans d'autres petites villes moins glamour, un peu partout dans le monde, de la Suède jusqu'au Montana, où il y avait des aqueducs qui fuyaient et des problèmes d'épuration des eaux. Mais le contrat pour New York City était passablement inhabituel, et les détails donnèrent le frisson à Anton lorsqu'il les lut : la plus grande partie des presque cinq milliards de litres d'eau qui coulent chaque jour dans la ville de New York sont fournis par deux canalisations, achevées respectivement en 1917 et en 1935. Ces conduites sont devenues si fragiles, au fil du temps, qu'on ne peut pas interrompre l'alimentation pour effectuer les travaux d'entretien de routine ; les canalisations restent intactes uniquement grâce à la pression de l'eau qui se déverse au travers, et le réseau perd en fuites cent trente-six millions de litres par jour. Une troisième canalisation est en chantier depuis 1970, mais nul ne peut prédire si elle sera terminée avant que les deux autres, plus anciennes, ne finissent par lâcher. Si les deux premières conduites devaient céder avant que la troisième ne soit prête, cela rendrait New York inhabitable du jour au lendemain, l'alimentation en eau potable étant interrompue. Le contrat de Water Incorporated prévoyait de faire un point de la situation et de présenter des recommandations sur la façon d'approvisionner temporairement en eau potable les habitants de la ville, dans les vingt-quatre heures, en cas de problème de canalisation catastrophique.

– Vous avez tous de quoi être fiers, déclara le directeur d'Anton à son personnel réuni pour l'occasion. C'est votre bon travail qui nous a permis d'en arriver là.

Il était monté sur une chaise pour s'adresser à ses troupes. Le contrat pour New York City avait été annoncé la veille et une petite fête était organisée au bureau pour célébrer l'événement. Anton buvait du vin avec deux membres de son équipe : Dahlia, avec qui il aurait bien aimé boire un verre plus souvent s'il n'avait pas déjà été fiancé, et Elena, son assistante, dont il était secrètement amoureux depuis qu'il l'avait rencontrée dans des circonstances criminelles, deux ans et demi plus tôt.

– Maintenant, comme vous l'imaginez bien, poursuivit le directeur, les systèmes que nous allons être amenés à étudier présenteront un intérêt significatif pour des terroristes.

Il prononça le mot *terroristes* en baissant un peu la voix, comme s'il pensait qu'al-Qaida pouvait donner une petite fête concurrente dans un bureau voisin.

– Il est question ici de l'alimentation en eau potable de la ville de New York. Donc, au cours des prochaines semaines, avant le démarrage du projet, nous procéderons à une vérification des antécédents de tous les employés qui seront impliqués dans ce programme. C'est une nouvelle réglementation.

Anton s'excusa et se rendit aux toilettes pour s'asperger la figure d'eau froide et scruter son reflet dans le miroir. Une vérification des antécédents... Il se sentait aussi pâle qu'il en avait l'air. Les jours qui suivirent la petite fête au bureau, la vie continua normalement ; mais trois semaines plus tard, en arrivant au travail un lundi, il découvrit que sa secrétaire avait disparu. Un spécimen blond qu'il ne connaissait pas avait pris sa place dans le box.

– Où est Elena ? s'enquit-il.

L'usurpatrice, qui mastiquait un chewing-gum, le regarda d'un air dégoûté.

– Qui êtes-vous ?

– Je suis Anton Waker et ceci est mon bureau. Vous êtes assise dans le fauteuil de ma secrétaire.

– On ne m'a parlé d'aucun Anton, répliqua-t-elle. On m'a dit que je secondais Louise et Jasper.

– C'est Gaspar, pas Jasper. Je crains qu'on ne vous ait mal informée. Où est Ellie ?

– Qui est Ellie ?

– Elena James ? Ma secrétaire ?

– C'est moi, votre secrétaire.

– Vous venez de me dire le contraire.

– Mais vous, vous avez dit qu'on m'avait mal informée.

Il entra dans son bureau et ferma la porte derrière lui. Assis à sa table, il parcourut pendant quelques minutes les rapports de recherche de la veille, passa une demi-heure au téléphone avec Sophie qui pleurait parce que quelqu'un, dans la queue à la boulangerie, lui était passé devant, et elle détestait les gens et pourquoi tout le monde était-il toujours si méchant et si horrible – et quand il s'aventura dehors, quelques heures plus tard, la nouvelle secrétaire n'était plus là. Il entendit sa voix à un bout du couloir et partit dans la direction opposée pour l'éviter. Plus tard dans l'après-midi, il demanda à Dahlia si elle avait avancé sur le rapport qu'elle était censée rédiger, à quoi elle répondit qu'on lui avait enjoint de rendre compte désormais directement à Gaspar, du département Réglementation et Conformité.

– Mais vous ne travaillez pas dans ce service, objecta-t-il.

Elle parut embarrassée mais ne trouva aucune explication à lui fournir. C'était juste ce qu'on lui avait dit. Quant aux sept autres subordonnés directs d'Anton, ils lui dirent la même chose, d'un ton gêné, les yeux baissés. En réalité, personne ne savait rien. C'était embarrassant. La compassion qu'il lisait dans leurs yeux lui donna envie de frapper quelqu'un. Il pouvait difficilement traverser le couloir et aborder le sujet avec Gaspar (« Alors comme ça, il paraît que maintenant tous mes collaborateurs dépendent de vous ? »), et ses coups de fil répétés à son supérieur demeurèrent sans effet (« Je suis désolée, Anton, il est encore en réunion. Voulez-vous que je prenne un autre message ? »), si bien qu'il passa la journée dans son bureau, porte close, à attendre un mémo explicatif qui n'arriva jamais. Lorsqu'il s'en alla, à cinq heures, les membres de son équipe assistaient à une réunion à laquelle il n'avait pas été convié. Il entendit, à travers la porte de la salle de conférences, le rire de Dahlia et la voix étrange de la nouvelle secrétaire. Il se sentit très mortifié durant tout le trajet jusque chez lui.

Sophie répétait ; il entendit le violoncelle à travers la porte de son studio. Il alluma la télévision et l'éteignit aussitôt, commanda un repas malais et le mangea seul, en silence, lut un moment le journal du matin et passa du temps avec le chat, mangea quelques cuillerées de crème glacée, resta pendant deux heures dans le salon, sous le charme de la musique que jouait Sophie. Quand celle-ci émergea de son studio, vers dix heures du soir, il parla avec elle des gros titres des journaux, se brossa les dents, l'embrassa, dormit d'un sommeil agité et retourna au bureau à neuf heures moins le quart. Un responsable des ressources humaines l'accueillit à la porte de son bureau. Jackson avait à peu près l'âge et la carrure d'Anton, mais il était toujours un poil mieux habillé. Il avait une façon de sourire un rien trop rapide, et Anton l'avait toujours trouvé assez louche.

– Anton, dit-il d'une voix hésitante. Ça fait plaisir de vous voir.

– Bonjour, Jackson. Savez-vous où sont passés mes collaborateurs ?

Jackson sourit.

– Je crois qu'ils sont tous en réunion. Puis-je vous parler cinq minutes ?

– Si ce sont mes collaborateurs, dit Anton, et s'ils sont en réunion, comment se fait-il que je n'aie pas été moi-même convié à cette réunion ? Je suis censé être leur supérieur ?

Malgré lui, la dernière phrase sonna comme une question.

Jackson continua de sourire au lieu de répondre, mais son sourire était crispé ; il avait l'air d'un homme qui aurait préféré être n'importe où ailleurs ou presque. Anton ferma la porte de son bureau derrière eux. Il se demanda si c'était la dernière fois qu'il allait s'asseoir derrière cette table, et il jeta un coup d'œil sur le diplôme accroché au mur pour se donner du courage. Jackson prit place dans l'un des fauteuils, en face de lui.

– Anton, je me rends bien compte que le timing est un peu malheureux, mais…

– Le timing de quoi ?

– Comme vous le savez, nous avons récemment vérifié certains antécédents.

– Oui, pour empêcher des cellules terroristes d'infiltrer l'entreprise, badina Anton (mais Jackson ne sembla pas trouver la boutade aussi amusante que lui). Bien. Y a-t-il certains points que je puisse clarifier pour vous ?

– Oui, Anton. Écoutez, ça risque d'être embarrassant, mais il serait préférable que nous puissions parler le plus franchement possible.

– De… ?

– Eh bien, commençons par vos études universitaires.

– Pas de problème. Harvard.

Jackson sourit de nouveau, mais c'était un sourire d'un genre différent, qui recelait – pensa Anton – une once de tristesse.

– D'accord.

Il se leva, lissant de la main des plis imaginaires sur le devant de sa veste de costume.

– Eh bien, dit-il, nous en reparlerons bientôt. J'ai entendu dire que vous alliez vous marier ?

– Fin août, répondit Anton.

– Félicitations. Allez-vous quelque part après ?

– En Italie. Rome, Capri, Ischia.

– Ischia. C'est une île ?

– Oui. Dans la baie de Naples.

Les jours qui suivirent cette première conversation avec Jackson, Anton se surprit parfois, en se rendant au bureau, à fermer les yeux dans le métro et à essayer de se concentrer sur tout ce qui n'était pas encore saccagé dans sa vie. Il y avait une idée qu'il entretenait depuis maintenant des années, mais plus particulièrement ces derniers temps, selon laquelle tout ce qu'il voyait contenait une étincelle de divinité, ce qui conférait à la ville une aura éclatante. Après tout, la déchéance n'était pas dépourvue de beauté, et il paraissait encore plausible à ce moment-là que tout finisse par rentrer dans l'ordre, que la vérification de ses antécédents n'ait rien révélé d'intéressant, que sa secrétaire d'origine puisse réapparaître d'un instant à l'autre. Facile de se réfugier dans cette notion de sainteté, avec tant de choses encore possibles et tant de choses en jeu.

Au départ, l'idée que tout puisse avoir une aura de sainteté lui était venue de sa mère, qui lisait un dimanche après-midi des extraits d'un ouvrage sur la philosophie de Spinoza. Il n'avait à l'époque pas plus de douze ans et ils étaient assis côte à côte sur le quai de chargement. Elle lui lisait un texte impénétrable dont il ne comprenait pas la moitié des mots ; à un moment donné, elle leva les yeux et vit l'expression déconcertée de son visage.

– Écoute, lui dit-elle, je sais que le langage est compliqué, mais aucun de ces mots n'est important. Ce qui compte, c'est l'idée : il dit que Dieu n'a pas créé l'univers, mais que Dieu *est* l'univers. Tu comprends ?

– Oui.

Regarde ma sainte fiancée le matin, pâle, ses yeux filant dans tous les sens pendant qu'elle enduit son visage de crèmes et de poudres. Regarde mon saint chat borgne, ex-chaton malade arraché deux ans auparavant à un pas de porte malsain(t) de la 121e Rue Ouest. Regarde les saintes rames de métro qui nous transportent dans les entrailles de cette ville, traversant des stations qui brillent tels des ports dans l'océan. Regarde les saints arbres plantés dans le centre de Broadway, le saint journal abandonné sur le trottoir, la sainte cathédrale de la gare de Grand Central où nous passons chaque matin sous une voûte parsemée d'étoiles. Anton levait les yeux tous les matins quand il traversait le hall principal. Le plafond était d'un bleu-vert crayeux sur lequel les étoiles étaient représentées par des points lumineux, les formes des constellations étant soulignées en doré autour d'elles. Les constellations étaient montrées à l'envers ; l'artiste avait été influencé, prétendirent par la suite les sponsors, par un manuscrit médiéval montrant les étoiles telles que Dieu les voyait d'en haut. Il était impossible de s'arrêter pour contempler le plafond dans la foule trépidante, avec tous ces gens qui couraient dans des directions différentes pour rejoindre des boulots différents, mais un bref aperçu était presque suffisant. Anton ne connaissait pas de plus bel endroit dans cette ville. La couleur du plafond lui paraissait toujours plus proche de l'océan que du ciel, et les étoiles le faisaient penser à du phosphore, élément qu'il n'avait jamais vu mais sur lequel il avait lu des articles. Il y eut un matin, en particulier, où il voulut demander à Elena si elle avait déjà vu du phosphore, mais on était jeudi, elle avait disparu depuis quatre jours et il livrait une guerre d'usure à sa nouvelle secrétaire, qui l'ignora superbement lorsqu'il passa devant elle pour gagner son bureau.

Il ne la regarda pas non plus, en vertu de leur contrat tacite, mais il se rendit compte, en refermant la porte de son antre, qu'il n'avait pas encore eu l'occasion de lui demander le moindre petit travail, ce qui lui parut bizarre. On la lui avait envoyée pour rien ; il n'y avait pas eu un seul message téléphonique. En s'asseyant, il remarqua que, pour la première fois depuis des mois, sa corbeille de courrier était vide. Il se souvint d'en avoir touché le fond la veille dans l'après-midi, et il éprouva un certain vertige à découvrir qu'on n'y avait rien déposé depuis. Transi par l'air conditionné, il consulta sa boîte vocale. Pas d'appels. Il avait laissé son portable professionnel dans le tiroir de son bureau pendant la nuit. Il voulut consulter ses messages mais, là encore, il eut beau appuyer sur toute une combinaison de touches différentes, il ne put obtenir qu'un signal occupé. Il se connecta à sa boîte mail – du moins, il essaya –, puis il se pencha en arrière aussi loin qu'il pouvait le faire sans tomber et resta un moment à contempler le message d'erreur affiché sur l'écran. *Accès refusé.*

La carte de visite de Jackson était posée sur son sous-main. Anton n'avait pas voulu y toucher depuis que son collègue l'avait laissée là. Ces derniers jours, il avait pris soin de la contourner quand il manipulait des documents, dans l'espoir de la voir disparaître toute seule. Il fixa son écran encore quelques instants avant de composer le numéro.

— Anton, dit Jackson d'un ton indiquant que son collègue était absolument la dernière personne à qui il eût envie de parler ce matin. Qu'est-ce que je peux faire pour vous ?

— Bonjour, Jackson. Écoutez, je n'ai pas accès à ma boîte mail professionnelle.

— Je vois.

— Et mon portable ne marche pas.

— Vraiment ?

— Comme vous êtes venu me voir il y a quelques jours, dit Anton, j'ai pensé que vous seriez peut-être en mesure de m'expliquer ce qui se passe.

— C'est que… je n'appartiens pas au service d'assistance technique, Anton.

— Écoutez, Jackson, mes collaborateurs n'en réfèrent plus à moi. Ne faisons pas semblant de croire qu'il s'agit d'un problème technique.

Il y eut un silence, puis Anton entendit un léger déclic sur la ligne.

— Anton, déclara Jackson d'une voix très claire, avez-vous réfléchi à notre conversation de la semaine dernière ?

— Vous *m'enregistrez*, là ?

Après une nouvelle pause, Jackson demanda à Anton s'il avait quelque chose à ajouter à leur conversation de la semaine précédente.

— Rien, répondit Anton. Absolument rien, Jackson, mais merci d'avoir posé la question. Désolé de vous avoir dérangé.

Il raccrocha, passa quelque temps à observer son diplôme, sur le mur, puis composa de nouveau le numéro de Jackson.

— Excusez-moi de vous déranger encore, mais pourriez-vous me dire ce qu'est devenue ma secrétaire ?

– Votre secrétaire ? Elle n'est pas à son bureau ?

– Je vous parle d'Elena. Elena James.

– Marlene est votre secrétaire, Anton.

– C'est donc son prénom ? Mon ancienne secrétaire, alors. Elle n'a pas été licenciée, au moins ?

– Non, bien sûr que non. Elle avait un excellent bilan.

– Oui, je suis bien placé pour le savoir. C'est moi qui l'ai rédigé. A-t-elle été transférée quelque part ? Dans un autre service ?

– Je ne peux malheureusement divulguer...

Anton raccrocha et passa le restant de la journée à lire et à relire le *New York Times*, à tambouriner des doigts sur son bureau, à regarder dans le vide, à arpenter la pièce de long en large, les mains dans les poches, à écrire sa lettre de démission avant de la chiffonner et de la balancer dans la pièce, en regrettant de ne pas être déjà en Italie.

Le dernier arrêt avant Ischia était Naples. Anton et Sophie arrivèrent par le train, après le coucher du soleil, sortirent de la gare et se retrouvèrent dans une large rue pavée où personne ne parlait anglais, mais tous les chauffeurs de taxi affirmèrent savoir où se trouvait leur hôtel. Les rues qu'on pouvait apercevoir autour de la gare étaient sombres et jonchées de détritus, bordées d'antiques immeubles non éclairés qui dominaient le paysage. Leur chauffeur les entraîna à grande vitesse à travers un véritable labyrinthe d'autoroutes, et les ponts incurvés qui les enjambaient brillaient d'une sinistre lumière futuriste. Tandis qu'ils roulaient à toute allure, la ville leur apparut fugitivement, chaos grisâtre et scintillant de maisons accrochées à flanc de colline, à perte de vue, et puis ils foncèrent dans les tournants en épingle à cheveux d'une rue étroite, passant entre des bâtiments qui portaient encore les stigmates des ravages causés par les bombardements de la Seconde Guerre mondiale. Le chauffeur exécuta un angoissant demi-tour et, dans un crissement de pneus, s'arrêta devant l'Hôtel Britannique. Ils se présentèrent à la réception et montèrent en silence dans la chambre, où Sophie prit une douche pendant qu'Anton sortait sur le minuscule balcon, six étages au-dessus de la circulation. Il contempla les palmiers disséminés de l'autre côté de la rue, puis l'étroite portion de la ville qui allait de leur rue en pente jusqu'à la mer Tyrrhénienne – et, plus bas, la paisible baie de Naples. Des bateaux se balançaient tranquillement au clair de lune. Entendant la porte de la salle de bains s'ouvrir, il s'aperçut que Sophie et lui s'étaient à peine adressé la parole depuis des heures et n'avaient pas échangé un seul mot depuis leur arrivée en ville. Anton se retourna : à travers les voilages, elle était un fantôme auréolé de vapeur qui traversait nonchalamment la pièce vers sa valise, puis enfilait une robe à même la peau. Il écarta les voilages et la vit devant lui, pensive et pieds nus, ses cheveux trempés gouttant sur le tissu bleu ciel de sa robe, y laissant des taches sombres. Elle le regarda et, l'espace d'un instant, il crut voir de la panique dans ses yeux.

– Je suis juste fatiguée, dit-elle vivement.

Il fallut quelques secondes à Anton pour s'apercevoir qu'elle avait les yeux rougis. Trois mois plus tôt, songea-t-il, il l'aurait remarqué tout de suite.

– C'est pour ça que tu as pleuré ?

– Il m'arrive d'être fatiguée, par moments.

– Je le sais bien. Ce n'est pas grave.

Elle sourit, entortilla ses cheveux derrière sa tête et les fixa avec une pince, apparemment inconsciente de sa beauté, quelques mèches s'échappant et lui tombant dans le cou.

– Sophie...

Elle leva les yeux vers lui.

– Allons visiter la ville, dit-il.

Dans la rue, la nuit était subtropicale et les palmiers éclairés se découpaient sur le ciel bleu foncé. Le trottoir était étroit, les voitures et les scooters passaient si près qu'il aurait pu les toucher rien qu'en allongeant le bras. Sophie se cramponna à sa main. La rue amorça une courbe qui ne semblait pas avoir de fin. Ils continuèrent à marcher dans la côte, la rue tournant encore et toujours devant eux, au point qu'Anton finit par penser qu'ils avaient décrit un cercle complet. Aucune brise ne soufflait du large – il faisait aussi chaud ici qu'à New York le jour de leur départ – et il sentait sa chemise lui coller au dos. Il leur fallut un long moment pour arriver en vue d'un restaurant. Il poussa la porte en bois et Sophie, passant devant lui, entra dans la salle sans un mot. L'enseigne indiquait *Ristorante*, mais il s'agissait plutôt d'un bar : un espace sombre rempli de rangées de tables qui descendaient vers une toute petite scène sur laquelle une fille vêtue d'une robe étincelante chantait en anglais. Anton la trouva jolie et regretta un instant de ne pas pouvoir partager cette observation avec sa femme.

– Elle interprète une chanson de New Order, dit subitement Sophie. Écoute.

– J'ai l'album. À une époque, je l'écoutais en boucle.

– Je sais, mais là elle la chante au ralenti. Comme si c'était une chanson de *boîte de nuit*.

– Eh bien… nous sommes dans une boîte de nuit.

– Tu entends son accent ? dit Sophie sans relever la remarque d'Anton. Je crois qu'elle est anglaise.

– Je crois que tu as raison.

– Elle est épouvantable, déclara Sophie au bout d'un moment.

Un serveur était apparu. Anton demanda à Sophie de commander pour lui, grâce à son guide de conversation en italien, et la chanson s'acheva sous des applaudissements d'une ferveur surprenante. La chanteuse portait une robe très moulante, entièrement faite de sequins, si bien que chacun de ses mouvements provoquait des éclairs de lumière. Il ne pouvait pas la regarder en face, ça lui faisait mal aux yeux. Elle avait des cheveux bruns coiffés en un chignon élaboré. Lui, il ne la trouvait pas épouvantable. Elle avait une voix douce, un peu trop jeune pour son corps.

— Voilà maintenant qu'elle chante des vieux morceaux de Depeche Mode, dit Sophie sur le ton d'une femme qui assiste à un scandale en direct.

Anton se força à détourner son attention de la robe miroitante pour mieux écouter la chanson.

— J'aime bien, dit-il. Je trouve ça intéressant.

Il observa le visage de Sophie, mais elle ne réagit pas et garda les yeux rivés sur la fille. Le lendemain, ils devaient prendre le ferry pour l'île d'Ischia.

Au début de la quatrième semaine qu'Anton passait seul à Ischia, Gary lui demanda :

— Ce que je voudrais que tu me dises, c'est ce que tu fais exactement là-bas.

— Je ne peux pas en parler, répondit Anton.

Il appelait Gary presque tous les jours depuis que Sophie avait quitté l'île. Il s'ennuyait et n'avait personne à qui parler sur place.

— Tu attends quelque chose ?

— Le plus étrange, et tu vas trouver ça horrible, mais... ce qui me manque vraiment, c'est mon chat. Il me manque davantage que Sophie.

— Ton chat ?

— Jim. Je sais, ça doit paraître bizarre, à la lumière de tout le reste, mais c'est à lui que je n'arrête pas de penser.

— Tu as raison, ça paraît bizarre. Pourquoi tu ne rentres pas ?

— Je ne peux pas. C'est une longue histoire.

— As-tu une raison particulière d'éviter New York ?

— Ma foi, maintenant que tu en parles...

— T'as tué quelqu'un ?

— Je t'en prie. Je ne sais même pas installer un piège à souris.

— Une liaison avec ta secrétaire ? Une dette non réglée ?

— Peux-tu imaginer quelque chose de plus banal, dit Anton, que d'avoir une liaison avec sa secrétaire ?

— Donc, tu *couchais* avec elle. Seigneur !

— Ce sont des choses qui arrivent. Bon, écoute, je n'en suis pas fier.

— Nom de Dieu. Ta *secrétaire*. Comment ça a commencé ?

— Un jour, je l'ai remarquée. Et pas de la façon dont on est censé remarquer une fille avec qui on travaille.

Elena le soir : plantée devant la fenêtre, à six heures et demie, elle regardait leur tour de bureaux se refléter, à la faveur du soleil couchant, sur la paroi latérale du Hyatt Hotel. Le Hyatt était un mur réfléchissant de panneaux carrés, à moins de quinze mètres de distance, un miroir sur lequel les fenêtres éclairées de leurs bureaux commençaient à apparaître à la tombée de la nuit, avant cinq heures en hiver. C'était l'heure de la journée où, rien qu'en regardant par la vitre, Anton pouvait voir les faits et gestes de ceux qui travaillaient aux étages au-dessus et en dessous du sien. Ils marchaient dans leurs bureaux, d'un rectangle éclairé à l'autre, reflets ondoyants comme des fantômes. L'extérieur de l'hôtel, entièrement en verre, ne révélait rien de sa vie secrète – sauf quand l'une des fenêtres était ouverte, ce qui arrivait rarement. Un jour, en regardant au-dehors, Anton avait vu un homme qui fumait une cigarette, penché à une fenêtre, et cette vision lui avait causé un choc : il était tellement habitué à considérer l'hôtel comme un miroir qu'il en était venu à oublier les chambres, les valises et les humains en transit qui se trouvaient de l'autre côté du verre impénétrable.

Elena, quand elle revenait du distributeur d'eau, aimait bien s'arrêter devant la baie vitrée de la salle de réception et s'y attarder un moment, buvant à petites gorgées dans un gobelet en carton. Anton le savait parce qu'il l'observait par la fenêtre de son bureau, leurs reflets étant séparés par une cloison intérieure mais se retrouvant côte à côte sur le verre sombre de l'hôtel.

Parfois, elle lui faisait un signe de la main et il lui rendait son salut, mais le plus souvent elle ne semblait pas le remarquer, alors il l'observait à son insu. À la fin de la journée, parfois, ça le rendait triste de la regarder. Elle était tragique, de la même manière qu'il trouvait tragiques la moitié des employées de bureau qu'il rencontrait, surtout celles qui ne venaient pas de New York. Elle était une de ces filles, parmi des millions, qui étaient arrivées d'ailleurs et s'étaient retrouvées coincées dans l'ascenseur social, perdues dans la machine ; qui faisaient des photocopies et allaient chercher du café pour les autres, de neuf heures à dix-sept heures ou de neuf heures à dix-huit heures ou de neuf heures à vingt heures, cinq jours par semaine, épuisées à la fin d'une journée de travail qui ressemblait beaucoup trop à la précédente, et à celle d'avant, et encore à celle d'avant ; jeunes et talentueuses, encore remplies d'espoir, mais qui perdaient du terrain ; des filles intelligentes, en tailleur rayé, qui prenaient le train tous les soirs de la semaine à destination de Brooklyn ou de Queens, qui regagnaient leurs colocations dans des quartiers mal famés pour dîner de nouilles chinoises instantanées provenant de la bodega du coin de la rue.

La nouvelle secrétaire ne se mettait jamais devant la fenêtre ; de toute manière, si elle l'avait fait, Anton ne l'aurait pas saluée de la main. Lorsque dix jours eurent passé sans Elena, sans accès à ses mails ni explications ou nouvelles de ses supérieurs, il appela Sophie pour lui dire qu'un petit génie avait convoqué une réunion du personnel à six heures du soir et qu'il rentrerait donc tard. Il s'enferma dans son bureau avec une bouteille d'eau et un sandwich. Si Elena était quelque part dans le building, il existait au moins une possibilité que son nouveau bureau fût situé du côté qui faisait face à l'hôtel, auquel cas il espérait apercevoir son reflet après le coucher du soleil.

Peu après sept heures, la fenêtre du bureau d'Anton commença à apparaître à la surface de la tour de verre d'en face, pas très distinctement, comme une photographie émergeant du bain de révélateur dans une chambre noire. Une heure plus tard, l'image était plus claire, et quand il fut neuf heures – maudites soirées d'été interminables –, Anton put voir presque toutes les fenêtres de son building se refléter sur le côté de l'hôtel. Il essaya d'englober d'un seul regard toutes les fenêtres, mais de l'angle où il était, il ne pouvait vraiment distinguer que les gens occupant les deux étages au-dessus et en dessous de lui. Plus haut, on ne voyait que les reflets des néons. Plus bas, il n'y avait que des rebords de fenêtres et des stores en biais, plus une plante en pot dans un bureau, quatre étages plus bas. Au fur et à mesure, la plupart des lumières s'éteignirent en clignotant. Deux étages au-dessus de lui, un homme travaillait tard, arpentant la pièce de long en large, une fois, deux fois, tenant un portable contre son oreille et faisant de grands gestes de sa main libre. Anton se rapprocha de la vitre et explora les fenêtres l'une après l'autre, mais aucun des rectangles lumineux ne contenait Elena.

À neuf heures et demie, il appela le standard de la société et écouta une voix enregistrée égrener des noms, mais celui d'Elena ne figurait pas dans la liste. C'était étrange de l'imaginer coupée de l'entreprise, invisible et hors de portée, tapant sur son clavier quelque part, hors des écrans radar, passant des coups de téléphone qui n'aboutissaient pas.

Lundi matin, à son arrivée au bureau, Anton trouva Jackson en grande conversation avec la nouvelle secrétaire – Maria? Marla? Marion? –, laquelle, en le voyant, détourna les yeux avec un petit sourire narquois. Jackson sourit.

– Bonjour, Anton.

– Jackson. Que me vaut le plaisir?

Anton passa devant lui et entra dans son bureau, mais il s'arrêta net sur le seuil. La pièce était totalement vide: le bureau, le fauteuil·et le divan avaient disparu, ainsi que son ordinateur. Seul demeurait le téléphone, à la dérive sur la moquette, encore branché dans la prise. Il décrocha son diplôme du mur et le plaqua contre sa poitrine. Debout à la porte, Jackson l'observait.

– Si vous aviez l'intention de me licencier, dit Anton, pourquoi ne pas l'avoir fait vendredi ?

– Oh ! nous ne vous *licencions* pas. Aurions-nous une raison quelconque de le faire, selon vous ? (Le regard de Jackson s'appesantit sur le diplôme.) Je suis juste venu vous conduire à votre nouveau bureau, en fait. Nous procédons à une petite réorganisation.

– Et pourquoi ne puis-je pas rester ici ?

– Vous êtes transféré dans un nouveau département, dit Jackson. Vous êtes au courant que nous avons acquis des locaux au vingt-deuxième étage ?

– Je me rappelle vaguement en avoir entendu parler.

– Eh bien ! nous voudrions que vous preniez la direction de la nouvelle équipe, là-haut.

De la tête, il fit signe à Anton de le suivre et les deux hommes sortirent ensemble, traversèrent la grande salle où personne ne leva la tête à leur passage, puis franchirent les portes vitrées donnant sur le couloir où se trouvaient les ascenseurs. Là, Jackson appuya sur le bouton d'appel et s'employa à éviter les yeux d'Anton, au point que celui-ci renonça à croiser son regard et fixa la moquette. Lorsque l'ascenseur arriva, Jackson pressa un bouton marqué « E », entre le rez-de-chaussée et le premier étage.

– L'entresol, expliqua-t-il devant le regard interrogateur d'Anton.

– Vous avez dit que le nouveau département se trouvait au vingt-deuxième étage.

– Malheureusement, les bureaux ne sont pas encore prêts là-haut. Ils sont en cours d'aménagement. Il faudra probablement un mois ou deux avant que nous puissions occuper les locaux, c'est pourquoi nous vous installons pour l'instant dans un bureau provisoire.

– À *l'entresol* ? Peut-on seulement appeler ça un étage ?

Jackson eut un demi-sourire peiné mais ne trouva rien à répondre. L'ascenseur descendait. Le couloir de l'entresol était inhabituellement large et recouvert de linoléum au lieu de moquette. Des ampoules nues étaient suspendues à intervalles réguliers et des tuyaux couraient le long du plafond. Anton fut frappé par le bruit blanc qui émanait de cet endroit, un bourdonnement de nature indéterminée, produit par des vibrations de moteurs – étaient-ils à proximité de la chaufferie ? D'un gigantesque système de chauffage central ? – et la circulation de l'air et de l'eau dans les tuyaux et les canalisations qui l'entouraient. Il se serait cru dans les entrailles d'un navire. Les portes, plus anciennes ici que partout ailleurs dans le building, étaient en bois vermoulu et munies de poignées en laiton éraflé.

Anton entendit, un peu plus loin, des pas traînants et un grincement rythmé, et une femme déboucha à l'angle du couloir, poussant un chariot en plastique surchargé d'accessoires de nettoyage. Elle avait les chevilles enflées, aussi larges que ses genoux, et elle le dévisagea au passage à travers ses lunettes rondes à double foyer. Il se rappela qu'ils s'étaient croisés une centaine de fois à son ancien étage sans jamais se saluer. Cette fois, il dit *Bonjour* à mi-voix, à titre expérimental, mais elle ne lui répondit pas et ne changea pas d'expression. Ils franchirent des portes marquées Sécurité et Contrôle Technique, puis une série de portes marquées Réserve de Dossiers Archivés, numérotées de un à trois. Jackson s'arrêta à la quatrième, Réserve de Dossiers Archivés 4, et tâtonna avec un trousseau de clefs. Anton ne trouva pas le nom de la pièce particulièrement encourageant sur le plan du déroulement de carrière.

– C'est beaucoup plus grand que votre ancien bureau, fit valoir Jackson.

Sur le principe, c'était vrai. La pièce était immense et quasiment vide, et les pas d'Anton résonnèrent sur le sol en linoléum. Sa table de travail, son fauteuil et son divan étaient en rade au fin fond de la pièce, laquelle était par ailleurs dépourvue de meubles et très lumineuse. Des armoires métalliques rouillées étaient alignés inégalement contre le mur le plus éloigné. Il y avait quatre grandes fenêtres, dont aucune n'était munie de stores.

– C'est un étrange bureau, dit Anton.

– Il est provisoire, dit Jackson. Plus grand, quand même, n'est-ce pas ?

– Je suppose que c'est une façon de voir. En quoi consiste ce nouveau département ? Qu'est-ce que j'aurai à faire ?

– Je n'ai malheureusement pas de précisions. Vous devrez attendre d'être contacté par vos supérieurs.

– Et en attendant, qu'est-ce que je fais ?

– C'est à voir avec vos supérieurs, répondit Jackson avant de s'en aller.

Resté seul dans la pièce, Anton s'approcha de l'une des fenêtres. Il était du même côté du building que dans son ancien bureau, mais tellement plus bas que la paroi réfléchissante de l'hôtel était bloquée par une rangée de colossales bouches d'aération. Ses nouvelles fenêtres se trouvaient un mètre cinquante au-dessus d'un toit en terrasse couvert de gravier. Mesdames et messieurs du jury, permettez-moi de m'expliquer. Je voulais simplement travailler dans un bureau, et certaines choses n'étaient pas possibles par les filières normales. Je n'ai jamais rien voulu d'autre. Alors j'ai dû prendre certains raccourcis.

Cette nuit-là, il rêva de l'autre Anton. Du véritable Anton – ou, plus précisément, de celui qui était réellement allé à Harvard. Dans son rêve, il était donc l'autre Anton : il marchait dans une rue d'une ville étrangère, examinait un reflet inconnu dans une vitrine, s'asseyait dans un fauteuil pour ôter ses chaussures, caressait la tête d'un golden retriever au regard rempli d'adoration, tendait le bras pour soulever le combiné d'un téléphone qui sonnait, accrochait son pardessus dans une penderie. Tous les détails infimes, personnels, infiniment touchants et ordinaires, qui constituent le tissu d'une vie humaine.

2

Le temps semblait ralenti dans le bureau en entresol. Anton était transi par l'air conditionné. Pour la première fois depuis qu'il avait demandé sa main à Sophie, il se découvrit reconnaissant de voir approcher la date du mariage ; il avait un peu plus de deux mois devant lui, il y avait des choses à régler, et le fait d'avoir des choses à régler donnait à ses journées un semblant de structure. Il ne pouvait pas passer *tout* son temps à lire les journaux. Sa boîte de courrier demeurait obstinément vide. Il avait un ordinateur, mais celui-ci était aussi abandonné que lui ; il n'avait pas accès à une imprimante, à internet ni au réseau de la société. Les messages qu'il laissait au service informatique restaient sans réponse. Il joua au solitaire pendant quelques jours puis s'arrêta. Il avait un téléphone sur son bureau, mais l'appareil sonnait uniquement quand des gens voulaient parler à une femme, chargée des comptes fournisseurs, dont le numéro de poste était le même que le sien à un chiffre près. Il essayait parfois d'engager la conversation avec eux, mais sans succès.

Prendre l'ascenseur était désagréable. C'était embarrassant d'entrer dans la cabine au niveau de l'entresol, surtout quand il y avait là des gens de connaissance qui faisaient des commentaires du genre «Je ne savais pas que vous travailliez encore ici» ou «Mais qu'est-ce que vous foutez à l'entresol ?».

Il se mit à expliquer qu'on l'avait transféré dans une autre division, ce qui parut occasionner davantage de questions que ça n'en résolvait (« Vous voulez me faire croire que vous avez rejoint le personnel d'entretien ? »). Il décida donc de partir à quatre heures de l'après-midi, ce qui éliminait largement le risque de tomber sur des collègues quittant leurs bureaux, mais soulevait un problème plus général : s'il pouvait partir à quatre heures sans la moindre conséquence – il n'avait pas vu ses supérieurs depuis son exil, deux semaines plus tôt, et avait cessé, par fierté, de leur laisser des messages –, alors il s'ensuivait logiquement qu'il pourrait tout aussi bien partir à trois heures. Ou à une heure. Ou à midi. Ou même ne plus venir du tout. Il nota avec intérêt qu'il continuait d'être payé pour ses heures de présence ; son salaire était versé sur son compte avec une régularité de métronome. Cela lui donnait à penser que la situation pouvait encore être sauvée, qu'il y avait peut-être un angle d'attaque jusque-là passé inaperçu qui lui permettrait de regagner le dixième étage, que les choses finiraient par se tasser s'il attendait suffisamment longtemps. Regarde la sainteté de cette grande pièce vide. La philosophie ne parvenait pas à l'apaiser. Puisque son téléphone portable professionnel persistait à ne pas fonctionner, il acheta un modèle bas de gamme et raconta à Sophie qu'il avait perdu l'ancien. Il emportait des livres au bureau, mais il était fréquemment trop agité pour lire, alors il passait la majeure partie de son temps à faire les cent pas, à dessiner des gribouillis sur un bloc-notes ou à se féliciter de sa décision de n'avoir invité aucun de ses collègues à son mariage. Il essayait de faire des abdominaux mais finissait toujours par se retrouver allongé sur le dos, les yeux rivés au plafond. Rien n'était clair.

Au début de sa cinquième semaine à l'entresol, Anton apporta au bureau son ballon de basket. Dans l'ascenseur, ça lui fit un effet bizarre d'avoir ce ballon à la main au lieu d'un attaché-case. Quand il sortit de la cabine, il longea le couloir en dribblant jusqu'à la porte de la Réserve de Dossiers Archivés 4, contournant au passage une femme de ménage qui lui jeta un regard noir et maugréa quelque chose en polonais. Il ferma la porte de son bureau, ôta sa cravate et la noua autour de son front à la manière d'un serre-tête, après quoi il courut dans toute la pièce en faisant rebondir le ballon pendant environ une heure, peut-être davantage, jusqu'au moment où il le balança de toutes ses forces contre le mur. Le ballon rebondit sur le sol et traversa de plein fouet une fenêtre fermée, produisant le bruit le plus satisfaisant qu'Anton eût entendu de sa vie. Il alla évaluer les dégâts, faisant crisser des débris de verre sous ses chaussures. Il y avait une hauteur d'environ un mètre vingt entre la fenêtre et un toit bas du Hyatt Hotel, mais le ballon n'était nulle part en vue. Au bout d'un long moment, il finit par le voir : une tache colorée au loin, sur la toiture, comme une orange égarée. Il dénoua sa cravate de son front, la drapa sur le bord déchiqueté du trou qu'il avait fait, et l'extrémité de la cravate qui pendait à l'extérieur de la fenêtre voleta au gré du vent. Il inventa un nouveau sport : quand il avait fini de lire le *Times* et n'avait pas envie de faire la sieste, il s'amusait parfois à froisser les pages du journal et à les jeter par le trou de la vitre. Le jeu consistait à les lancer du plus loin possible, l'idéal étant d'avoir un pied contre le mur opposé. Cela marchait raisonnablement bien avec plusieurs pages roulées en une boule compacte, mais un peu moins bien avec une seule page. C'était une question de poids, l'idéal étant apparemment trois feuilles de journal. Dans sa jeunesse, il avait été un honnête lanceur au base-ball ; mais là, le trou était facile à manquer, même avec la cravate comme repère, si bien qu'une congère de papier froissé s'accumula peu à peu sous la vitre cassée.

Un vendredi, Anton s'aperçut qu'il n'avait pas utilisé son agrafeuse depuis un bon moment, alors il la balança elle aussi à travers le trou. Un lancer parfait, en plein dans la cible. Il entendit à cet instant un bruit derrière lui. Regardant par-dessus son épaule, il vit Elena qui l'observait du seuil.

– J'ai souvent eu envie de faire ça, dit-elle. Balancer mon agrafeuse par la fenêtre.

Elle entra dans la pièce et referma la porte.

– C'était un beau lancer, dit-il. Je suis content que quelqu'un l'ait vu. Où étiez-vous passée ?

– Au service des corrections d'épreuves. Vingt et unième étage.

– Vingt et unième étage, répéta-t-il. Vous avez entendu des travaux en cours, là-haut ?

– Par moments, oui. Je crois qu'ils rénovent l'étage au-dessus.

La perspective de ne pas rester coincé éternellement à l'entresol le rendit heureux comme il ne l'avait pas été depuis un bout de temps. On construisait des bureaux au vingt-deuxième étage. Jackson avait donc dit vrai : Anton allait s'installer là-haut. C'était une grosse société, ses supérieurs étaient occupés par le projet new-yorkais et chacun savait que le service informatique était perpétuellement débordé : le fait qu'il se languisse à l'entresol depuis des semaines n'avait peut-être absolument rien à voir avec la vérification de ses antécédents, en définitive. Peut-être l'avait-on simplement déplacé à titre temporaire.

– Pourquoi souriez-vous jusqu'aux oreilles ? demanda Elena.

– Sans raison particulière. Comment avez-vous su où me trouver ?

– Je connais une fille aux ressources humaines.

À sa façon de dire ça, il imagina d'inextricables réseaux d'assistantes du haut en bas de la tour, des noms ne figurant pas dans l'organigramme de l'entreprise, des informations qu'on se transmettait d'étage en étage. Elle s'assit sur le divan. Au bout de quelques minutes, Anton vint s'asseoir sur son bureau, à quelques pas d'elle, mais il ne trouva rien à dire. Elle s'adossa confortablement au divan et parcourut la pièce du regard. Il remarqua qu'elle avait pleuré, mais il ne vit aucun moyen de lui demander ce qui n'allait pas sans la mettre dans l'embarras.

Il se dit qu'elle voulait peut-être simplement de la compagnie – il ne se rappelait pas si elle avait parlé d'un éventuel petit ami – et il essaya donc de faire passer silencieusement l'impression qu'il n'aimerait rien tant que de rester assis sur son bureau à regarder dans le vide avec elle.

– Qu'y a-t-il dans ces armoires métalliques? finit par demander Elena.

Cinq ou six vieux classeurs à quatre tiroirs étaient alignés dans un coin éloigné de la pièce. Il ne les avait jamais ouverts.

– Je n'en ai aucune idée. Nous sommes juste stockés ici ensemble.

Elle sourit mais ne fit aucun commentaire. Ils restèrent silencieux encore un moment, puis le téléphone sonna. C'était Sophie. Anton s'entendit lui répondre que, ce soir encore, il allait rentrer tard.

– Oui, encore une réunion du personnel. Je sais, ces réunions de service en soirée sont complètement déraisonnables, mais qu'est-ce qu'on peut y faire? Nous sommes tenus par les délais d'exécution de la première phase du... oui, bien sûr, je t'appellerai quand je partirai. Moi aussi, je t'aime.

Quand il raccrocha, Elena l'observait.

– Je ne sais pas, dit-il, prenant les devants. Je n'avais pas envie de rentrer à la maison tout de suite. Quelle heure est-il?

– Cinq heures cinq. Vous pourriez partir, si vous le vouliez.

– Je ne le veux pas. Vous avez faim?

– Peut-être un peu, répondit-elle sans pour autant faire mine de se lever.

– Allons-y. Dans le hall du Metlife Building, il y a un snack qui reste ouvert jusqu'à sept heures.

Ils mangèrent de coûteux sandwichs du Metlife, en mode pique-nique, assis au milieu de la pièce, à mi-chemin entre le bureau et la fenêtre au carreau cassé. C'était la seule partie de la pièce où on ne sentait pas trop l'air conditionné, car une brise tiède pénétrait par le trou dans la vitre. Anton avait fermé la porte sur le couloir désert, et il déplaça le lampadaire pour que celui-ci monte la garde près d'eux. Dans le cercle de lumière, ils mangèrent de la dinde entre deux tranches de pain de seigle et burent du thé glacé. Lorsqu'ils eurent terminé les sandwichs, Elena s'allongea sur le dos, jambes croisées, les mains jointes sous la tête, et fixa le plafond.

— Il doit être tard, dit-elle après un long silence partagé.

— D'où venez-vous ? s'enquit Anton.

— Vous le savez bien, d'où je viens. Je vous l'ai dit lors de notre première rencontre.

— D'accord, mais c'est un grand pays. Vous venez d'où, exactement ?

— De l'extrême nord.

— Ce n'est pas terriblement précis.

— Une petite ville dont vous n'avez jamais entendu parler.

— Qui sait ? Je lis des guides de voyage pour m'amuser.

— Inuvik, dit-elle.

— Inuvik… Vous avez raison, je n'en ai jamais entendu parler. Comment fait-on pour y aller ?

— De New York ?

— Ça va de soi.

— Il faut cinq vols différents pour y aller d'ici.

— *Cinq ?*

— D'abord, vous prenez l'avion pour Washington, dit-elle. De Washington, vous vous envolez pour Ottawa. D'Ottawa, vous vous envolez pour Edmonton. Ensuite, d'Edmonton vous allez à Yellowknife…

— Yellowknife ?

— Une petite ville du nord. (Elle lui lança un coup d'œil ; il lui fit signe de continuer.) Finalement, de Yellowknife, vous prenez l'avion pour Inuvik.

— Combien de temps ça prend, au total ?

Par la suite, il sembla n'y avoir eu aucune préméditation,

aucun plan, aucun doute. Il débarrassa les emballages de sandwichs et les bouteilles de thé glacé qui les séparaient, les posa sur le côté, s'allongea auprès d'elle comme s'ils avaient tout prémédité et s'étaient mis d'accord sur le déroulement des opérations. Elle ferma les yeux. Il se tourna sur le flanc pour la regarder, si près qu'il pouvait voir la texture de la poudre violette qu'elle avait mise sur ses paupières le matin et les légères traces noirâtres autour des yeux, là où les larmes versées dans l'après-midi avaient fait couler le mascara de ses cils.

– Longtemps.

Il vit alors, pour la première fois, qu'elle avait légèrement vieilli depuis leur rencontre, deux ans et demi plus tôt, ou peut-être était-ce seulement dû au fait qu'il ne l'avait jamais regardée de si près. Des pattes-d'oie extrêmement fines marquaient le coin de ses yeux.

– Combien de temps ?

– Vingt-quatre heures, répondit-elle. Parfois davantage, en hiver.

– C'est-à-dire ?

– Des jours. Dans le Nord, il arrive que les aéroports ferment par mauvais temps.

Tout en parlant, elle remontait lentement sa jupe sur ses jambes, le tissu fripé entre ses doigts. Étendu près d'elle, le souffle court, il regarda sa culotte bleu pâle et le blanc de ses cuisses. Elle retroussa sa jupe au-dessus de la taille, puis, lentement, presque paresseusement, entreprit de déboutonner son chemisier. Elle n'ouvrit pas les yeux.

– Un lointain territoire nordique, murmura-t-il.

Son chemisier était ouvert ; ses doigts dégrafaient maintenant son soutien-gorge par-devant. Il posa sa main à plat sur son ventre. Elle respirait rapidement.

– Combien de temps que vous n'y êtes pas retournée ?

– Jamais.

– Comment ça ?

– Je n'y suis jamais retournée.

La main d'Anton, légère, voyageait sur sa peau.

– Cette ville d'où tu viens...

Ils étaient allongés côte à côte mais ne se touchaient plus. Il avait éteint le lampadaire, laissant entrer la pâle lumière de la ville nocturne. Une légère brise s'engouffrait par la vitre brisée.

– Inuvik, dit-elle.

– Pourquoi tu n'y es pas retournée ?

– Je n'ai pas de quoi me payer le billet.

– Comment es-tu venue ici, de là-bas ?

– Pur effort de volonté.

Il rit et roula sur le flanc pour écarter les cheveux qui tombaient sur le front d'Elena.

– Et toi, d'où viens-tu ? demanda-t-elle.

– De Brooklyn. Je suis très loin d'être aussi exotique que toi. Dis-moi... tu es avec quelqu'un ?

– Caleb.

– Je suis désolé, je n'aurais pas dû...

– Pas d'excuses. De toute façon, je vais rompre avec lui.

– Pourquoi ?

– Parce que c'est presque terminé. (Elle se mit sur son séant et récupéra son soutien-gorge.) Parce que toutes les choses vivantes ont une durée de vie limitée, et les relations amoureuses ne font pas exception à la règle. Parce que je ne comprends pas son mode de pensée, et réciproquement.

Anton ne savait pas très bien quoi dire mais considérait que ce serait impoli de se taire.

– Je suis désolé, répéta-t-il inutilement.

Elle eut un petit rire.

– Arrête de dire ça. En tout cas, pour en revenir au sujet, Brooklyn est bel et bien exotique.

– Pas si tu y grandis, crois-moi.

– C'était comment, pendant que tu grandissais ?

Il ne distinguait pas très bien son visage dans la pénombre.

– Brooklyn, tu veux dire ?

– Non. Je veux dire tout.

Et ça le frappa aussitôt comme étant la plus évidente, voire même la plus importante question qu'on pût poser à quelqu'un – *Comment t'es-tu formé ? Qu'est-ce qui t'a forgé ?* – mais personne ne la lui avait encore jamais posée. Pendant une seconde, il se surprit à patauger dans le noir. C'était corrompu. C'était beau. Mes parents étaient les meilleurs parents dont on puisse rêver, et ils faisaient aussi le commerce d'objets volés. J'étais amoureux de ma cousine. J'ai été élevé par des voleurs. J'étais souvent heureux, mais j'ai toujours eu envie de quelque chose de différent. Je me promenais dans la rue avec Gary, mon meilleur ami, quand nous avions neuf, dix, onze, douze ans ; on n'allait nulle part en particulier, on inspectait juste notre royaume. Tout le monde nous connaissait dans le quartier, on léchait des sucettes qui rendaient nos langues toutes bleues et tout allait à merveille. Le dimanche, ma mère s'asseyait avec moi sur le quai de chargement et on buvait du café ensemble. Il y avait plus de mille livres dans l'appartement de mon enfance.

Plus de mille livres, rangés sur des étagères sans ordre particulier. Les rayonnages étaient un salmigondis de genres : le dictionnaire Oxford italien-anglais voisinait avec une biographie de la reine Élisabeth Ire, la poésie était mélangée avec les livres de cuisine, un échantillonnage aléatoire de romans du vingtième siècle était entrelardé d'une fantastique collection de guides de voyage. Sa mère vouait une passion dévorante aux guides de voyage. Avant la naissance d'Anton, elle avait parcouru le monde, comme elle aimait à dire, même si, dans les faits, elle n'avait vu du monde que la partie qu'on pouvait atteindre en car à partir de Salt Lake City. À l'âge de seize ans, elle s'était mise en route pour le sud et n'avait pas cessé de bouger pendant une décennie : Mexique, Guatemala, Honduras, en continuant de descendre à travers le Brésil et l'Argentine jusqu'à l'extrême sud du Chili (où elle avait rencontré le père d'Anton, un Américain qui travaillait pour une équipe véreuse de plongée sous-marine qui récupérait des morceaux d'épaves au large des rochers du cap Horn), et elle collectionnait les guides de voyage de tous les pays qu'elle traversait. Plus tard, elle entreprit de collectionner tous les guides de voyage sans distinction : Albanie, Malawi, Portugal, Espagne. Elle avait une passion toute particulière pour les endroits qui n'existent plus aujourd'hui sur la carte : la Tchécoslovaquie, la Yougoslavie, l'URSS, le Congo belge, l'Allemagne de l'Est, la Grande-Colombie, le Sikkim.

– Pourquoi tu en as tellement ? lui avait un jour demandé Anton.

Il devait avoir alors dix ans.

– C'est important de comprendre le monde, lui avait-elle répondu.

Après ça, il avait lu du début à la fin tous les guides de voyage de sa mère, en les étudiant avec sérieux, mais par la suite il ne s'en rappela presque rien hormis quelques phrases qui surnageaient au hasard. *Pour comprendre l'histoire du Congo, le mieux est de la voir comme une succession de catastrophes. Si la Grande-Colombie est une nation hospitalière, on doit prendre soin d'éviter certaines régions campagnardes. La Yougoslavie est un pays tempéré.*

Elena rit tout bas et se mit debout. Elle enfila sa culotte et sa jupe, puis se rassit pour boutonner son chemisier. Lorsqu'elle eut terminé, elle resta assise par terre un moment, à se passer les doigts dans les cheveux avec l'espoir d'en apprivoiser le désordre, puis se mit en quête de ses souliers.

– Si tu n'as pas envie de me répondre, dit-elle, ne te crois pas obligé. C'est une énorme question.

– Si, je vais tâcher d'y répondre, c'est la première fois qu'on me la pose. Comment c'était, pendant que je grandissais ? C'était merveilleux, la plupart du temps. Mais j'ai toujours eu envie d'autre chose.

– Qu'est-ce que tu voulais ?

– Exactement ce que je veux aujourd'hui, répondit Anton. Une vie différente.

Il y avait des soldats dans les trains ce soir-là. Il n'aurait su dire ce qui lui avait fait ouvrir les yeux si brusquement, mais il leva la tête juste au moment où le garçon de dix-neuf ans armé d'un M16 croisait son regard, et puis tous deux détournèrent rapidement les yeux. Ils étaient quinze ou vingt, silencieux, mêlés à la foule de l'heure de pointe. Ils descendirent de la rame à la 59e Rue, marée vert camouflage entre les piliers peints en bleu. Ce qui le remuait, c'était de les voir partir tous ensemble sans parler, à la manière d'un vol d'oiseaux qui jaillit tout à coup d'un champ.

Anton ouvrit la porte de son appartement de la 81e Rue Ouest, son maillot de corps trempé de sueur, et Sophie se leva du divan où elle lisait pour venir à sa rencontre. Il portait sous son bras quelques chemises sortant de chez le teinturier, et elle les lui prit des mains avant de l'embrasser.

– Tu as passé une bonne journée ?

– Surchauffée.

Il lui frôla les lèvres et la tint un instant contre lui dans la fraîcheur de l'appartement. Le climatiseur cliquetait, bourdonnait et crachait des nuages d'eau sporadiques à travers ses lamelles. Anton avait changé de chemise avant de rentrer ; celle qu'il avait portée toute la journée empestait le parfum d'Elena. Heureusement, il devait aller chercher des vêtements chez le teinturier d'Amsterdam Avenue. Il avait récupéré ses chemises, avait rebroussé chemin jusqu'au Starbucks et en avait enfilé une propre dans les toilettes avant de fourrer l'autre dans la poubelle avec toutes les serviettes en papier usées.

– Et toi, ça a été ? demanda-t-il.

– Très bien. Longue répétition, mais je crois que les choses se mettent en place. Comment s'est passée la réunion du personnel ?

– Rasoir. Désolé d'être en retard.

Il trouva étonnamment facile de mentir à Sophie ; il ne se sentait pas particulièrement coupable, ce qui l'alarma.

– Qu'allons-nous prendre pour le dîner ?

Il l'embrassa de nouveau, elle retourna sur le divan, et la conversation roula sur la question de savoir si c'était une bonne idée d'aller dans un restaurant de sushis quand la température extérieure tournait autour de trente-cinq degrés. Il nourrissait certaines inquiétudes concernant le poisson cru sous les climats chauds. Il écouta leur conversation, comme de loin, et nota avec intérêt que sa voix était parfaitement calme.

Le pire, dans le fait d'avoir une liaison, c'est qu'il était naturellement doué pour ça.

Les après-midi prirent un rythme particulier. Toute la journée, il attendait de la voir : Elena arrivait sans faute quelques minutes après cinq heures, pâle et pimpante dans ses vêtements d'été. Elle entrait dans la pièce d'un pas vif, fermait la porte à clef derrière elle et venait vers lui en souriant, ôtant ses vêtements au fur et à mesure, balançant ses souliers quand elle arrivait près de lui. Il ne pensait pas pouvoir systématiquement rester au bureau au-delà de six heures sans que Sophie commence à avoir des soupçons ; sa liaison se déroulait donc, chaque jour, dans l'intervalle de cette dernière heure délirante qui commençait à cinq heures. À six heures, il se rhabillait, embrassait Elena sur la joue et partait retrouver sa fiancée. Quand il arrivait à l'appartement, Sophie était généralement dans son studio et les notes de son violoncelle filtraient à travers la porte close.

Il s'installait sur le divan et le chat sautait sur ses genoux. Il fermait les yeux et restait assis sans bouger, rêvant presque, écoutant la musique. Rempli d'admiration pour l'extrême talent de cette femme qui, partie de rien, s'était hissée au niveau du Philharmonique de New York. Il pensait à Sophie et à Elena en même temps, jusqu'à ce que les deux se mélangent, et il caressait le ventre blanc du chat quand celui-ci se roulait sur le dos en ronronnant d'extase. Lorsque Sophie sortait du studio, il essayait de se perdre dans sa beauté dès l'instant où elle ouvrait la porte, mais Elena contournait l'horizon de ses pensées. Elle s'était infiltrée en lui, elle imprégnait les tissus de son corps, il ne pouvait penser à rien sans penser aussi à elle.

La robe de mariée de Sophie était accrochée dans la penderie de la chambre. C'était une énorme meringue blanche, encore plus volumineuse sous plastique, et il la voyait chaque matin pendant qu'il s'habillait pour aller au bureau. Il la contemplait tout en nouant sa cravate. Pendue là, lourde et immobile, c'était une présence, un fantôme.

3

La vie sur Terre, pour autant qu'on puisse en juger, n'est apparue qu'une seule fois. Un peu avant Noël, vers la fin du premier et dernier semestre d'Elena à l'université Columbia, un professeur expliquait la quête du Graal de l'astrobiologie : DACU, écrivit-il au tableau, en se reculant pour mieux regarder les lettres. Il se pencha de nouveau en avant, ponctua chaque lettre d'un point staccato avant de souligner le tout. Puis il laissa tomber sa craie par terre et se tourna vers la classe. Une étudiante assise au premier rang leva la main.

– Le Dernier Ancêtre Commun Universel ?

– Le Dernier Ancêtre Commun Universel, dit-il.

Le Dernier Ancêtre Commun Universel : une cellule qui date d'environ quatre ou cinq milliards d'années et d'où sont issues l'ensemble des espèces vivantes. L'ancêtre que nous avons en commun avec les violettes, avec les baleines bleues, avec les chats et avec les fougères. La cellule dont nous descendons, de même que les étoiles de mer, les ptérodactyles et les jonquilles, l'A.D.N. mutant et tournoyant dans toutes les directions au cours des millénaires pour devenir des ormes, des poissons rouges, des humains, des cactus et des libellules, des moineaux et des panthères, des cafards, des tortues, des orchidées et des chiens. Nous avons évolué à partir de la même cellule qui a engendré la pâquerette, et cette pensée avait toujours eu un effet apaisant sur Elena. Deux jours avant sa première visite à Anton à l'entresol, elle attendait dans le hall d'une suite de bureaux, au onzième étage du nouveau World Trade Center 7. Elle regardait dans le vide, pensant aux pâquerettes, aux étoiles de mer et aux oiseaux, quand elle entendit son nom.

– Elena, dit l'enquêtrice, je suis Alexandra Broden.

C'était une femme posée, en tailleur gris, aux yeux extrêmement bleus et aux cheveux bruns coupés court. Son bureau avait quelque chose de provisoire, comme une pièce louée à l'heure : photos standards de couchers de soleil et de forêts en noir et blanc sur les murs, deux petits fauteuils d'aspect inconfortable près de la fenêtre, aucun objet sur le bureau à part un téléphone et une lampe Belle Époque. Broden sortit d'un tiroir un bloc-notes et un stylo, s'assit dans l'un des sièges et indiqua l'autre à Elena. Il n'était pas plus confortable qu'il n'en avait l'air.

– Merci d'être venue.

– Il n'y a pas de quoi.

Elena n'était pas persuadée d'avoir vraiment eu le choix en la matière, mais elle décida de ne pas en faire état. Elle s'assit au bord du fauteuil, tripotant la bague ornée d'une perle qu'elle portait à la main droite. L'enquêtrice s'adossa à son siège et observa sa visiteuse en silence.

– Je n'étais pas sûre d'être au bon endroit. Il n'y a pas de plaque sur la porte.

– Nous venons juste d'emménager.

Elena hocha la tête et regarda sa bague. Au bout d'un moment, Broden tourna la première page de son bloc – déjà remplie de notes – et déclara :

– Vous étiez l'assistante d'Anton Waker ?

– Je l'ai été, oui. Pendant deux ans, à peu près.

– Jusqu'à quand ?

– Récemment. Ça doit faire deux semaines.

– Ça vous plaisait de travailler pour lui ?

– Oui.

Elena eut le sentiment que Broden écrivait davantage de mots qu'elle-même n'en prononçait, mais c'était impossible à vérifier. Le bloc-notes était incliné dans le mauvais sens.

– Pourquoi ?

– Il était gentil avec moi. Ce n'est pas le cas de la plupart des gens pour qui on travaille.

– J'espère que ça ne vous ennuie pas, dit Broden, mais je voudrais en savoir un peu plus sur vos antécédents avant que nous en venions à Anton. Vous avez fait un trimestre à Columbia, je crois ?

– J'étudiais l'astrobiologie.

– Pourquoi avez-vous laissé tomber ?

– C'était trop, répondit Elena. Je n'avais jamais quitté l'Arctique canadien, et puis je me suis retrouvée du jour au lendemain à New York, bénéficiant d'une bourse complète, et c'était juste… enfin, ça faisait trop d'un seul coup. Pardonnez-moi, c'est difficile à expliquer. J'avais dix-huit ans et j'étais seule dans cette ville. J'avais fait un mauvais premier semestre, alors j'ai décidé de prendre un semestre de congé.

– Mais vous n'êtes jamais revenue, n'est-ce pas ?

– Non. Je n'y suis pas retournée.

– Je vois. Nous allons juste faire le point rapidement. Donc, vous avez quitté Columbia il y a cinq ans ? Six ? Et vous avez commencé à travailler dans un restaurant, si j'ai bonne mémoire. Était-ce aussitôt après avoir quitté l'université ?

– Oui, dit Elena.

– Ce restaurant, c'était votre premier emploi ?

– J'avais été serveuse dans ma ville natale, quand j'étais au lycée. Ensuite je suis allée à Columbia, puis j'ai travaillé dans un restaurant et posé pour un photographe, et puis je suis venue ici. Voilà tous mes antécédents professionnels.

Broden tourna la page et continua d'écrire.

– Et vous bénéficiez d'un visa de travail, ou avez-vous une carte verte ?

– Mon père est américain, répondit Elena. J'ai la double nationalité.

– C'est heureux pour vous. Où est né votre père ?

– Dans le Wyoming.

– Belle région, dit Broden en continuant de prendre des notes. Bon, je sais que les ressources humaines ont probablement déjà examiné tout ça avec vous, mais si je peux vous demander encore un peu de patience, j'ai quelques questions à vous poser concernant Anton.

– Vous travaillez donc avec eux ?

– Avec ?…

– Les ressources humaines, dit Elena.

– Excusez-moi, je n'ai pas dû être très claire dans mes explications lorsque je vous ai eue au téléphone. J'enquête pour le compte d'entreprises. Je travaille en coordination avec le service des ressources humaines de diverses sociétés, mais je suis consultante indépendante.

Broden leva brièvement la tête, puis reporta son attention sur le bloc-notes.

– Anton vous a-t-il dit quoi que ce soit sur ses antécédents ?

– Un type des R.H. m'a posé exactement la même question. Trois fois.

– Et quelle a été votre réponse ?

– Que l'étendue de mes connaissances sur ses antécédents se limitait au diplôme de Harvard accroché au mur de son bureau. À part ça, non, il ne m'en a jamais parlé.

– Aucune allusion à sa famille ? À sa cousine ?

– Non, rien de tout ça. Il n'a jamais parlé d'une cousine.

– Je vois. Et vous ne connaissez pas sa famille, je suppose.

– J'ai rencontré une fois sa fiancée, à un goûter de Noël organisé par l'entreprise. Est-ce que ça compte ?

– Et lui, quand l'avez-vous rencontré pour la première fois ?

– Anton ? Il y a un peu plus de deux ans. Pour mon entretien d'embauche.

– Vous êtes certaine que c'était la première rencontre entre vous, insista l'enquêtrice. Pour votre entretien d'embauche.

– Oui, répondit Elena.

Lorsque Elena regagna son bureau, une heure et demie plus tard, une pile d'enveloppes s'était accumulée dans sa boîte de courrier, mais elle ne les ouvrit pas. Elle resta un moment à fixer le mur de son box ; quand elle regarda sa montre, il était quatre heures et quart.

– On file à l'anglaise ? s'enquit Graciela, l'une des deux coursières de la société.

Elle se tenait près de l'ascenseur, les bras chargés d'enveloppes.

– Pause-café, dit Elena d'une voix morne.

– Tu es toute pâle. Tu devrais prendre ta journée de demain. Appelle pour dire que tu es malade.

– Peut-être.

L'ascenseur arriva. Graciela appuya sur le bouton du rez-de-chaussée ; Elena, sur celui du deuxième étage.

– Qu'est-ce que tu vas faire au deuxième étage ?

– Juste dire bonjour à une collègue qui y travaille, répondit Elena.

Quand la porte de la cabine s'ouvrit, elle dit au revoir à Graciela et longea rapidement le couloir, tourna à un angle, regarda des deux côtés et se faufila par une porte de sortie. Dans la froide lumière grise de l'Escalier B, un homme était assis sur les marches en ciment, les yeux fermés.

– Excusez-moi, dit Elena.

Il acquiesça faiblement et elle le contourna. Lorsqu'elle jeta un coup d'œil par-dessus son épaule, il avait refermé les yeux. Elle entendit les divers bruits de l'entresol quand elle poussa la porte : le glouglou de l'eau dans les canalisations apparentes du plafond, le crépitement des bouches d'aération, le mouvement de l'air – un bourdonnement industriel sans commencement ni fin, aussi constant que l'océan. Le couloir était large et désert, chichement éclairé, peuplé de moutons de poussière qui erraient çà et là. Elle franchit un certain nombre de portes avant que ne débute la série de pièces de stockage : Réserve de Dossiers Archivés 1, Réserve de Dossiers Archivés 2, Réserve de Dossiers Archivés 3. Elle s'immobilisa quelques instants devant la porte close de la Réserve de Dossiers Archivés 4, puis recula sans bruit et rebroussa chemin vers l'escalier. L'employé de bureau était toujours assis sur les marches. Il hocha de nouveau la tête mais ne dit pas un mot quand elle le contourna. Dans l'ascenseur, entre le deuxième et le vingt et unième étage, elle ferma les paupières et appuya son front contre le mur.

– Encore une pause non programmée ? demanda sa collègue.

Nora occupait le bureau le plus proche des ascenseurs, où elle semblait prendre plaisir à observer et à commenter les allées et venues du service. Elena l'ignora et rejoignit son box. Le numéro de téléphone inscrit sur la carte de Broden était apparemment celui d'un portable : les sonneries avaient quelque chose de tremblotant, de grésillant.

– Excusez-moi, dit-elle lorsque Broden répondit. Je sais que votre enquête est importante, mais je ne pense pas pouvoir faire ce que vous me demandez.

– Et pourquoi ça ?

La voix de Broden était affable.

– Je sais que c'est grave de mentir sur les références de son C.V., je sais que c'est de la triche et je ne suis pas d'accord avec ça, ne croyez pas que j'approuve, seulement ce type a été mon patron pendant deux ans et demi et je le considère presque comme un ami, je suis incapable de l'espionner et d'essayer de lui faire dire certaines choses pour vous les rapporter ensuite, je ne peux…

– Voici ce que nous allons faire, l'interrompit Broden. Venez donc me voir demain et nous en parlerons. Il vaut sans doute mieux que je vous explique la situation plus en détail.

Après avoir raccroché, Elena regarda fixement les épreuves qu'elle était censée corriger, mais ses yeux patinaient indéfiniment sur le même paragraphe. Elle ferma les paupières, appuya ses coudes sur son bureau et pressa les extrémités de ses doigts sur son front. Elle voulait donner l'impression à un éventuel observateur qu'elle avait simplement mal à la tête ou qu'elle se reposait les yeux une minute. En réalité, le problème était plus sérieux : elle avait oublié comment lire.

Cela lui arrivait presque quotidiennement et elle s'y était habituée – elle comprenait bien qu'il s'agissait d'un effet secondaire, dû au fait qu'elle ne supportait pas son job – mais, ces derniers temps, ça lui arrivait de plus en plus tôt dans la journée. Les matinées passaient rapidement mais les après-midi étaient mortels. Le temps ralentissait et se dilatait. Elle avait envie de fuir. Avant quatre heures, elle devait parfois corriger le même document trois fois. Elle relisait indéfiniment les mêmes mots, les sectionnait en syllabes individuelles, les fixait attentivement, mais si vous fixez un mot suffisamment longtemps il finit par perdre toute signification et par devenir abstrait. Elle faisait ce travail depuis maintenant deux ou trois semaines, depuis qu'elle avait été exilée sans explication du service de recherche d'Anton Waker, et ça devenait chaque jour de moins en moins tenable.

– Elena ? (Nora avait une voix de chanteuse, forte et claire.) Pourriez-vous venir ici une minute ?

Quand Elena la rejoignit, un document était posé bien évidence sur son bureau, telle une pièce à conviction, un document sur lequel la jeune femme avait transpiré le matin même. Nora pesait bien plus de cent cinquante kilos et avait une magnifique chevelure brune, mais son trait le plus remarquable était celui-ci : elle adorait les fautes. Ici, dans ce département sans avenir du marigot toujours saumâtre de la société, son pouvoir et son bonheur résidaient dans la découverte d'erreurs non corrigées.

– Elena, dit-elle d'un ton très patient, comme si elle s'adressait à une enfant, je me demande pourquoi vous n'avez pas corrigé l'orthographe de ce mot. Serait-ce que, dans votre esprit, « week-end » s'écrit sans trait d'union ?

– Oh… L'auteur est anglais, il l'écrit parfois comme ça. Donnez-le-moi, je vais rectifier.

– Rassurez-vous, je rectifie *toutes* les erreurs que je rencontre. Je vous l'ai dit *bien* des fois.

Le plaisir était manifeste dans la voix de Nora. Ses yeux flamboyaient ; elle était dans son élément.

– Bon, ben… merci de me l'avoir signalée. Je vais retourner travailler.

Mais Nora détestait que le jeu s'interrompe trop vite.

– Si jamais vous désirez emprunter *mon* dictionnaire, Elena, dit-elle d'un ton sucré, je vous invite cordialement à y chercher *tout* ce qui peut vous être utile.

– Je n'ai pas besoin de votre dictionnaire. Merci.

– Et pourtant, Elena, vous pensiez bel et bien que « week-end » ne prend pas de trait d'union.

Elle ouvrait de grands yeux innocents, à présent ; la malveillance s'était évaporée comme une nuée de passage.

– Non, pas du tout.

– Ce que vous m'expliquez là, en fait, c'est que vous aviez *vu* la faute… (La voix de Nora se faisait incrédule.)… mais que vous avez décidé de ne *pas* la corriger, alors même que vous saviez qu'il s'agissait d'une *erreur* ?

– Écoutez, dit Elena, elle m'avait visiblement échappé. Nous en avons terminé, là ?

Nora adopta un ton très grave et réprobateur, comme un P.-D.G. sur le point de renvoyer un sous-fifre désobéissant – même si, à la connaissance d'Elena, son rôle de supervision était parfaitement symbolique, puisqu'elle n'avait pas le pouvoir de congédier qui que ce fût.

– Elena, je sais bien que vous n'occupez pas ce poste depuis très longtemps, mais vous semblez ne pas avoir saisi une chose, à savoir qu'il est de votre responsabilité de corriger *la moindre* erreur que vous rencontrez. Y compris les erreurs que nous ne jugeons pas suffisamment importantes pour les rectifier.

– Génial, Nora. Si vous voulez bien m'excuser, je vais maintenant retourner à mes épreuves.

– Elena, ce n'est pas parce que je vous ai signalé votre erreur que vous devez vous montrer désagréable avec moi. Je trouve cela agaçant.

Elena regagna son box et, pendant plusieurs minutes, n'avança pas le moins du monde dans son travail.

– Qu'est-ce que vous faites ? Ça va ?

Un de ses collègues se tenait sur le seuil. Elle s'aperçut alors qu'elle était assise depuis un bon moment la tête dans les mains.

– Oh ! oui, très bien, dit-elle. Simple migraine.

– Il est cinq heures, dit Mark. Théoriquement, vous pouvez partir si vous en avez envie.

– D'acc. Merci.

Elle ne savait pas trop de quoi elle le remerciait exactement, et Mark ne sembla pas le savoir non plus. Il la fixa un moment à travers ses lunettes aux verres si épais que ses yeux étaient grossis comme à la loupe, puis il secoua la tête et tourna les talons. Il n'avait jamais été aussi bavard avec elle. Elena prit son sac à main et laissa son bureau en désordre. Elle descendit dans le hall en marbre, emprunta l'escalier qui reliait le building à la gare de Grand Central, traversa le hall principal au plafond parsemé d'étoiles. Elle s'entassa avec des inconnus dans une série de rames de métro jusqu'à ce que l'une d'elles la dépose dans une rue étouffante de Brooklyn : l'air était encore lumineux mais les ombres s'allongeaient, des enfants dessinaient sur le trottoir tiède des personnages à la tête énorme, plus ou moins ronde, et aux bras en bâtons, tandis que des hommes jouaient aux dominos sur une table de bridge pliante, échangeant des propos en espagnol et ignorant Elena quand elle passa près d'eux. Trois clefs étaient nécessaires pour entrer dans son immeuble. Une porte grillagée claqua derrière elle comme une cage ; juste derrière celle-ci, il y avait une porte d'immeuble normale, puis un petit vestibule avec des strates archéologiques de prospectus poussiéreux et de courrier non ramassé qui s'entassaient sous les boîtes aux lettres, et encore une autre porte après ça. En haut de l'escalier, une quatrième clef était requise pour ouvrir la porte de l'appartement, où la première chose qu'elle vit fut le bocal de poissons rouges que Caleb avait posé sur la table de l'entrée, les cinq poissons brillants et frétillants, le bocal impeccablement entretenu.

— Tu sais, lui dit sa mère, je voudrais bien que ta sœur ait autant d'ambition que toi.

— Je ne sais pas si c'est de l'*ambition* à proprement parler.

Le téléphone coincé au creux de son épaule, Elena remplissait une bouilloire. Elle n'avait pas bavardé avec sa mère depuis deux ou trois mois, et elle était surprise de constater à quel point sa voix lui avait manqué.

— Je ne sais pas très bien ce que c'est. Ça ressemble plutôt à un gène de fuite. On naît avec ou… (Elle posa la bouilloire sur la cuisinière et observa la flamme bleutée tout en écoutant.) Non, reprit-elle, je crois que l'ambition te pousse à accomplir des choses, à aller jusqu'au bout. Moi, tout ce que j'ai fait, c'est partir et démissionner.

— Ce n'est pas un mince exploit, dit sa mère. D'être partie, j'entends. Franchement, quand je vois ta sœur…

— Je ne sais pas, j'ai du mal à penser que j'ai accompli quelque chose au stade où j'en suis.

Elena écouta quelques minutes, regardant son reflet dans la fenêtre obscurcie par la nuit. Dans les Territoires du Nord-Ouest, il était cinq heures de l'après-midi – deux heures de moins qu'ici – et sa ville natale était située tellement au nord que, en cette saison, le soleil ne se couchait pas. Elle imagina sa mère assise près de la fenêtre dans la lumière aveuglante, des grains de poussière dansant dans les rayons du soleil et le chien couché sur le tapis. Le sifflement de la bouilloire la ramena brusquement à New York ; elle éteignit le gaz et versa l'eau brûlante dans une boîte de nouilles instantanées qui était ouverte sur le plan de travail. Sa mère continuait de parler.

– Tu ne comprends pas ce qu'est mon boulot, dit Elena lorsque sa mère s'interrompit pour reprendre sa respiration. Il n'est vraiment pas supportable. J'étais censée devenir une scientifique, et maintenant je suis ici et je travaille. Mon seul exploit, c'est d'être partie.

– Tu survis dans cette ville depuis combien de temps, maintenant ? Huit ans ?

– Huit ans. Ne dis pas « cette ville » sur ce ton-là. On croirait que tu parles de Bagdad. Jade est à la maison ?

– Ta sœur ne se sent pas très bien, en fait.

– Elle n'a pas envie de me parler.

– Non, dit doucement la mère d'Elena, elle ne veut pas. Elle ne m'explique jamais pourquoi. Ne prends pas ça pour toi, mon cœur, elle est morose ces temps-ci. Comment va Caleb ?

La mère d'Elena n'avait jamais posé les yeux sur Caleb ni sur New York : ces deux entités étaient l'objet de fréquentes spéculations et d'une constante appréhension.

– Il va bien. Il étudie.

Cette remarque provoqua un bref silence, parce que la question de savoir pourquoi Elena n'étudiait pas, elle aussi, n'avait jamais été résolue d'une manière satisfaisante. La mère d'Elena s'éclaircit la gorge.

– Bon, dit-elle, prends soin de toi.

– Bonsoir.

La communication était déjà coupée. Lorsque la mère d'Elena ne trouvait plus rien à dire, elle rendait l'antenne sans préambule. À une certaine époque, cette attitude avait contrarié Elena ; mais ce soir, elle se surprit à admirer un tel esprit de décision.

Dehors, le ciel s'assombrissait et le tonnerre grondait. Quand la pluie commença à tomber, Elena ouvrit la fenêtre en grand. Les bruits de l'orage emplirent la cuisine. Elle cessa de penser à Broden et prit le journal, et elle mangeait des nouilles en lisant les nouvelles lorsque Caleb rentra. Elle l'entendit s'arrêter près du bocal et murmurer quelques mots approbateurs aux poissons rouges. Ses lunettes s'embuèrent rapidement dans la chaleur de la cuisine ; il les ôta, debout sur le seuil, les cheveux foncés par la pluie, et regarda Elena en clignant des paupières.

– Tu n'avais pas de parapluie ?

– Il s'est cassé.

Il arborait un sourire lointain, distrait, qui signifiait que la recherche avançait bien. Elle leva le visage vers lui quand il s'approcha, mais il l'embrassa sur le front et non sur les lèvres.

– Tu as mangé ?

– J'ai pris un sandwich à Columbia, dit-il. Encore des nouilles instantanées ?

Elle acquiesça sans répondre.

– Comment s'est passée ta journée ? demanda-t-il.

Il enleva sa chemise trempée et l'accrocha au dossier d'une chaise. Son dos nu était d'une pâleur surnaturelle.

– Bof, dit Elena, une journée de travail comme les autres, tu sais…

Avant de s'apercevoir que non, évidemment, il ne savait pas. Caleb n'avait pas d'emploi régulier – et, pour autant qu'elle le sache, n'en avait jamais eu.

– Enfin…

Il l'observait avec un demi-sourire, attendant la chute.

– … je suppose, à la réflexion, que tu n'en sais rien.

Elle ponctua ce dernier commentaire d'un rire rapide pour le rendre aussi badin et dénué de rancune que possible. Caleb répondit par un sourire et sortit du réfrigérateur une brique de jus d'orange.

– Tu n'as pas froid, trempé comme tu l'es ? Je m'apprêtais à prendre une douche bien chaude.

– Ah ? fit-il en versant du jus dans un verre.

– Si tu veux te joindre à moi, tu es le bienvenu.

– Ah…

Il demeura un moment silencieux à fixer le fond de son verre.

– Non, vas-y. En fait, je comptais travailler encore un peu avant de me coucher.

Il l'embrassa rapidement sur les lèvres, non sans sincérité, et la laissa seule dans la cuisine.

Lorsque Caleb fut sorti de la pièce, elle jeta à la poubelle le restant de nouilles et but un verre d'eau debout près de l'évier. La pluie avait cessé et la chaleur était de nouveau subtropicale ; des phalènes cognaient leurs ailes veloutées contre la moustiquaire de la fenêtre. Elena emporta le téléphone dans la chambre, ouvrit le tiroir du haut à droite et en sortit un bout de papier caché dans une chaussette bleue. Le papier, plié des années auparavant, était lisse le long des plis. Sur ce morceau de papier, elle avait écrit un numéro de téléphone et aussi l'adresse d'un café de la 1re Rue Est. Elle composa rapidement le numéro, replia le papier et le remit dans la chaussette, qu'elle eut le temps de ranger dans le tiroir avant qu'une voix de femme ne lui réponde.

– Aria, dit-elle, je ne sais pas si vous vous souvenez de moi. C'est Elena James à l'appareil.

– Elena James… (Après un silence, Aria Waker reprit :) Vous êtes la Canadienne.

– Oui. Écoutez, je…

– N'en dites pas davantage, je suis sur un portable et je ne parle plus affaires sur des portables. Donnez-moi un numéro de fixe où je peux vous rappeler.

Elena s'exécuta et Aria coupa la communication. Le téléphone sonna vingt minutes plus tard.

– Oui, dit Aria quand Elena répondit.

Le son avait quelque chose de métallique et il y avait un brouhaha en fond sonore. Elena se dit qu'elle devait appeler d'un téléphone public dans un bar.

– Il y a une femme qui m'interroge, dit-elle. Une espèce de consultante, une enquêtrice indépendante… du moins, c'est ce qu'elle affirme. Mais je ne… écoutez, je ne sais pas qui c'est, mais elle me pose des questions sur votre cousin. Sur ses antécédents.

– Quel genre de questions ?

– Sa famille. Où il est allé à l'université. Je ne sais rien de cette histoire, ça ne me regarde pas, mais elle pose aussi des questions sur moi. Mes antécédents professionnels.

– Vous saviez qu'il n'y avait aucune garantie, dit Aria – mais avec douceur.

– Oh ! il ne s'agit pas de ça. Ce n'est pas pour ça que j'appelle. Je ne… Écoutez, je vous suis reconnaissante de ce que vous avez fait pour moi, vous et Anton, et j'ai préféré vous prévenir. Elle m'a aussi demandé où j'avais rencontré Anton. Je lui ai répondu que je l'avais rencontré lors de mon entretien d'embauche, évidemment, mais elle a insisté, elle a répété sa question. Est-ce que je suis claire ? Elle m'interroge sur mon passé professionnel, elle m'interroge sur mon statut d'immigrante, et elle m'a demandé quand j'avais fait la connaissance d'Anton.

Silence au bout du fil.

– Je vous saurais gré de ne pas parler de cette histoire à Anton, dit enfin Aria. Je voudrais l'aborder avec lui directement.

– D'accord.

– Merci de m'avoir appelée, dit Aria avant de raccrocher.

Le lendemain matin, Elena se réveilla avant la sonnerie du réveil et resta un moment allongée dans son lit à fixer le plafond. Caleb dormait à côté d'elle, le dos tourné. Elle ne se rappelait pas l'avoir vu se coucher et se rendit compte qu'une fois de plus, elle s'était endormie seule. Il faisait trop chaud dans la chambre ; le ventilateur de plafond brassait de l'air tiède au-dessus du lit. Elle se doucha et s'habilla rapidement, tout en noir (elle éprouvait un sentiment d'effroi), acheta le café et les croissants quotidiens à la boulangerie qui se trouvait près de la station de métro de Montrose Avenue, et resta assise à regarder son reflet dans la vitre de la rame. Quelque part sous l'East River, elle imagina la pression de l'eau sur le tunnel, les bateaux voguant à la surface du fleuve, loin au-dessus de leurs têtes, et elle ferma les yeux. Elle ne les rouvrit qu'en entendant annoncer la station Union Square, où elle changea pour prendre un train qui l'emmena à Grand Central. Elle traversa à pas pressés le hall principal, se sentant perdue dans la foule, et une autre journée passa tel un rêve fastidieux.

À cinq heures, Elena prit le métro jusqu'au quartier du World Trade Center. Elle était en avance à son rendez-vous ; elle resta quelques minutes sur le trottoir à regarder le chantier de construction avant de traverser la rue jusqu'à la tour 7, récemment reconstruite, où elle prit l'ascenseur pour le onzième étage.

Dans la fraîcheur de la salle d'attente, elle inspecta les magazines et trouva dans la pile un exemplaire dépenaillé de la *New York Review of Books*. Il y avait un article qui lui fit presque oublier Broden le temps de la lecture : l'arbre le plus ancien du monde est le pin à cônes épineux, qui pousse dans l'ouest des États-Unis. Elle lut cela pendant qu'elle attendait l'apparition de Broden, mais alors même que celle-ci ouvrait la porte de son bureau, les détails s'embrumaient déjà ; le temps qu'elle prenne place dans le même fauteuil inconfortable que la fois précédente, elle n'arrivait plus à se rappeler où se trouvait exactement cet arbre – dans l'Utah ? en Californie ? – et une peur affreuse la tenaillait. Broden s'asseyait maintenant en face d'elle, parcourant ses notes. N'empêche, quel que soit son emplacement, Utah ou Californie, le plus vieil arbre répertorié à ce jour sur Terre date de quatre mille six cents ans. Elena, quand elle avait lu ça dans la salle d'attente, s'était mise à regarder dans le vide en pensant à cette vaste étendue de siècles qui remontait à moitié jusqu'à la fin de la dernière grande glaciation.

– Comment s'est passée votre journée, Elena ? s'enquit Broden.

– Mal.

Nora l'avait convoquée à quatre reprises et avait fini par la faire pleurer. La pensée de retourner au bureau le lendemain matin lui donnait envie de descendre dans la rue, de héler un taxi et de se faire conduire n'importe où. N'importe quelle autre destination, n'importe quelle autre vie.

– Mal ? Vous m'en voyez désolée. Merci d'être revenue me voir. Il fait toujours aussi chaud dehors ?

– Extrêmement chaud, dit Elena.

Le plus vieil arbre du monde est un pin à cônes épineux, mais la tragédie de l'histoire c'est qu'il y en avait un qui était encore plus ancien. Un étudiant en géologie de l'Utah, fermement décidé à trouver un spécimen plus impressionnant, était grimpé dans les montagnes et avait marqué d'un piquet le plus gros arbre qu'il ait pu trouver. Il avait emprunté une tarière, instrument utilisé pour prélever un échantillon de la taille d'un crayon à la base du tronc. Il avait commencé à forer, mais la tarière avait claqué et un gardien du parc l'avait autorisé à couper l'arbre pour récupérer son instrument.

Après avoir compté les cernes de la souche, on découvrit que le pin abattu avait quatre mille neuf cents ans. Dans le but de récupérer un instrument de mesure cassé, un étudiant avait tué le plus vieil arbre connu sur Terre. Elena laissa vagabonder son esprit. Il y a quatre mille neuf cents ans, on inventait le verre en Asie Mineure. On faisait infuser la première tasse de thé en Chine. Une tribu errante, à l'extrémité orientale de la Méditerranée, développait la première religion monothéiste, même s'il fallut quelque temps pour qu'ils soient connus sous le nom de juifs. Un écrivain sumérien inconnu venait de composer *Gilgamesh*.

Une pomme de pin tombait sur le sol et produisait un minuscule arbrisseau dans les montagnes, et vous pouvez compter vous-même les cernes : quatre mille neuf cents ans après la chute de la pomme de pin, une mince rondelle du tronc, couverte de poussière, est accrochée dans un bar du Nevada.

– Bon, dit Broden, venons-en à nos affaires.

Brusquement arrachée à ses pensées, Elena leva la tête. Ne trouvant rien à dire, elle esquissa un pâle sourire et se tint coite. La pièce avait légèrement changé. Un dessin d'enfant représentant une ballerine était encadré sur le mur, derrière le bureau, et un pot de géraniums était posé sur l'appui de la fenêtre, derrière le fauteuil de Broden, avec un petit drapeau en plastique fiché dans la terre noire portant l'inscription : « Joyeux Anniversaire !! »

– C'était votre anniversaire ? demanda-t-elle.

– Oui. Écoutez, mon intention n'était pas de vous stresser. Je vous demandais simplement de descendre à l'entresol dire bonjour à Anton, d'engager la conversation avec lui, de l'interroger sur ce qu'il fait là. J'espérais qu'il donnerait spontanément quelques informations. Un aveu de culpabilité nous faciliterait grandement la tâche.

– Excusez-moi, dit Elena. Ne croyez pas que votre enquête me semble sans importance, mais j'aurais l'impression de le trahir si je l'espionnais comme ça, et nous avons travaillé des années ensemble, ça ne me paraît pas…

– Ça ne vous paraît pas bien ?

– Honnêtement, non.

Broden hocha la tête.

– J'apprécie votre franchise. Cependant, je ne peux m'empêcher de me demander si ce n'est pas plutôt une question de motivation. Que diriez-vous si l'enjeu était plus grave qu'un simple C.V. trafiqué ?

– Voulez-vous dire qu'il a commis un crime ?

Broden la dévisagea un moment sans répondre, puis sourit. Elena frissonna.

– Froid ?

– Un peu. La climatisation de ces bureaux…

– Il fait effectivement un peu frais ici, dit Broden. J'aimerais examiner encore une fois vos antécédents. Juste pour clarifier quelques points, et je suis persuadée que cela nous ramènera tout naturellement à la question en cours. Après avoir terminé le lycée, vous êtes venue aux États-Unis pour aller à l'université.

– Exactement. Oui.

– Vous aviez alors dix-huit ans ?

– Oui.

– Vous aviez une bourse d'études pour Columbia ?

– Et on m'en proposait une pour le MIT[1]. Mais je voulais vivre à New York.

– Bel exploit, concéda Broden. Avez-vous travaillé quand vous étiez à l'université ?

– Non. J'ai commencé après.

– Parlez-moi de cette époque. Après avoir quitté l'université.

– Ma foi, il n'y a pas grand-chose à en dire. Je faisais la plonge dans un restaurant. J'ai ensuite posé pour un photographe, et ensuite je suis venue ici.

– Hmm-hmm. Revenons un pas en arrière. Le moment où vous posiez pour un photographe. Qu'est-ce qui vous a poussée à faire ça ?

– À devenir modèle ? Je ne sais pas, c'est difficile de trouver un emploi décent sans avoir une licence. Je ne gagnais pas beaucoup d'argent au restaurant. C'était juste un revenu supplémentaire.

– Je comprends, dit Broden. C'était une activité que vous pouviez faire en vivant illégalement aux États-Unis.

– Non, je, attendez… je vous demande pardon ?

---

1. *Massachusetts Institute of Technology*, l'une des meilleures universités du monde dans le domaine des sciences et de la technologie. *(N.d.T.)*

– Vous avez mal entendu ?

– Non, mais vous avez peut-être mal compris. Mon père est né dans le Wyoming. Je suis née et j'ai grandi au Canada, mais je suis une citoyenne américaine.

Elena pataugeait. Les eaux montaient et il n'y avait aucune issue.

Broden soupira et posa son bloc-notes sur le bureau.

– Vous arrive-t-il d'avoir des migraines ? demanda-t-elle en examinant ses ongles, coupés court et non vernis.

– Je…

– Ça m'arrive parfois, le soir. Après le travail, quand je rentre chez moi à la fin de la journée. Mon mari pense que c'est le stress, mais moi je pense que c'est l'imposture.

– Je ne…

– D'un autre côté, soyons franches, ce n'est pas que le job lui-même ne soit pas stressant.

Broden se leva et contourna son fauteuil pour s'approcher de la fenêtre, d'où elle contempla les autres tours de bureaux et le ciel.

– Croyez-moi, il l'est, reprit-elle. Vous n'avez pas idée de ce qui est en jeu, là. Mais ce n'est pas le stress qui me mine, c'est l'imposture. Cette imposture interminable, puérile, pathétique, alors que les moindres faits de votre vie sont si aisément vérifiables, alors qu'il a été si facile d'obtenir du Canada une copie de l'extrait de naissance de votre père. Et croyez-moi, vous n'êtes pas la seule, tout le monde s'imagine avoir traversé la vie sans laisser dans son sillage une piste de documents administratifs. Je trouve cela franchement déroutant. (Elle joignit les mains derrière son dos et tendit le cou pour regarder, entre les tours, le ciel d'un bleu limpide.) Y a-t-il, dans la vie d'une personne, une partie qui ne soit pas archivée ? Les principaux événements de l'existence nécessitent des certificats : naissances, mariages et décès sont marqués et comptés, et il suffit de quelques recherches pour compléter le reste. Votre pays de résidence et de citoyenneté est mentionné à l'état civil, de même que vos études, l'identité de vos parents, leur pays de naissance et leur nationalité. Alors dites-moi, Elena, votre fameux père américain a-t-il seulement mis les pieds aux États-Unis ?

– Non, écoutez, il y a eu une sorte de... Je ne suis pas... Je suis américaine, mon père est américain, nous...

– Et pourtant, vos deux parents sont nés à Toronto et vous êtes allée à l'université Columbia grâce à un visa long séjour « étudiant ». Lequel devient nul et non avenu, bien sûr, dès lors que vous laissez tomber vos études. (Broden s'exprimait sans aucune hostilité. Elle constatait simplement un fait.) Tout le monde laisse une piste administrative, Elena, même les clandestins qui ne peuvent pas se payer un avocat spécialiste en droit de l'immigration. Pensez-vous donc être invisible ?

Elena avait du mal à respirer.

– J'ignore de quoi vous parlez.

– Ce n'est pas facile d'être clandestin dans ce pays, je le comprends bien. Ce n'est pas facile non plus d'immigrer ici légalement, surtout si vous êtes une fainéante ayant abandonné l'université et originaire d'une glaciale petite ville située au nord du cercle polaire arctique. Ce n'est plus tout à fait « Donnez-nous vos pauvres, vos exténués, qui en rangs serrés aspirent à vivre libres[1] », n'est-ce pas ?

Dans le soleil de la fin d'après-midi, les mains jointes dans le dos, les yeux levés vers le ciel au-dessus de Lower Manhattan, Broden paraissait parfaitement sereine. Elle enchaîna :

– C'est plutôt « Donnez-nous vos riches, vos bien intégrés, vos surdiplômés et vos hautement qualifiés ». Je n'aime pas ce que vous avez fait, mais je comprends vos difficultés. (Après un

---

1. Extrait du poème d'Emma Lazarus, *Le Nouveau Colosse*, gravé sur une plaque de bronze sur le piédestal de la statue de la Liberté. (*N.d.T.*)

silence, elle reprit :) Quoi qu'il en soit, nous avons au moins une chose en commun.

– Laquelle ? demanda Elena dans un murmure.

– Nous ne nous sommes pas présentées sous notre véritable jour.

Broden plongea la main dans la poche intérieure de sa veste et, sans regarder Elena, brandit un insigne jaune et bleu dans sa direction. *Département d'État US, Agent spécial.*

– Je ne suis pas une enquêtrice free-lance et vous n'avez pas le droit, légalement, de travailler dans ce pays.

Elena avait les mains qui tremblaient. Elle les serra ensemble sur ses genoux, si fort que les jointures blanchirent, et quand elle essaya de se rappeler la conversation quelques heures plus tard, ce fut à ce stade que sa mémoire flancha. Qu'avait-elle dit à ce moment-là ? Difficile de s'en souvenir : sans doute une protestation bredouillée et peu convaincante, sur le mode « Il doit s'agir d'une méprise » ou « Je pense que vous faites erreur », une formule terriblement inadaptée à la gravité de la situation.

– Je travaille avec le service de Sécurité diplomatique. Nous sommes le bras armé du Département d'État et ma spécialité est la fraude aux passeports. (Broden se détourna de la fenêtre et observa Elena.) Pour être tout à fait honnête, vous ne m'intéressez pas tant que ça. Ce qui m'intéresse, professionnellement parlant, ce sont vos relations avec le syndicat qui vous a procuré votre numéro de sécurité sociale et ce superbe faux passeport. C'est le syndicat que je veux poursuivre en justice, Elena, pas vous. Alors répondez à mes questions en toute franchise, coopérez pleinement avec nous, et je vous aiderai à obtenir une carte verte. Vous ne serez pas expulsée. Dans le cas contraire, je crains fort que vous n'ayez plus aucune illusion à vous faire sur ce plan-là.

Broden demeura un moment silencieuse à l'observer. Elena se sentit ballottée, sans point d'ancrage, comme si elle allait se mettre à flotter vers le plafond. Elle avait douloureusement conscience des battements de son cœur.

– Une réponse serait la bienvenue, ajouta Broden. Comprenez-vous le choix qui s'offre à vous ?

Elena fit une dernière tentative pour parer le coup :

– C'est que... je n'ai aucune idée de quoi vous parlez. Je ne sais pas à quoi vous faites allusion.

Broden soupira et jeta un bref coup d'œil au plafond, comme dans l'espoir d'une intervention divine.

– Je fais allusion, dit-elle d'un ton très patient, à l'époque où vous avez acheté un numéro de sécurité sociale et un faux passeport à Anton Waker, dans un café de la 1re Rue Est.

Elena se souvenait très clairement de cette partie de l'entretien, et aussi de celle qui avait suivi, quand elles avaient parlé d'appareils d'enregistrement, mais plus tard elle ne put se rappeler comment elle était rentrée chez elle. Le lendemain, dans son box, elle ferma les yeux et pressa les extrémités de ses doigts sur son front, en faisant le vœu d'être transportée n'importe où ailleurs. Les larmes coulaient sur son visage. Bientôt, elle descendrait à l'entresol, où, en cet instant même, Anton envisageait de balancer son agrafeuse par la fenêtre. Dans quelques minutes, elle franchirait la porte de la Réserve de Dossiers Archivés 4, avec un magnétophone dans son sac à main, elle sourirait et lui poserait des questions sur sa vie. On était vendredi, et il était presque dix-sept heures.

4

Aria à douze ans : elle marchait rapidement sous le pont, les mains dans les poches, sa crinière de cheveux noirs lui tombant à la taille, vêtue d'une des chemises de son père dont elle avait retroussé les manches, portant un pantalon trop grand de plusieurs tailles qui avait été oublié par un cousin du côté maternel – le côté équatorien qui venait faire de longs séjours conflictuels, avant que sa mère ne soit expulsée – et, voyant Aria approcher, la mère d'Anton murmura à l'oreille de son fils : « Sois gentil avec ta cousine, c'est dur pour elle en ce moment. » Mais le départ de sa mère n'avait pas changé Aria. À part ses vêtements, à part son apparence négligée et sa façon de grimacer dès qu'on faisait allusion à sa mère, même en passant, elle était restée fondamentalement la même que celle qu'Anton avait toujours connue. Elle avait une assurance infinie. Elle était une chapardeuse experte. Elle volait à l'étalage des bonbons, des paquets de chips, des magazines de mode. Elle n'était pas aimable et ne tolérait rien, mais elle était capable de se montrer amicale. Elle exsudait le courage et la méchanceté à parts égales.

Anton avait onze ans. Aria n'avait que six mois de plus, mais il y avait des moments où l'écart entre eux équivalait à des années. Assis avec sa mère sur le quai de chargement, un mug de café dans les mains, il observait sa cousine approcher par l'autre côté du pont.

– Ari, dit sa mère en guise d'accueil.

– Salut.

Aria grimpa l'escalier du quai de chargement, plongea la main dans sa poche et donna à Anton une barre de chocolat. Il la prit, devina qu'elle était volée et fut envahi d'une admiration mêlée de rancune. Il savait pertinemment qu'elle ne lui donnait pas ces friandises parce qu'elle l'aimait bien ; elle le faisait pour lui rappeler qu'il était trop trouillard pour les chaparder lui-même.

– Tu es venue toute seule à pied ?

Évidemment, qu'elle était venue toute seule à pied. Elle habitait à un kilomètre et demi, dans un secteur de Brooklyn plus profond et moins agréable, plus éloigné de Manhattan, où les appartements étaient moins chers mais avaient des barreaux à toutes les fenêtres et où, parfois, on entendait des coups de feu la nuit. Anton mangea sa barre de chocolat en jetant à sa cousine des regards en coin.

– *Sí,* répondit-elle d'un ton dégagé, élargissant aussitôt la distance qui les séparait.

Son espagnol était une épée qui tenait Anton à distance. Quand ils étaient petits, il la suivait comme un toutou en la suppliant de l'initier : *Apprends-moi un mot, apprends-moi un mot.* Mais, à maintenant onze ans, il se rappelait seulement *sí* et comment on disait « papillon » et « rêveur » (*mariposa, soñador*). Encore n'était-il même plus sûr du mot pour rêveur ; à certains moments, il se disait que c'était peut-être autre chose.

– Où est ton père ? s'enquit la mère d'Anton.

Aria haussa les épaules et s'assit au bord du quai de chargement, à côté d'eux.

– Tu as faim, mon cœur ? Tu veux un petit déjeuner ?

– Je peux avoir du café ?

– Bien sûr.

Sa mère posa son mug à moitié vide près d'Anton et, se levant d'un mouvement souple, disparut dans les ombres du magasin.

Resté seul avec Aria, il contempla le fleuve en silence jusqu'à ce que sa mère revienne avec une tasse de café. Le dimanche matin était le seul moment où il avait sa mère pour lui tout seul, et il était franchement contrarié par l'intrusion de sa cousine.

Pendant quelques minutes, ils burent leur café sans parler sous le soleil de mai. Finalement, Aria demanda :

– Je peux avoir un job ?

– Tu veux travailler ici, au magasin ? s'étonna Miriam Waker.

Elle déployait une énorme énergie pour tenter de convaincre Anton d'y travailler, et elle n'y parvenait que dans la mesure où, pendant une heure, après l'école, il consentait de mauvaise grâce à passer un chiffon humide çà et là, en maugréant pratiquement du début à la fin.

Aria hocha la tête sans répondre.

– Et l'école ?

– Après les cours. À temps partiel.

– Pourquoi veux-tu travailler ici ?

– Je veux travailler, c'est tout.

– Et pourquoi veux-tu travailler, ma douce ? Tu es jeune.

– Ce que je veux, dit-elle, c'est être indépendante.

Le tourment des après-midi. Aria arrivait vers quatre heures, une demi-heure après qu'Anton fut rentré de l'école, et elle balayait le magasin. Celui-ci s'apparentait davantage à un entrepôt, vaste espace ombreux rempli d'objets fantastiques : fontaines, pendules, meubles anciens, vieilles portes en chêne, miroirs ouvragés et immenses cadres dorés, antiques baignoires aux pieds griffus impeccablement restaurées, ravissantes cages à oiseaux en bois qui dataient de l'avant-dernier siècle, des armoires, un vieil escalier métallique en spirale qui débouchait sur le vide. Balayer le magasin était une opération extraordinairement délicate qui pouvait prendre facilement plus d'une heure. Il regardait Aria passer le balai, astiquer les meubles, et il était saisi du désir fou, incohérent, de lui toucher les cheveux.

Quand Aria avait fini de balayer et de cirer quelques meubles, la mère d'Anton lui donnait toujours vingt dollars ; c'était excessivement généreux, mais personne n'avait le cœur d'émettre des réserves (*c'est* Aria, *bon sang, elle n'a pas de mère*). Les premiers temps, Aria s'en allait toujours après avoir terminé son travail, mais peu à peu elle commença à apporter ses devoirs et à rester de plus en plus tard, jusqu'au moment où il fut impossible de ne pas l'inviter à rester dîner, le père d'Anton la raccompagnant ensuite à pied dans l'obscurité. Ou alors, parfois, elle restait coucher sur un matelas en mousse installé sur le plancher du salon. Puis, progressivement, elle établit un avant-poste dans la chambre voisine de celle d'Anton, qui avait précédemment servi de réserve, et finalement elle passa des jours – voire des semaines – sans rentrer du tout chez elle. La mère d'Anton était aux petits soins pour elle, insistait pour qu'elle prenne un petit déjeuner, lui achetait des vêtements à sa taille. Il entendait ses parents parler tard le soir, doux murmure de voix de l'autre côté du mince mur de séparation avec la cuisine. Le père d'Aria, semblait-il, ne rentrait pas très souvent à la maison, lui non plus, et dépensait tout son argent en longs coups de téléphone avec l'Équateur. Des mots entendus à travers le mur : *Il est complètement défait.* Anton ne savait pas très bien ce que ça signifiait, mais il pouvait l'imaginer, couché dans l'obscurité de sa chambre. Il fit un cauchemar dans lequel un homme marchait dans la rue, au loin, et venait vers lui ; en s'approchant, Anton voyait que ce n'était pas du tout un homme mais un costume vide qui marchait tout seul, et le costume commençait à se défaire sur les bords jusqu'à ne plus être qu'un amas de bouts de fil et de tissu sur le trottoir, à ses pieds, et Anton se réveillait, hoquetant et enchevêtré dans ses draps.

Un souvenir de sa tante : la mère d'Aria, Sylvia aux boucles d'oreilles en argent et aux longues jupes en soie. Un dîner de famille, peut-être à Thanksgiving, moins d'un an avant son expulsion des États-Unis. Elle buvait trop et parlait de plus en plus fort, tantôt en anglais tantôt en espagnol. Le père d'Aria la tenait par la taille ; de temps à autre, il lui parlait tout bas à l'oreille, d'un ton pressant, mais elle n'écoutait pas. Anton avait dix ans et ne savait pas trop quelle attitude adopter. Il essayait de capter l'attention d'Aria, à l'autre bout de la table, pour lui adresser un regard compatissant, mais elle était enfermée en elle-même, mortifiée au point d'en être inaccessible. Sylvia posa bruyamment son verre, ponctuant une déclaration ; le bruit fit sursauter Anton. Les autres adultes essayèrent de la canaliser, lui firent une place dans leur conversation, s'abstinrent de lui faire remarquer la quantité de vin qu'elle absorbait. Elle se tourna vers Anton, à un moment où tous les autres bavardaient, et il fut terrassé par elle. Son haleine avinée, son parfum, ses cheveux bruns. Elle était belle.

– Tu me prends pour une ivrogne, lui dit-elle sur le ton de la confidence.

Anton, dans ses petits souliers, balbutia quelque chose.

– Eh bien ! je ne le suis pas. (Elle se détournait déjà de lui, portait déjà un verre à ses lèvres.) Je bois uniquement dans ce pays de désolation.

Ses parents étaient propriétaires du magasin depuis longtemps lorsque Anton vint au monde. Leur appartement était à l'arrière, et la vie d'Anton se déroulait dans les vastes espaces de l'entrepôt. Jouer sous les tables anciennes, monter sur une chaise pour parler à des statues en marbre qui ne voulaient pas le regarder dans les yeux, se cacher derrière des canapés pour lire des livres quand il était censé passer le balai ou nettoyer. Cependant, à onze ans, sa vie changeait si rapidement que, parfois, dans l'intimité de sa chambre, il fermait les yeux et agrippait son bureau à deux mains pour se ressaisir. Ce fut ce printemps-là que sa tante Sylvia fut expulsée : interpellée pour conduite en état d'ivresse à Queens, un lundi après-midi, elle clignait des yeux sous le soleil équatorien le mardi matin de la semaine suivante. Ce fut cet été-là qu'Aria arriva, investissant la petite famille d'Anton, puis se glissant en son sein et lui volant à moitié ses parents. Il l'aurait détestée s'il n'avait pas déjà été mi-subjugué, mi-amoureux. Ce fut l'année où certains aspects du commerce de ses parents devinrent progressivement plus clairs à ses yeux, ce qui lui donna l'impression de s'éveiller lentement d'un long rêve.

Il y avait les marchandises, par exemple, qui arrivaient à trois heures du matin dans des camionnettes banalisées. Les véhicules s'arrêtaient à la hauteur du quai de chargement, devant l'entrepôt, et dégorgaient leurs trésors : meubles anciens, cheminées en marbre arrachées d'un bloc, pendules ouvragées. Une équipe partait à une heure du matin avec des cisailles et des leviers et s'en revenait avant l'aube avec des rampes en bois ornementales provenant de maisons abandonnées, des distributeurs d'eau datant des années 1920 arrachés aux murs d'écoles rabbiniques condamnées, des vitraux entiers provenant d'églises désaffectées. Statues, lustres, mosaïques méticuleusement détachées des murs. Et Anton avait toujours eu conscience de ces choses-là, il n'y avait eu aucune période où il ne s'était pas réveillé dans le noir en entendant des hommes transporter de lourds objets de l'autre côté de la fine cloison qui séparait l'appartement du magasin, mais c'est à onze ans qu'il commença à s'interroger sur leur provenance. Ce fut l'année où il se rendit compte que le fait de réceptionner des marchandises à trois heures du matin avait quelque chose de pas catholique : le père de Gary, son meilleur ami, tenait une petite épicerie non loin de là, et il se faisait livrer ses marchandises après le lever du soleil. Anton et Gary discutèrent du problème en long et en large, assis sur le trottoir de la boutique en léchant des sucettes.

– Les livraisons sont faites le matin, dit Gary.

– Mais trois heures du matin, c'est encore le matin, fit valoir Anton. C'est juste plus tôt.

— Trois heures, ce n'est pas le matin. Mon père dit que le matin, c'est quand le soleil se lève.

— Pourquoi on appellerait ça trois heures du matin si ce n'était pas le matin ?

— Il fait encore nuit à cette heure-là. Tout le monde dort.

— Ben quoi, on ne peut pas livrer tôt ?

— Je ne sais pas. (Gary médita le problème en regardant sa sucette.) Si elle arrive au milieu de la nuit, c'est peut-être pas une livraison réglo. C'est peut-être autre chose.

Plus tard ce même jour, Anton, assis sur une caisse au fond du magasin, regardait son père travailler sur une antique fontaine, et la question ne semblait pas déraisonnable – « Papa, pourquoi il y a tellement de livraisons la nuit ? » – mais elle ne parut pas plaire à son père. La fontaine était un énorme bassin en pierre blanche avec des oiseaux en pierre perchés sur le bord. Son père continua de gratter la saleté incrustée sur les plumes délicates et ne répondit pas, mais les muscles de sa nuque se raidirent.

Anton insista.

— Les objets qu'on vend, dit-il, choisissant ses mots avec soin.

— Eh bien quoi ?

— Est-ce qu'il est possible… qu'ils soient…

— Quoi ? Possible qu'ils soient quoi ?

— Volés ? Enfin, je veux dire… *avant* d'arriver ici, ajouta-t-il vivement en voyant son père poser son burin et se tourner vers lui. Pas par nous, évidemment. Je veux dire *avant* qu'ils nous arrivent ici.

Son père le regarda un moment, le visage dénué de toute expression, puis lui tourna le dos et reprit son travail méticuleux.

— Quelquefois, dit-il, il faut improviser.

— Ça veut dire quoi ?

— Ça veut dire que, parfois, tu n'as pas accès aux canaux ordinaires, alors tu dois improviser. Trouver ta propre voie pour t'en sortir. Réfléchis à ça, Anton. Qu'est-ce qu'il faut pour réussir en ce monde ? (De toute évidence, il n'attendait pas de réponse de son fils.) Terminer le lycée ? Décrocher un diplôme universitaire ? Et si tu as été obligé de quitter le lycée pour travailler ? L'argent ? Les relations ? Et si tu n'en as aucune ? Travailler dur ? Alors que tout le monde, dans cette ville frénétique, travaille tout aussi dur que toi ?

Silencieux, Anton l'observait.

– Je dis simplement que ce n'est pas facile, reprit son père. Tu dois parfois te montrer créatif. Tu dois provoquer les événements.

Anton l'observa encore un moment, puis sortit nonchalamment du magasin. Il y avait là une vieille bicyclette centenaire qu'il aimait bien, appuyée contre le chambranle. Il n'osa pas l'enfourcher mais fit courir ses doigts sur le métal rugueux, sur le guidon poussiéreux et la selle éventrée, imaginant un autre cycliste perché dessus, longtemps auparavant. Il resta sur le quai de chargement à contempler le fleuve, le pont qui l'enjambait et les flèches brillantes de Manhattan sur l'autre rive – si proches, si proches.

Ce soir-là, son père vint lui souhaiter une bonne nuit dans sa chambre. Il l'embrassa sur le front, comme il le faisait tous les soirs depuis aussi longtemps qu'Anton pût se rappeler, puis il resta assis au bord du lit et attendit un peu avant de parler.

– Tout ce que je fais, dit-il, tout ça, c'est uniquement pour toi et pour ta mère. C'est comme ça que je subviens à vos besoins. Tu comprends ?

Anton acquiesça.

– Je t'aime, lui dit son père.

Puis il se leva rapidement, laissant Anton seul.

– Tu la prends simplement dans le rayon, lui dit Aria au cours de l'été de leurs treize ans, en adoptant le ton qu'elle réservait aux petits enfants et aux demeurés. Tu la prends quand ils ont le dos tourné, et comme ça tu n'as pas à payer.

— Je ne veux pas. Je ne veux pas.

Ils se tenaient sous un auvent, face à la bodega, de l'autre côté de la rue. Anton avait les genoux qui tremblaient.

— Pas la peine de te *répéter*, dit-elle d'un ton excédé.

— Je trouve juste...

— Que c'est *mal* de voler, dit-elle avec un suprême dédain. Je sais, tu me l'as déjà dit. Attends ici.

Elle s'écarta de lui, traversa la rue ensoleillée et ressortit de la bodega quelques instants plus tard avec une barre de chocolat pour chacun, l'air parfaitement naturel, comme si elle les avait payées à la caisse. Comme si ce n'était pas la boutique du père de Gary.

À quatorze ans, Anton passa un soir devant la chambre d'Aria, dont la porte était entrebâillée, juste de quoi découper un trait de lumière dans le couloir. Il se surprit à attendre là, immobile, l'oreille aux aguets, mais il n'entendit qu'un bruit rythmé qui ressemblait à un cliquetis de ciseaux.

— Je sais que tu es là, dit-elle. Tu peux entrer ?

Il resta pétrifié un moment, mais il n'y avait rien d'autre à faire que de pousser la porte. Et il trouva Aria en chemise de nuit, assise en tailleur au milieu d'une flaque de cheveux noirs sur le plancher.

— Aide-moi pour le dos, dit-elle en lui tendant les ciseaux.

Anton ferma la porte et resta parfaitement immobile. Aria détruisait quelque chose de magnifique ; il sentait qu'il aurait dû le lui faire remarquer, mais il se tut.

— Je parle sérieusement, Anton. Prends les ciseaux.

Il les lui prit et s'agenouilla derrière elle. Aria s'était attaquée à ses cheveux inégalement, sous plusieurs angles différents, mais à l'arrière il restait une bande raide et brillante qui pendait presque jusqu'au sol. Il souleva la longue touffe lustrée et la tailla avec soin, jusqu'à ce que le cou fût visible et brûlant au toucher, comme il put le constater en lui frôlant la nuque par inadvertance. Il déglutit avec difficulté.

– Tu reluques mon cou, dit-elle d'un ton badin. Pervers, va !

– Excuse-moi, marmonna-t-il d'une voix rauque.

Il essaya d'égaliser de son mieux, mais les cheveux d'Aria avaient toujours un aspect irrégulier quand il en eut terminé et il n'osa pas les raccourcir encore plus. Il posa les ciseaux par terre et ils restèrent un moment assis en silence, presque sans respirer, tout proches, la chemise de nuit de l'une touchant les jambes de l'autre. Finalement, il murmura d'une voix étranglée :

– Je ne sais pas bien ce que tu veux que je fasse.

– Rien, dit-elle, le charme rompu.

Elle lui sourit par-dessus son épaule, puis se leva et époussseta les mèches qui parsemaient sa chemise de nuit.

– Je voulais juste avoir les cheveux courts. Bonne nuit.

Anton sortit en fermant la porte, puis passa une heure fiévreuse dans son lit à imaginer une autre version des événements dans laquelle Aria se tournait vers lui en faisant passer sa chemise de nuit par-dessus sa tête.

– À quoi veux-tu réfléchir ? demanda Aria. Nous avons à la fois l'offre et la demande.

Assis sur le quai de chargement du magasin de ses parents, Anton, dix-huit ans, contemplait le fleuve. Debout à côté de lui, Aria fumait une cigarette en lui exposant une proposition de business. Il avait terminé le lycée au printemps précédent, avec des notes superbes, mais il ne s'était présenté à aucune université ; à présent, l'été était terminé et Anton était fatigué, pris au piège. Il avait arrêté de fumer, ce qui semblait être son unique succès depuis un moment. Il avait des idées grandioses mais aucune structure claire pour les concrétiser. Il n'avait pas de projets à long terme mais avait hâte que l'avenir commence, quoi que pût lui réserver cet avenir. Aria avait obtenu l'année précédente son diplôme de fin d'études et il semblait implicitement entendu qu'elle n'irait pas non plus à l'université ; pourtant, elle passait le plus clair de son temps à relire Machiavel et il était évident aux yeux d'Anton qu'elle était plus intelligente que lui. Ce qu'il voulait, pour sa part, c'était devenir cadre dans une entreprise quelconque, travailler dans un bureau, mais il n'était pas sûr d'avoir envie de suivre des études supérieures pour atteindre ce but. Il subodorait qu'il devait y avoir un moyen plus simple, moins coûteux, une approche différente qui aurait aussi l'avantage d'être plus rapide. Il avait passé beaucoup de temps à essayer d'expliquer cela à Gary, qui entrait au Brooklyn College le mois prochain et ne comprenait pas vraiment de quoi il parlait.

Aria, elle, comprit. Elle était toujours à échafauder des combines dans un coin de son esprit.

— Je ne sais pas, dit-il. Ça m'a l'air follement dangereux.

— Comparé à quoi, exactement ? Au commerce d'antiquités volées ?

D'un mouvement de la main, elle exprima son mépris pour l'entrepôt qui se trouvait derrière eux. Anton soupira. À vrai dire, il n'était sûr de rien, ces temps-ci, surtout pas des sentiments que lui inspiraient les activités de ses parents. Ceux-ci avaient récemment lancé une nouvelle affaire parallèle dont il n'était pas censé avoir connaissance. Il y avait une nouvelle pièce climatisée derrière une porte cachée au fond du sous-sol de l'entrepôt, où étaient vendus les fruits d'opérations de récupération beaucoup plus sérieuses : étranges objets provenant de sites archéologiques protégés, tableaux sans traces documentaires, statues qui avaient disparu depuis des années de musées pillés dans des zones de combats.

— Tu as grandi dans ce business, dit-elle. Tu serais parfait.

— Tu veux dire que j'ai la malhonnêteté dans le sang ? Merci, Ari.

— Quoi, tu n'y crois pas ?

— Je n'en sais rien, dit-il. Est-ce que c'est forcément héréditaire ? Je pense vouloir quelque chose de différent.

– Pauvre bout de chou incorruptible. Comment vas-tu gagner de quoi aller à l'université ?

– Je ne suis pas sûr d'y aller, en fait.

– Dans ce cas, tu n'as qu'à te faire un peu d'argent et décider, une fois que tu l'auras, si tu le dépenses en frais de scolarité.

Anton ne répondit pas tout de suite. Il s'allongea sur le dos pour regarder le dessous du Williamsburg Bridge, arcade d'acier sombre partageant en deux le côté gauche du ciel. Au-delà du pont, des nuages indéchiffrables planaient au-dessus du bleu. Depuis quelque temps, parler avec Aria devenait de plus en plus difficile, même si ça n'avait jamais été particulièrement aisé.

– D'où t'est venue cette idée, au fait ?

– De Jesús, dit-elle.

– Le Jesús qui travaillait pour mes parents, dans le temps ?

– Ouais, lui. Je l'ai connu toute ma vie. Enfin bref, il vient me trouver, juste avant de retourner au Mexique, et il me demande si je connais quelqu'un qui voudrait lui acheter son numéro de sécurité sociale. Il m'explique qu'il l'a lui-même acheté il y a quinze ans et qu'il n'en a plus vraiment besoin, alors il a pensé que quelqu'un d'autre pourrait l'utiliser. Voilà ce qui m'a donné l'idée. Réfléchis, Anton : il doit y avoir dans cette ville un million de clandestins dont les chances d'être régularisés sont proches de zéro. Les cartes vertes sont difficiles à obtenir. Il y a des honoraires à payer, tu as besoin d'un avocat pour tout emballer, la liste d'attente peut être longue de vingt ans selon le pays d'où tu viens, et comment tu vas survivre dans l'intervalle ? Même si tu épouses une Américaine, ce n'est pas une garantie : dans la mesure où tu es entré illégalement dans le pays, les autorités peuvent encore briser ta famille et t'expulser. Donc, ces gens-là achètent un numéro de sécurité sociale, ce qui leur permet d'avoir un meilleur job parce qu'ils sont apparemment en règle – et nous, on réalise un bénéfice. Tout le monde est gagnant.

– Tout le monde est gagnant ! s'exclama Anton. Je ne t'ai jamais connue si philanthrope. Et les numéros, on se les procure où ?

– On les fabrique. J'ai fait des recherches. Les trois premiers chiffres correspondent à l'État qui a délivré la carte : pour New York, c'est n'importe quel nombre entre 050 et 134. C'est un peu plus compliqué que ça, mais les autres chiffres sont plus ou moins choisis au hasard.

– Je ne sais pas, dit-il. Laisse-moi y réfléchir.

Le business fut un succès dès le premier mois et, pendant des années, Anton aima beaucoup son boulot. Aucune autre carrière n'aurait pu mieux lui convenir, pensa-t-il au début, que la vente de fausses cartes de sécurité sociale à des étrangers en situation irrégulière dans la ville de New York. Ils étaient intéressants. Ils venaient de partout. Ils étaient polis, comme le sont souvent ceux qui vivent en marge du monde, et ils lui étaient reconnaissants de ses services. Les transactions n'étaient jamais ennuyeuses, car chacune d'elles portait en germe la possibilité d'une peine de prison, et elles n'étaient jamais impersonnelles, parce qu'il vendait un avenir à chacun de ses clients, individuellement. Il se considérait comme la dernière marche avant leur nouvel emploi, la dernière marche avant un bureau où le DRH jetterait un coup d'œil sur leur carte de sécurité sociale – contrefaçon irréprochable : Aria avait acheté une coûteuse imprimante et s'était procuré un fac-similé crédible du papier utilisé pour la carte officielle – avant de leur remettre les formulaires d'embauche à remplir.

En moins d'un an, ils avaient étendu leurs activités à la vente de passeports américains. Aria ne voulait rien lui dire sur cet aspect-là du business. Anton savait que les passeports étaient fabriqués ailleurs, mais il ignorait où et par qui. Aria lui répétait que ça ne le regardait pas, ce qui provoqua entre eux une série d'amères disputes. La pensée que des inconnus soient impliqués dans leur business le mettait profondément mal à l'aise.

— Moins tu en sais, moins il y a de risques pour toi, fit valoir Aria. Les seules personnes que tu rencontreras dans le cadre de nos affaires, ce sont nos clients.

De tous les gens qu'Anton rencontra – strip-teaseuses hongroises, ouvriers chinois ou nounous jamaïcaines –, il n'y en eut qu'un seul qui lui fit vraiment peur : Federico, un architecte bolivien au rire haut perché qui s'épancha une heure durant sur sa vie amoureuse tourmentée, laquelle dépendait d'un visa (« Or il s'avère qu'elle a un visa de seulement six mois, donc retour au Brésil à la fin juin, bye-bye, plus de petite amie ! Comme ça ! »). Il fit signe à Anton de se pencher vers lui par-dessus la table et déclara en plaisantant qu'il pourrait très bien le flinguer et s'enfuir sans payer, ah, ah, ah ! Mais Anton en était à sa dernière semaine dans le business et le système avait été perfectionné au fil des années : il commanda donc un *ginger ale*, ce qui était le code en cas de catastrophe. La serveuse, Ilieva, hocha la tête et s'empressa de retourner derrière le comptoir pour passer discrètement un coup de fil. Anton écouta Federico parler de sa petite amie et se demanda si Aria était rentrée de Los Angeles. Elle avait loué sous un faux nom un appartement à Santa Monica, où elle allait toutes les trois ou quatre semaines pour des raisons qui semblaient vaguement avoir un rapport avec le business, bien qu'elle refusât de discuter en détail de ses activités.

— Alors, quand est-ce que j'ai les documents ? s'enquit Federico.

Mais Aria était déjà arrivée en voiture devant le bar. Elle donna trois brefs coups de klaxon tandis qu'Anton se levait de table.

— C'est un piège, dit-il à voix basse. Partez maintenant si vous ne voulez pas être expulsé.

— Mais que ?…

– Sérieusement, décampez. Sinon, vous serez arrêté dans trois minutes.

Federico pâlit et partit sans demander son reste. Anton donna cent dollars à Ilieva et monta dans la voiture d'Aria, qui l'enguirlanda tout au long du trajet jusqu'au Williamsburg Bridge pendant qu'il s'escrimait sur les boutons de l'autoradio et du chauffage. Il neigeait. Elle habitait à proximité du magasin, à cette époque, et arborait le genre de tenue que portaient les autres filles du quartier dans les toutes premières années du vingt et unième siècle : robes informes aux couleurs pétantes, taillées dans du tissu de tee-shirt, bottines basses en cuir et coupe de cheveux asymétrique. Il comprit qu'il s'agissait là d'un uniforme : vu que ses revenus provenaient en totalité de sources illégales, Aria ne tenait pas particulièrement à attirer l'attention.

– Anton, réponds-moi. Sérieusement, qu'est-ce qui s'est passé ? Pourquoi Ilieva a-t-elle appelé ?

– Je te l'ai dit, il a fait une blague comme quoi il allait me flinguer. Je ne pouvais pas savoir s'il était sérieux ou non.

– Bon sang ! C'était un des tiens, celui-là, non ? Moi, je ne me suis pas occupée de ce type. Alors dis-moi, est-ce qu'il y a eu des vérifications à un moment ou à un autre ? Tu ne lui as posé aucune question avant de le rencontrer, c'est ça ? (Anton décida de ne pas l'honorer d'une réponse.) Arrête de déconner avec cette radio, tu veux ? Ce que je t'explique, c'est que si ce type était suffisamment cinglé pour te tirer dessus, il pouvait aussi bien être du F.B.I.

– Ce n'était pas un agent du F.B.I. Juste un dingue avec un humour à la mords-moi le nœud.

– Est-ce que tu *m'écoutes* ? Tu as eu de la chance que je sois en ville. J'ai passé la moitié de la semaine à L.A.

– Où allons-nous ?

– Au magasin. J'ai un nouveau lot de cartes pour toi.

Ils quittaient le pont sous un ciel d'un gris plombé.

– Pas de passeports ?

– Un seul. Les autres veulent juste des cartes, parce que ce sont de foutus radins. Anton, sérieusement, je pense que tu devrais porter un revolver.

– *Quoi ?* De toute façon, j'en ai fini avec ce business. Tu sais bien que c'est ma dernière semaine.

– Pour ta propre protection.

– Tu en portes un, toi ?

– Pas tout le temps.

– Tu possèdes un revolver ? Tu plaisantes, là ?

– Nous sommes des gangsters, mon chou.

– Nous sommes un gang de *deux*, Aria. Tu regardes trop la télévision.

– Nous ne sommes pas un gang de deux. D'autres gens travaillent avec nous sur les passeports. Enfin bref, ce que je t'explique, c'est que nous vendons un produit illégal à des immigrés clandestins et que parfois ça peut devenir un peu malsain. Ce ne serait peut-être pas une mauvaise idée.

– Des immigrés clandestins. *Des immigrés clandestins ?* J'ai bien entendu ce que tu viens de dire ?

Aria l'ignora et se gara derrière l'entrepôt. Il descendit de voiture et la suivit jusqu'à l'entrée latérale, puis dans l'intérieur ombreux, où son père astiquait la statue en bronze d'un ange vêtu d'une robe à franges. Aria disparut dans l'appartement du fond.

– Surpris de te voir en pleine journée, lui dit son père. Tout va bien ?

– Super. Un Bolivien cinglé m'a menacé de me flinguer.

Son père siffla entre ses dents.

– Rude business.

– Ouais, c'est bien pour ça que j'arrête.

Son père émit un grognement mais ne réagit pas.

– Papa, as-tu déjà eu un revolver ?

Aria réapparut avec un petit sac en plastique muni d'une fermeture à glissière.

– La voilà, dit son père.

– Papa ? As-tu déjà eu un revolver ?

– Voilà pour toi, dit Aria. Cinq cartes, plus une combinaison carte-passeport. Tous les documents sont à remettre cette semaine.

Anton renonça à poser sa question une troisième fois.

– À quelle heure ? Tu sais que je suis au bureau de neuf heures à dix-sept heures.

– Oui, je sais que tu es au bureau de neuf heures à dix-sept heures, pauvre rond-de-cuir. Tiens, voilà ton planning.

Il y jeta un rapide coup d'œil, le plia et l'empocha.

– Autant pour mon week-end, dit-il.

Aria lui lança un regard noir de fumée – toutes les filles branchées du quartier se mettaient cette saison du fard à paupières couleur poudre à canon – et lui tourna le dos. Elle était furieuse, et ça durait depuis maintenant plusieurs semaines. Ça se voyait à la courbure de ses épaules, à l'angle de sa tête, à son calme exagéré tandis qu'elle s'accoudait au comptoir pour parcourir le livre de commandes du magasin, à sa façon de cocher d'un trait de stylo une livraison effectuée.

– Tu l'as bien laissée tomber, dit son père sans lever les yeux.

Il polissait un poignet terni de la sculpture, laquelle, suite à ses efforts, était mi-sombre mi-luisante, comme une femme émergeant des ombres.

– Plaquer comme ça ton associée, ajouta-t-il.

– Je ne veux plus mener cette vie-là. J'en ai soupé de faire des choses illégales.

– Notre façon de gagner notre vie te gêne donc tant ?

– Ça n'a rien à voir avec vous. Ça n'a rien à voir avec ma *famille,* bon sang, on n'en a pas suffisamment parlé ? C'est juste moi. Juste moi. Une dernière chose, conclut Anton en se dirigeant vers la porte, je ne porterai jamais de revolver, putain ! Vous m'entendez, tous les deux ? Je ne m'abaisserai pas à ça.

Son père ne répondit pas. Aria, elle, s'appliquait à ne pas regarder dans sa direction. Anton sortit et s'achemina vers la station de métro. C'était la mi-journée et le quai était pratiquement désert. Seul près d'un pilier, il consulta de nouveau le planning puis feuilleta rapidement les cartes. Il ouvrit le passeport. Un faux impeccable, comme toujours, et il se demanda pour la millième fois comment Aria se procurait ses passeports vierges, comment l'imitation pouvait être si parfaite, qui d'autre travaillait sur la branche passeport et si on pouvait ou non leur faire confiance. Il y avait des secteurs du business qui lui étaient interdits, et ce depuis le début. La fille, sur la photo d'identité, lui rendit son regard d'un air solennel. Elle était jolie, avec des cheveux châtain clair coupés court et des yeux gris. *Elena Caradin James. Lieu de naissance : Canada. Nationalité : américaine.*

Elena Caradin James. Deux ans et demi plus tard, elle était allongée par terre dans le bureau d'Anton, fiévreuse, la peau luisante de transpiration. Il la toucha, frôla ses paupières closes, et se trouva brusquement ramené à cet instant sur le quai du métro, avec une telle force que ce souvenir lui coupa le souffle. Il comprit subitement qui elle lui rappelait. La photo d'une fille sur la jaquette d'un des livres de ses parents. *What Work Is* : un recueil de poèmes. Il l'avait lu un jour et ça lui avait plu, mais il n'avait pas tant été séduit par la poésie elle-même que par la couverture de l'ouvrage : la photographie d'une fillette d'environ dix ans, qui avait la tranquillité d'Elena et les yeux d'Elena. Elle se tenait entre une énorme machine et la fenêtre d'une usine, et on pouvait le lire sur son visage : elle savait ce qu'était le travail, et elle savait qu'elle n'y échapperait pas tout au long de sa vie. Elle faisait face à l'objectif, à moitié dans l'ombre. Quand Anton avait dix, onze, douze et même quinze ans, il prenait parfois le livre sur l'étagère uniquement pour regarder son visage.

– Ça ne devait pas être un business facile, dit Elena.

– Si, très facile. J'étais doué pour ça. C'est ce que j'ai fait de plus facile dans ma vie.

– Pourquoi as-tu arrêté, alors ?

Elle était nue, resplendissante dans la chaleur d'août. Un courant d'air tiède pénétrait par le carreau cassé et lui caressait la peau.

– Je ne sais pas. Peu à peu, je n'ai plus eu envie de le faire.

– Pourquoi donc ? Qu'est-ce qui t'a changé ?

– Je n'en sais rien. Ça s'est fait progressivement.

– Si tu avais une seule raison à me donner…

– Eh bien, il y avait une fille… Catina. Je songeais à arrêter depuis déjà quelque temps, mais le fait de la rencontrer, de lui parler… Avant elle, je ne savais pas que j'allais vraiment le faire. Arrêter, je veux dire.

– Une petite amie ? demanda Elena.

Dans son sac à main, le magnétophone écoutait en silence.

– Non, pas une petite amie. Je lui ai vendu un passeport.

Catina lisait une revue lorsque Anton entra dans le café. Elle leva la tête et sourit en l'entendant prononcer son nom, et il eut le temps d'apercevoir la page qu'elle lisait avant qu'elle ne referme le magazine – le titre : « Qui était "L'homme qui tombe" ? » et une photographie célèbre. Il l'avait vue des années auparavant et il la reconnut au premier coup d'œil. Le cliché avait été pris le 11 septembre 2001, à neuf heures quarante et une minutes et quinze secondes : un homme, ayant sauté de l'un des étages situés au-dessus du point d'impact de l'avion avec la tour nord, dégringole en chute libre vers le chaos de la place en contrebas. Il tombe tête la première. Il sera mort dans moins de soixante secondes. À part une jambe repliée, il a le corps parfaitement droit, les bras aux côtés. Il exécute un plongeon qui ne sera jamais reproduit.

– Ils ont découvert son nom ? demanda Anton.

Comme Catina le regardait sans comprendre, il indiqua le magazine.

– Ah ! (Elle secoua la tête.) Non. Ils pensaient le savoir, mais la famille a protesté.

– La famille ne croit pas que ce soit lui ?

– Elle ne veut pas que ce soit lui. Le type de la photo saute avant que la tour s'effondre, donc pour elle ce n'est pas héroïque. Les parents disent que leur fils n'aurait pas sauté.

Anton haussa les épaules.

– Ça ne me paraît pas une réaction déraisonnable, dit-il. J'aurais sans doute fait la même chose.

– Je pense que l'homme qui tombe est… abmirable ?

– *Ad*mirable.

– Admirable.

Catina parlait avec un accent portugais. Cela faisait quatre ans qu'elle était aux États-Unis, où elle travaillait comme assistante d'un homme d'affaires portugais, et elle s'exprimait dans un bon anglais où il subsistait quelques traces de Lisbonne.

– Il n'y avait pas d'issue, il a fait un choix. L'air était enflammé. En flammes ?

– En feu.

– L'air était en feu. Il pouvait arrêter… non, hésiter. Il pouvait hésiter et mourir brûlé, ou alors il pouvait prendre le contrôle pendant ces dernières secondes et plonger dans le vide. J'aime penser que j'aurais fait comme lui.

Anton acquiesça et s'aperçut subitement qu'il n'arrivait plus à respirer. Il s'excusa et se rendit aux toilettes, où il passa plusieurs minutes à fixer son visage dans la glace, essayant d'imaginer ce qu'il ferait s'il se trouvait pris au piège cent étages au-dessus de la surface de la Terre avec l'air en feu tout autour de lui. Il retourna dans la salle du Café Russe et conclut la transaction le plus rapidement possible. Une fois dehors, sous le soleil, il resta immobile sur le trottoir à regarder Catina s'en aller, le magazine enroulé dans sa main, puis il s'éloigna à pas lents dans la direction opposée. Il regarda dans les yeux tous les piétons qu'il croisa sur le trottoir. Certains lui rendirent son regard, d'autres l'ignorèrent, d'autres encore lui jetèrent un rapide coup d'œil avant de détourner les yeux. Pendant le dîner avec ses parents, quelques heures plus tard, il chipota dans son assiette jusqu'au moment où sa mère posa sa fourchette et lui demanda ce qu'il reprochait à ses spaghettis.

— Rien, ils sont très bons. Excuse-moi, je pense beaucoup au business ces temps-ci.

— Et alors ? demanda son père.

— Pas *ton* business. Ce truc avec Aria.

— Tiens donc, dit Aria.

— Ah ! fit sa mère, visiblement soulagée.

Elle préférait ne pas discuter trop en détail de l'affaire familiale ; en revanche, l'entreprise de faux documents de sa nièce, ça pouvait aller.

— Et alors ? reprit-elle.

— J'y pensais encore cet après-midi. Vous permettez que je pose une question purement théorique ?

— J'adore les questions théoriques, dit sa mère.

— Comment s'y prendrait un terroriste pour entrer dans le pays ?

— Il viendrait muni d'un visa touristique, j'imagine.

— Ou alors, il pousserait un ami résidant aux États-Unis à venir nous trouver, Aria et moi, pour lui procurer un passeport, et à ce moment-là il se présenterait comme un citoyen américain. Ou alors, à supposer qu'il soit déjà ici avec un visa touristique, il nous achèterait directement une carte de sécurité sociale et s'en servirait pour obtenir un emploi. Surveillant de port, par exemple. Ou chauffeur routier, ce qui lui permettrait de bourrer un camion d'explosifs. Ou je ne sais quoi d'autre.

Son père haussa les épaules.

— Et dans ce cas, qu'est-ce que nous faisons ? Qu'est-ce que nous faisons, là ? Nous…

– Pense à ta tante, lui dit sa mère. Ne te mets pas martel en tête, mon cœur. Tu viens en aide à des gens comme ta tante.

– Oui, dit Aria, ma chère mère trépassée.

Elle aimait dire *trépassée* au lieu d'*expulsée*, ce qui était déconcertant car, pour autant qu'on sût, sa mère était vivante, en bonne santé et vivait en Équateur.

– Ouais, je sais, j'aide des étrangers courageux, travailleurs, en situation irrégulière et qui n'ont aucune chance d'obtenir la nationalité américaine. Ça, je le sais, je pige, mais qui d'autre ? Qui d'autre, à part ces gens-là ?

Ses parents ne dirent mot. Aria l'observait en silence.

– C'est juste une chose à laquelle je pensais aujourd'hui. En fait, pas seulement aujourd'hui, ça fait un moment que… ça me pèse, dit Anton.

– On est parfois amené à faire des choses un peu contestables, intervint son père. C'est aussi ça, gagner sa vie.

– Ouais, mais peut-être que ce n'est pas obligatoire. Je n'arrête pas de me dire que je pourrais faire autre chose. J'ai préparé mon curriculum vitae.

– Ton curriculum vitae, dit Aria. Ton *curriculum vitae* ? Vraiment ? Tu as eu en tout et pour tout deux jobs dans ta vie : vendre des marchandises volées dans le magasin de tes parents et vendre des documents falsifiés à des étrangers en situation irrégulière.

Son père recommença à serrer les mâchoires ; il n'aimait pas le mot *volé*. Sa mère, elle, était immunisée contre ce genre d'accusations, mais elle détestait tout ce qui, de près ou de loin, pouvait ressembler à de la déloyauté. Elle but une gorgée d'eau en observant Anton par-dessus son verre, les yeux froids.

Aria poussa son avantage :

– As-tu mentionné ces emplois sur ton C.V., Anton ?

– Mes études y sont.

– Notre lycée figure sur ton C.V. ? Tu es sérieux ? Sans leur politique de promotion sociale, tu aurais été le seul élève de ta promo à décrocher ton diplôme.

Anton extirpa son portefeuille de la poche de son jean. Une coupure de journal était pliée derrière les billets ; il la portait sur lui depuis des mois et elle faillit tomber en morceaux quand il la déplia. Il la passa à sa mère, qui l'examina, sourcils froncés.

– Un article sur une réunion d'association d'anciens élèves, Anton ? Tu veux que je lise ça ?

– Regarde à la fin. Il y a une citation d'un certain Anton Waker, qui vient d'être diplômé de Harvard. J'ai été surpris… je veux dire, le nom n'est quand même pas si répandu. Et en voyant ça, je me suis dit, tu sais… que se passerait-il si j'étais allé à l'université ? Quelles opportunités, quels emplois me seraient accessibles qui ne me le sont pas aujourd'hui ? J'ai toujours eu envie de travailler dans un bureau, d'être un cadre quelconque.

Sa mère souriait.

– Tu t'es présenté à *l'université*, dit-elle d'un ton ravi qui faillit le faire grimacer.

– Non, j'ai fait autre chose. Le gars qu'ils citent, là, l'autre Anton… quel âge a un étudiant quand il termine ses études universitaires ? Vingt-deux, vingt-trois ans ? Il est un peu plus jeune que moi, mais pas de beaucoup. J'aurais très bien pu prendre une ou deux années sabbatiques après le lycée…

– Voire quatre ou cinq années, ironisa Aria. Je suis curieuse d'entendre ton explication sur ce coup-là.

– Je viens donc d'écrire une lettre à Harvard, poursuivit Anton, ignorant l'intervention de sa cousine, pour leur demander une copie de mon diplôme.

L'espace d'un instant angoissant, il crut que sa mère allait pleurer, au lieu de quoi elle sourit et leva son verre vers lui. Son père l'imita en disant :

– À l'improvisation !

5

– C'est épouvantable, dit Caleb lorsque Elena lui raconta l'histoire du pin à cônes épineux vieux de quatre mille neuf cents ans. Ils ont juste laissé ce type le couper ?

– Pour récupérer un instrument de mesure cassé. Je n'arrête pas de penser à cette histoire. Je l'ai lue aujourd'hui dans un magazine.

– Seigneur…

Caleb paraissait sincèrement remué. Elle avait allumé deux bougies parfumées dans la chambre pendant qu'il était encore assis à son bureau : vanille et jasmin, combinaison suave et étourdissante. Après avoir allumé les bougies, elle s'était déshabillée ; Caleb, lui, portait encore ses vêtements quand il vint s'allonger à côté d'elle et ne sembla pas remarquer qu'elle était toute nue. Il lui demanda de raconter sa journée.

Elena n'avait pas envie de parler de sa journée. Elle n'avait pas envie de lui parler de Broden. Elle entendait battre le cœur de Caleb à travers le tissu de sa chemise.

– Moi, dit-il, j'ai eu la réponse pour ma subvention.

Elle soupira et se blottit contre lui. Il s'écarta presque imperceptiblement, lui passa la main dans les cheveux et tourna brièvement la tête pour l'embrasser sur le front.

– Bonne nouvelle ?

– Très bonne.

Il continua de parler. Elle se pressa de tout son long contre lui, mais si doucement cette fois que ça aurait pu passer pour un simple changement de position. Il ne remarqua rien, ou choisit de ne rien remarquer.

– Dois-je en déduire que c'est non ? demanda-t-il enfin.

– Pardon ?

– La réception. Pour fêter le renouvellement de la subvention. Demain soir, chez mon professeur. Tu veux m'accompagner ?

– Absolument. Bien sûr. Excuse-moi, j'étais distraite, ce n'est pas que ça ne m'intéressait pas.

– Et ton job, ça s'améliore ? demanda-t-il gentiment. La correction d'épreuves ?

Elle ne voulait pas penser au travail ; elle se mit à lui caresser le bras au lieu de répondre. Le bras de Caleb se raidit très légèrement sous ses doigts. Haptique : science consistant à interpréter les données obtenues grâce au toucher.

La lente torture de la vie de bureau, le matin. Elena essayait de se concentrer sur les documents qu'elle lisait, mais elle avait mal dormi et son épuisement était un poids. Elle en était à sa troisième tasse de café quand Nora l'appela.

– Ce n'est pas que je trouve votre travail mauvais, commença-t-elle.

Nora avait l'habitude de proposer des analyses de performance que personne ne lui demandait. Elle brandit le document qu'Elena avait corrigé la veille dans l'après-midi et enchaîna :

– Simplement, je remarque parfois un certain manque d'attention.

Un certain manque d'attention. Les mains d'Elena tremblaient quand elle regagna son box, mais elle n'aurait su dire si c'était dû au café ou au fait qu'elle devait voir Broden à l'heure du déjeuner. Broden lui avait enjoint de recueillir le maximum d'informations, mais tout ce qu'Elena avait recueilli pour l'instant, c'était un maximum de culpabilité. Et des peurs aussi puissantes que des souvenirs, comme si l'expulsion avait déjà eu lieu : la traversée à pied de l'aéroport, menottes aux poignets, un agent du F.B.I. de chaque côté. La succession de vols, New York à Washington, puis cap sur le nord, les heures à la douane de l'autre côté de la frontière avant d'être lâchée dans l'été arctique sans ombre avec des gens qui murmurent à tous les coins de rue.

À une heure de l'après-midi, elle retourna au World Trade Center 7, resta assise dans le bureau de Broden pendant que celle-ci prenait des notes. Elle se surprit à contempler par la fenêtre le ciel bleu et les tours de verre au-dehors. En pensant au Grand Nord, à l'exil et à la neige. Elena avait fait la une du journal local, dans sa ville natale, quand elle avait été admise à Columbia en bénéficiant d'une bourse complète ; imaginez la teneur des articles si elle revenait menottée. Mais prendrait-on la peine de l'escorter jusqu'à Inuvik ? Certainement pas. Le billet coûtait deux mille dollars. Un vol plus court, alors. On la propulserait par-dessus la frontière jusqu'à la grande ville canadienne la plus proche. On l'abandonnerait à Toronto ou à Montréal à la tombée de la nuit, à quatre mille huit cents kilomètres de chez elle, tandis que New York serait à jamais perdue de l'autre côté d'une frontière fermée, son nom inscrit sur une liste noire à la douane, ô Seigneur...

– Elena.

Broden était penchée en avant dans son fauteuil, et Elena comprit à son ton de voix qu'elle l'avait déjà appelée plus d'une fois.

– Excusez-moi.

– Avez-vous la bande ?

– Oui.

Elle était dans son sac. Elena tâtonna jusqu'à ce qu'elle sente sous ses doigts le coin en plastique dur de la cassette, et, contre toute attente, elle fondit en larmes.

– Excusez-moi, balbutia-t-elle. Je suis désolée, c'est une chose qui ne m'arrive jamais. Je ne pleure jamais devant les gens.

Broden avait sorti de quelque part une boîte de Kleenex qu'elle passa à Elena sans un mot. Elena pressa deux mouchoirs sur son visage et se força à rester immobile. Elle se leva, lissa sa jupe et posa la cassette sur le bureau avant de sortir de la pièce. Elle ne regarda pas en arrière mais sentit les yeux de Broden rivés sur son dos au moment d'ouvrir la porte.

Étrange de retourner au travail après cette entrevue. Son reflet, dans la vitre assombrie du métro, la fixait. À la gare de Grand Central, elle traversa très lentement le hall principal, vaste espace qui se remplissait déjà – bien qu'il fût seulement trois heures de l'après-midi – de cadres supérieurs qui couraient pour attraper leurs trains à destination de Westchester County. Dans l'ascenseur, Elena appuya sur tous les boutons pour gagner du temps et les portes s'ouvrirent et se refermèrent sur la vie professionnelle d'autres personnes ; elle aperçut des moquettes beiges, du marbre blanc, du bois foncé, des baies vitrées, une femme qui se promenait avec une tasse de café. Au vingt et unième étage, elle sortit de la cabine, ouvrit la porte du bureau, passa devant Nora sans la regarder et entra dans son box. Le document qu'elle était censée relire se brouilla devant ses yeux. La voix de Nora s'entendait distinctement par-dessus les cloisons de séparation des box – « Vous savez, Mark, quand je vous écris un mémo, vous devriez *peut-être* le lire » – et les néons bourdonnaient en sourdine au plafond.

Elena posa son crayon rouge et ferma les yeux. Toute sa vie, elle avait été attentive aux derniers instants – le dernier instant avant une catastrophe, le dernier instant avant une surprise, le dernier instant avant d'ouvrir la lettre de l'université Columbia dans le salon de votre ville natale arctique, avec vos parents qui attendent sur le seuil en retenant leur souffle – et elle en était arrivée à reconnaître d'emblée un dernier instant quand elle en voyait un. Là, c'était le dernier instant où elle pourrait supporter de continuer ainsi.

Elle prit une page imprimée dans sa boîte de courrier, écrivit au dos *JE DÉMISSIONNE* en lettres capitales, signa de son nom et accrocha son sac à son épaule. En passant devant le bureau de Nora, elle laissa choir la feuille dans sa corbeille de courrier, mais Nora était tout occupée à insulter quelqu'un d'autre et ne s'aperçut de rien. À quatre heures moins le quart, elle était dehors, dans la brume de Manhattan, plus libre et plus perdue que jamais.

La réception avait lieu dans une maison en grès brun située dans une rue bordée d'arbres, à Broadway, non loin des grilles de l'université. C'était à des kilomètres du bureau, mais Elena s'y rendit quand même à pied, lente progression vers le nord-ouest en l'espace d'une ville et d'un après-midi. Elle marcha jusqu'à ce que la chaleur devienne intenable ; elle entra alors dans un Starbucks – il y en avait apparemment un tous les trois blocs et demi – et ressortit de l'air conditionné avec à la main un gobelet en plastique contenant un breuvage glacé et sucré. L'air était dense et des vagues de chaleur faisaient ondoyer la rue. Tout en marchant, elle but des gorgées de café glacé en pressant alternativement la tasse froide sur son front, tandis que des pensées – Broden, Anton, le job qu'elle venait de plaquer, Caleb – se mélangeaient dans son esprit. La traversée de Central Park fut la partie la plus rude ; au bout de quelques pas, les bruits de la circulation s'estompèrent, le paysage se referma autour d'elle comme une implosion. Le parc dégageait une atmosphère pesante, feutrée, ses pas étaient presque silencieux et son cœur battait trop vite, des libellules portées par une imperceptible brise glissaient sous la voûte oppressante des arbres. Il y avait peu de promeneurs à cette heure, par cette chaleur : une femme poussant un enfant au visage rouge dans une poussette ; un coureur qui titubait presque, dégoulinant de sueur ; un homme assis seul sur un banc, entouré de sacs en plastique contenant ses maigres biens, qui chantait doucement et distribuait des graines à une assemblée de pigeons. Le jour céda la place au crépuscule, mais le crépuscule n'apporta aucun soulagement.

Quand Elena sortit du parc à la 110ᵉ Rue, elle avait le tournis et des papillons noirs voltigeaient au centre de son champ visuel. Elle acheta des chips au plantain et une bouteille de Gatorade dans une minuscule bodega et poursuivit son chemin dans l'air compact. Elle avait des vertiges et respirait par à-coups. Caleb lui avait donné l'adresse, mais il lui fallut un moment pour trouver l'endroit, arpentant telle une somnambule une rue bordée d'arbres jusqu'au moment où elle vit le numéro, la porte entrebâillée. Des voix provenaient de l'intérieur. Elle mit quelques instants à gravir les marches.

Elle poussa la porte et se glissa dans le vestibule. Il y avait plus de monde qu'elle ne l'aurait cru, mais elle ne reconnut personne. Le salon offrait plus ou moins l'aspect qu'elle s'attendait à trouver chez un professeur : murs rouge foncé ornés de masques africains, bibliothèques dont le contenu débordait sur des tables basses et sur des chaises. Caleb n'était nulle part. Elena aurait voulu s'asseoir, elle avait mal aux jambes, mais tous les fauteuils et les divans semblaient occupés. Faute de mieux, elle s'adossa au mur dans un silence hébété. La pièce était bien climatisée ; elle sentit la sueur sécher sur son front. Elle crut reconnaître un visage ou deux dans la foule, d'anciens camarades de classe de son cours d'astrobiologie, mais ce n'étaient pas des gens dont elle avait été proche et elle ne se souvenait même pas de leurs noms – d'ailleurs, avait-elle été proche de qui que ce fût, à l'université, en dehors de Caleb ? Avec le recul, ce n'était pas clair, et personne ici ne semblait la voir. D'autres invités arrivèrent, et ils semblaient tous se connaître entre eux. Le salon était de plus en plus encombré et elle était de plus en plus seule.

– Ellie ?

Le photographe avait les cheveux plus gris que dans son souvenir, mais le même œil évaluateur. Quand Elena l'avait rencontré pour la première fois, trois ans plus tôt, il lui avait fait l'impression d'un homme qui avait vu trop de femmes nues dans sa vie.

– Leigh, dit-elle. Qu'est-ce que vous faites là ?

– Ma femme enseigne à Columbia. Nous sommes des amis de Dell. Vous vous sentez bien ? Vous êtes un peu rouge.

– Ça va très bien. C'est juste la chaleur. La température extérieure…

Elle esquissa un geste faible.

– Oui, c'est brutal. Buvons à l'air conditionné ! (Il leva son verre.) Qu'est-ce qui vous amène à la réception ?

– Mon petit ami travaille sur le génome des plantes.

– Vous sortez avec un professeur ?

– Il prépare son doctorat.

– Comment s'appelle-t-il ?

– Caleb. Caleb Petrovsky.

– Grand, assez dégingandé ? Cheveux châtain clair qui lui tombent un peu dans les yeux ?

– Vous le connaissez ?

– On nous a présentés tout à l'heure. Je ne savais pas qu'il était à vous.

– Il est donc ici, quelque part ?

– Il parle avec Dell dans la cuisine.

Elena acquiesça et but une gorgée de son Gatorade, plus du tout sûre d'avoir envie de voir Caleb, en définitive. Il lui demanderait comment se passait son travail, elle lui dirait qu'elle avait donné sa démission, il la regarderait d'un air bizarre et il s'ensuivrait un silence embarrassé, etc. Elle envisagea de filer à l'anglaise. De l'autre côté de la pièce, une fille qu'elle se rappelait avoir connue longtemps auparavant, en cours de biologie, était entourée d'une cour d'admirateurs ; elle eut le temps de saisir « … mais si on se concentre juste sur le chloroplaste… » avant que Leigh ne se racle la gorge.

– Sans vouloir être impudent…, commença-t-il.

Il tenait un gobelet en plastique rempli de vin rouge et observait lui aussi les invités. Elena se demanda ce qu'il voyait quand il regardait les femmes.

– … si ça vous intéressait encore de vous faire photographier, sachez que je compose en ce moment un nouvel ouvrage.

– Ce serait avec plaisir, dit-elle.

Dans la cuisine, Caleb, appuyé contre un plan de travail, une canette de bière à la main, bavardait en riant avec un homme plus âgé dont elle ne put voir le visage. Elena resta un moment sur le seuil à l'observer – il ne sembla pas la remarquer – mais ne put se résoudre à entrer dans la pièce. Dans le hall, il y avait une porte sur laquelle était marqué *W.-C.* en lettres capitales en bois. Elle s'y enferma et s'aspergea la figure d'eau froide jusqu'à ce que sa peau soit fraîche au toucher, puis elle resta penchée sur le lavabo, des gouttes d'eau tombant de ses cheveux. Son visage, dans la glace, était d'une extrême blancheur. Venir à cette réception avait été une erreur colossale ; elle n'avait qu'une envie, en cet instant : rester seule avec ses pensées. Elle passa un moment à essuyer avec un morceau de papier hygiénique son mascara qui avait bavé, puis elle s'assit sur le rebord de la baignoire.

Des livres étaient empilés à côté de la cuvette des W.C., et le deuxième à partir du haut avait un dos bleu qui lui parut familier. Elle le sortit de la pile. *Nus : nouvelles photographies de Leigh Anderson.* La fille en couverture était allongée à plat ventre sur le lit de l'appartement de Leigh, entièrement nue hormis une paire de très hauts talons. Elena ouvrit le volume à la page trente-quatre et contempla son propre visage. Elle se surprit à se demander si l'un ou l'autre de ses anciens camarades de classe avaient vu cet ouvrage et, dans l'affirmative, s'ils la reconnaîtraient en vrai. « Vous vous croyez invisible ? » lui avait demandé Broden. *En fait, oui. Merci d'avoir posé la question.* Elle retourna dans la cuisine ; Caleb l'accueillit d'un geste de la main et lui mit un bras autour de la taille.

— Dell, dit-il, vous connaissez Elena.

Le professeur sourit et Elena vit qu'il ne se souvenait pas d'elle. Quelques années plus tôt, dans une autre vie, il avait écrit au tableau les initiales DACU et laissé tomber sa craie par terre.

— Elena, dit-il avec circonspection. Alors, qu'est-ce que vous devenez ?

— Je suis espionne.

— Quoi ? (Caleb, qui portait la canette de bière à sa bouche, la reposa sur le plan de travail et regarda Elena sans cesser de sourire.) Qu'est-ce que tu racontes, mon chou ?

— En réalité, j'ai donné ma démission aujourd'hui.

— Ah ? fit Caleb. Waouh ! Félicitations. Je sais à quel point tu détestais ton job. Est-ce que ça va, El ? Tu as l'air un peu…

— Ça va très bien. Pour tout dire, je ne me suis pas sentie aussi bien depuis un moment.

— Oh… alors, tant mieux. Tu leur as donné un préavis de combien ?

— Aucun. Je suis juste partie.

— Je vous demande pardon ? intervint le professeur.

— Tu es juste partie, répéta Caleb. Tu as donc, hum… un nouveau job en vue ?

— Je recommence à poser pour le photographe.

— Poser pour le… waouh. Le même que la dernière fois ?

Elle acquiesça, lui prit la canette de bière et en but une longue rasade avant de la lui rendre.

— Tu es sûre de vouloir refaire ça, El ?

— Pourquoi pas ?

— C'est que… je ne sais pas, ça paraît un peu sordide, non ?

Elle se sentit soudain très fatiguée. Elle avait les articulations douloureuses après avoir marché des kilomètres et elle voulait s'allonger.

— Le travail, dit-elle, c'est toujours un peu sordide.

6

Anton reçut son diplôme de Harvard et le fit encadrer dans un quartier éloigné de l'endroit où il vivait. Il avait un peu peur qu'on lui rie au nez à la boutique, mais l'employé se borna à hocher la tête en lui disant de revenir le chercher le lendemain. Anton soumit son C.V. à une agence pour l'emploi, s'attendant à être jeté dehors, mais on le plaça aussitôt à un poste d'employé aux écritures chez Water Incorporated et il fut promu deux fois au cours des six premiers mois. L'adaptabilité de ses talents était franchement étonnante : l'aplomb qu'il lui avait fallu pour vendre des faux documents était de même nature que l'aplomb qu'il lui fallait pour rester assis dans un bureau, sous un diplôme de Harvard encadré, et faire semblant de comprendre ce qu'il faisait en attendant d'apprendre le job.

– Con*sult*ing, dit son père en mettant l'accent – avec une insistance qu'Anton jugea tout à fait déplacée – sur la partie du mot qui rimait avec *insulte*. Et ça consiste en quoi ?

– Eh bien… nous sommes des spécialistes en matière d'aménagement du réseau de distribution d'eau, expliqua Anton, qui dînait chez ses parents ce soir-là.

– *Toi*, tu es un spécialiste en matière d'aménagement du réseau de distribution d'eau ?

– Non, je travaille dans une division de soutien logistique.

Je fais de la recherche, je rédige des rapports pour les équipes de vente, j'aide à préparer les présentations, ce genre de choses.

– Et qu'est-ce qui te qualifie pour cette activité ?

– La même chose qui me qualifiait pour vendre des cartes de sécurité sociale à des étrangers en situation irrégulière. Un certain vernis de confiance en soi, allié à une témérité sans bornes.

Son père sourit.

– Et puis n'oublions pas que je suis diplômé de Harvard, conclut Anton.

Son père éclata de rire et leva son verre de vin.

Cette année-là, au cours d'une réception, Anton fit la connaissance d'une violoncelliste, une jeune femme au talent spectaculaire qui ignorait qu'il n'était jamais allé à Harvard. Il lui demanda sa main huit mois plus tard. Sophie et le job formaient à eux deux les fondations de sa nouvelle vie ; dans la tour de bureaux aux arêtes vives, au centre de Manhattan, il s'éleva progressivement dans la hiérarchie, passant de cadre moyen à cadre supérieur avant de devenir vice-président d'une division de recherche. Son dévouement sans faille à l'entreprise était souligné dans ses évaluations de rendement. Il dirigeait son équipe et rentrait chez lui tous les soirs retrouver une femme qu'il aimait dans un appartement rempli de musique dans son quartier préféré, jusqu'au jour où tout s'effondra d'un seul coup et où il se retrouva dans la Réserve de Dossiers Archivés 4, allongé par terre, nu, à côté de son ancienne secrétaire dans la chaleur estivale.

– Tu sais ce qui est bizarre ? demanda Elena.

Dans la pièce obscure, sa peau était pâle à la faible lumière qui filtrait par la fenêtre.

– Quoi donc ? s'enquit Anton.

– Au bureau, ils croient que je travaille toujours ici.

Anton se hissa sur un coude pour la regarder bien en face.

— *Moi,* je croyais que tu travaillais toujours ici.

— J'ai démissionné il y a une semaine, dit Elena en examinant le plafond. Le soir où je ne suis pas venue te rejoindre.

— Ah ! fit-il. Je me suis demandé ce que tu étais devenue.

Demandé n'était pas le mot exact. Il était resté allongé par terre, sur le dos, jusqu'à sept heures du soir, à observer la porte qui ne s'ouvrait pas et à réfléchir au délitement complet de la vie qu'il s'était bâtie. Quand il était rentré chez lui, ce soir-là, il n'avait même pas eu l'énergie de mentir. « Je suis juste resté tard au bureau », avait-il répondu à Sophie qui lui demandait s'il avait eu une nouvelle réunion du personnel.

— Et ma carte magnétique marche toujours, reprit Elena. Ça fait maintenant sept ou huit jours, mais je peux encore entrer dans le building à cinq heures pour te voir. Je pensais qu'elle serait désactivée, mais le tourniquet du hall me laisse passer sans problème.

Il garda le silence.

— Je croyais que l'accès me serait interdit, enchaîna-t-elle, mais personne n'a prévenu le bureau que je ne travaille plus ici.

— Tu ne travailles plus ici depuis une semaine, et tu continues à venir me voir à cinq heures ?

— Naturellement.

Anton se rallongea à côté d'elle et la serra contre lui. Elle posa la tête sur sa poitrine. La petite brise qui pénétrait par le carreau cassé était tiède sur sa peau. Au bout d'un moment, il dit :

— La première fois que tu es venue me trouver… Le premier après-midi.

— Oui ?

— Pourquoi pleurais-tu ?

Elle se mit sur son séant et entreprit de rassembler ses vêtements.

— Anton, est-ce qu'Aria t'a parlé ?

— De ?…

– Rien, dit-elle. Quelle heure est-il ?

Elle se mettait debout, se rhabillait, se recoiffait. Elle alluma le lampadaire, qui répandit dans la pièce sa lumière jaune. Il se leva, clignant des paupières, et toucha l'épaule d'Elena, mais elle ne le regarda toujours pas.

– Ellie ? Est-ce qu'Aria m'a parlé de quoi ?

Elle secoua de nouveau la tête et fit un geste de la main, bref mais catégorique, avant de se pencher maladroitement pour mettre ses chaussures.

– Ellie, s'il te plaît…

– Je suis tombée sur elle dans la rue, il y a quelques jours. Elle m'a demandé de tes nouvelles et m'a dit qu'elle allait prendre contact avec toi. C'est tout. Ça ne me regarde pas. (Elle ne rencontra pas ses yeux.) C'est tout, répéta-t-elle.

– Bon.

Il l'observait avec attention. Elle prit son tube de rouge dans son sac et s'en mit rapidement, pressant les lèvres une fois.

– Je la vois ce soir, dit-il. Nous avons un dîner en ville.

– Un dîner ?

– Pour le trentième anniversaire de mariage de mes parents.

– Trente ans de mariage… (Des larmes brillaient dans ses yeux.) Il leur est arrivé d'être infidèles ?

– Elena…

– Excuse-moi. Je te verrai lundi, si ma carte magnétique marche encore.

– S'il te plaît, appelle-moi si tu n'arrives pas à entrer. Je serai ici.

– Au revoir.

Et elle sortit précipitamment, sans même l'embrasser.

Le dîner pour les trente ans de mariage de ses parents était prévu au Malvolio's Ristorante, dans l'Upper East Side. Il y était déjà venu, quelques années auparavant, pour un événement devenu brumeux dans sa mémoire – l'anniversaire de

Gary ? – mais avait oublié où se trouvait l'établissement, ce qui ne l'empêcha pas d'arriver en avance. Anton n'avait pas envie d'être assis tout seul à table. Il attendait donc sur le trottoir, devant le restaurant, quand Aria arriva dans une Jaguar gris métallisé et donna ses clefs au voiturier.

— Superbe engin, dit-il avec un petit sifflement.

— N'est-ce pas ?

Elle était luxueusement vêtue, portait autour du cou un foulard en soie qui le fit penser aux hôtesses de l'air.

— Elle est neuve ?

— C'est le modèle de cette année.

Ils suivirent des yeux la Jaguar qui s'éloignait.

— Celui qui a dit que le crime ne paie pas ne te connaît pas très bien.

Aria se mit à rire et le précéda dans l'agréable fraîcheur du restaurant.

— Je voudrais te parler de quelque chose, déclara-t-elle lorsqu'ils furent assis.

Ils étaient installés à une table en coin, au fond de la salle, à l'écart des autres clients.

— Je n'en suis pas surpris, dit-il.

Elle lui lança un coup d'œil bizarre mais poursuivit :

— Sans vouloir être impertinente, es-tu certain… que le mariage aura lieu, cette fois ?

— Oui.

— Et tu vas à coup sûr en Italie après ?

— C'est le plan.

— Dans ce cas, j'ai une proposition à te faire. Je pense qu'elle a de quoi te séduire.

— Quel genre de proposition ?

— J'ai travaillé sur une très grosse affaire. Elle concerne des clients multiples, qui sont prêts à me verser beaucoup d'argent. Le hic, c'est que la transaction doit être effectuée en Europe. Ils ne sont pas prêts à courir le risque de venir aux États-Unis, dans le climat politique actuel, sans avoir le bénéfice de mon produit, si tu vois ce que je veux dire.

– Donc, ils n'ont pas les bons passeports.

– Tu cherches à me faire arrêter ou quoi ? Parle un peu plus fort, ils n'ont pas dû t'entendre à la cuisine. Anton, j'aurais vraiment besoin de ton aide sur ce coup-là. Et comme tu vas en Europe pour ton voyage de noces…

– C'est vrai, mais j'ai aussi lâché le business. Je suis un jeune cadre respecté dans une grande firme de consulting.

En disant cela, Anton ne put s'empêcher de penser à la Réserve de Dossiers Archivés 4, et il essaya de se concentrer sur son ancien bureau du dixième étage, dont les détails s'estompaient déjà dans sa mémoire. Il n'était plus absolument sûr, par exemple, de la couleur de la moquette. Dans ses souvenirs, elle oscillait confusément entre le gris et le bleu.

– Il y aurait une commission substantielle, murmura Aria. Dix mille dollars.

Il émit un petit sifflement.

– Qu'est-ce que tu fais pour eux ?

– Secret défense, Anton. Tu n'as pas vraiment envie de savoir.

– Pas vraiment, tu as raison. Pourquoi tu ne peux pas aller en Europe toi-même ?

– J'ai certaines affaires à régler ici. Je ne peux pas partir pour l'instant.

– J'apprécie ton offre, mais…

– Il n'y a pratiquement aucun risque, Anton. Tu descends dans un hôtel en Europe, tu réceptionnes un paquet envoyé par moi-même et adressé à une tierce personne, aux bons soins de – avec ton nom et ton numéro de chambre –, cette tierce personne te contacte le soir même et se présente comme un ami à moi, tu lui remets le paquet sans l'ouvrir, et peu de temps après un cadeau de mariage est viré sur ton compte en banque. Aussi facile que ça. Tu n'aurais pas pu choisir une meilleure date pour ton mariage, soit dit en passant.

– Ravi qu'elle te convienne. Mais sérieusement, Aria, tu appelles ça *aucun risque* ?

– Dix mille dollars, dit-elle. Pour réceptionner un paquet FedEx et ensuite le remettre à quelqu'un. Tu es un respectable rond-de-cuir en voyage de noces. Tu n'as pas l'ombre d'un casier judiciaire. Tu as quitté le business depuis suffisamment longtemps pour que personne ne s'intéresse à toi, et tu n'auras jamais besoin de savoir ce que contient le paquet.

– Aria, dit-il au bout d'un moment, je refuse de faire ce que tu me demandes. Je regrette. J'en ai terminé avec tout ça.

– Je suis de la *famille*.

– Et je ne te juge pas. Tu t'es bâti une sacrée entreprise, je veux dire par là que moi je ne roule pas en Jaguar, c'est sûr. (Aria ne sourit pas.) Simplement, je ne veux plus participer à tout ça. C'est tout.

Elle garda le silence ; elle but une gorgée d'eau ; elle posa son menton sur sa main et resta ainsi, le regard dans le vague.

– C'est le contrat de ma carrière, Anton, dit-elle à mi-voix. Il me lancerait dans un secteur entièrement nouveau.

– Il ne te plaît plus, ton ancien secteur ?

– Je pense qu'il est temps d'en sortir. Ces gens-là sont dans l'import-export. C'est un domaine qui m'intéresse.

– Tant pis, je regrette.

– Moi aussi.

Aria sourit, apparemment sans raison particulière, et tripota un coin de la nappe tout en parlant.

– Je n'ose imaginer quel serait ton embarras, dit-elle, si Sophie venait à découvrir que tu n'es jamais allé à Harvard.

– Quoi ?

– Fais cette dernière chose pour moi. Rends-moi ce dernier service, et ensuite ce sera fini. Je te considérerai à la retraite. Jamais plus je ne te mêlerai à mes affaires.

– Tu me fais chanter, là !

– Je t'aide à éviter des explications qui seraient suprêmement embarrassantes pour toi. Sophie travaillait le soir comme serveuse, je crois, pour payer ses cours à la Juilliard School ? Et toi, tu t'es frayé un chemin dans une carrière en trichant... Crois-tu qu'elle se montrera très compréhensive ?

Il la regardait fixement, à court de mots.

– Pour ma part, je n'en suis pas du tout sûre, enchaîna Aria. Pauvre Sophie orpheline de mère, qui jouait du violoncelle à neuf ans dans son mobil-home, en Californie, pendant que son père cumulait deux emplois pour nourrir ses gosses. Sophie, qui travaille depuis qu'elle a... quoi ? Onze ans ? Douze ? J'ai un immense respect pour elle, Anton, ne serait-ce que pour cette raison, mais ne perçois-tu pas chez elle un certain... manque d'ouverture d'esprit, dirons-nous, concernant les moyens... peu conventionnels de s'assurer un revenu ? Elle...

– Ferme-la, murmura-t-il, ferme ta putain de gueule. Sam et Miriam sont là.

Ses parents venaient d'entrer dans le restaurant. Sa mère portait la robe jaune vintage qu'elle réservait aux grandes occasions, en été, et une énorme broche d'ambre resplendissait sur son corsage. Son père arborait un sourire radieux sous son feutre estival. Ils traversaient la salle en riant.

– Que ça fait plaisir de vous voir tous les deux ! dit sa mère.

Ils embrassaient Aria et Anton et s'asseyaient à table ; sa mère fourrageait dans son sac perlé et en sortait un Kleenex avec lequel elle tamponnait son front en sueur ; ils parlaient d'une fontaine de jardin restaurée qu'ils avaient vendue le matin même, celle en marbre blanc qu'ils avaient depuis si longtemps. Ils avaient eu une semaine fructueuse.

– Je la vois très bien, dit Anton. Je m'en souviens précisément. Avec des oiseaux en pierre tout autour du bord. Une belle pièce.

Il avait envie de vomir mais parlait d'une voix aussi animée que possible. *Je voudrais remercier l'académie...*

– Depuis combien de temps l'aviez-vous ? s'enquit-il.

– Dix ans, répondit Aria. Je me souviens du jour où on l'a réceptionnée. Sophie était tombée en arrêt devant, rappelle-toi, la première fois qu'elle est venue au magasin.

Anton eut un sourire douloureux. Son père avait intercepté un serveur et commandait du vin.

– À propos, comment va Sophie ? lui demanda sa mère.

– Pour le mieux, dit Anton. Ça marche bien pour elle, en ce moment. Au fait, elle m'a chargé de vous transmettre ses amitiés, ses regrets et ses félicitations.

– Quelle combinaison ! s'exclama sa mère. Regrets, félicitations, amitiés.

– Elle avait une répétition ce soir, autrement elle serait avec nous.

– Ah ! c'est donc ça. Monsieur, pourrions-nous avoir des menus ? Merci. Elle se sent un peu plus calme ces temps-ci ?

– *Miriam*, dit son père d'un ton réprobateur.

Les deux dates de mariage annulées avaient été difficiles à expliquer à la mère d'Anton, qui avait du mal à comprendre comment une femme pouvait hésiter une seule seconde à épouser son fils unique. On servait maintenant le vin, et une corbeille de pain était apparue sur la table. Son père leva son verre, imité par les autres.

– Au mariage ! dit-il en étreignant la main de Miriam.

– Trente ans, dit Aria. Félicitations.

– Félicitations, répéta Anton. Joyeux anniversaire !

– Merci, murmura sa mère.

Elle souriait, radieuse. Des larmes brillaient dans ses yeux.

– Et à Anton et Sophie, ajouta son père.

– À Anton et Sophie, dit Aria en regardant son cousin droit dans les yeux, sourire aux lèvres. Le 28 août ?

– Le 29, rectifia Anton. La date du mariage est le 29 août.

Il avait la gorge sèche. Il posa son verre de vin et but un demi-verre d'eau sans reprendre son souffle. On était déjà le 3 août.

Les amuse-gueules arrivaient. À côté de lui, Aria, parfaitement à l'aise, grignotait un cercle blanc de mozzarella piqué sur sa fourchette, parlant d'il ne savait quoi – il avait du mal à entendre, sans compter qu'il avait envie de la tuer et qu'il avait le tournis –, et son père dit : « Et puis d'un seul coup, sans que je m'y attende… » et Aria riait mais il avait loupé la plaisanterie. Anton n'arrivait pas à se concentrer. Il avait du mal à saisir ce qui se passait.

– Tu as l'air un peu ailleurs, finit par dire sa mère. Tout va bien ?

– C'est le trac prénuptial ? s'enquit son père.

– Non, en fait, je suis victime d'un chantage de ma cousine, déclara Anton.

Aria lui décocha un regard d'avertissement, qu'il sentit lui égratigner la joue.

– Un chantage, répéta Sam. C'est vrai ?

Aria haussa les épaules.

– Vraiment ? dit sa mère. Aria, s'il te plaît, explique-toi.

– Eh bien… je mène actuellement une transaction.

Elle se pencha en avant et baissa la voix au niveau d'un murmure. Elle répéta les détails concernant le cadeau de mariage de dix mille dollars et le paquet FedEx livré à l'hôtel italien, mais ajouta que la réussite de ses plans dépendait de la participation d'Anton à la transaction initiale – sachant que la réalisation de ce contrat lui ouvrirait un segment particulièrement juteux du business de l'import-export, domaine sur lequel elle voulait concentrer son attention depuis quelque temps. Aria devait admettre qu'elle ne comprenait pas très bien pourquoi, compte tenu des circonstances, on pouvait trouver déraisonnable, si peu que ce fût, sa demande de coopération.

– *Quelles* circonstances ?

– Tu m'as laissée en plan, dit-elle. J'ai essayé trois associés depuis que tu as quitté le business, mais aucun d'eux n'a fait l'affaire.

– En quoi est-ce de ma faute ? Elle menace de parler à Sophie de mon faux diplôme si je n'accepte pas sa proposition !

Ses parents étaient silencieux. Miriam regarda son verre de vin, faisant tourner le pied entre le pouce et l'index. Sam hocha la tête et fixa un point dans l'espace, évaluant la situation.

– Ma foi, dit sa mère au bout d'un moment, elle est de la *famille*, Anton.

– Quoi ? Mais enfin, maman, elle me fait *chanter* !

– Écoute, intervint posément son père, je ne peux pas dire que je sois emballé par l'aspect coercitif, mais ça ne paraît guère présenter de risques si tu y réfléchis.

Il embrocha une tranche de tomate tout en parlant et observa d'un air contemplatif le mur qui se trouvait derrière Anton et Aria. Celui-ci jeta un coup d'œil par-dessus son épaule. Il y avait une fresque sur le mur, peinte longtemps auparavant et rarement nettoyée depuis : un paysage crépusculaire de canaux et de gondoles, le tout recouvert d'une couche de graisse.

– Tu signes pour prendre un paquet, tu donnes le paquet à quelqu'un sans l'ouvrir, dans le pire des cas tu affirmes tout ignorer de son contenu, et dans tous les cas tu as dix mille dollars qui sont virés sur ton compte en banque. Tu sais ce qu'elle t'envoie ?

– Non.

– Eh bien voilà ! dit son père comme si ce point résolvait le problème. Tu laisses les choses en l'état et tu rentres chez toi avec un joli petit pécule pour ta vie avec Sophie. Tu ne sais même pas ce que tu as fait, tu donnes un coup de main à ta cousine avec un gros gain à la clef pour toi et pratiquement sans aucun risque. Pourquoi pas ?

Tous trois regardaient Anton. Aria arborait un léger sourire.

– Tu marches dans cette combine uniquement parce que tu ne veux pas que j'épouse Sophie, dit-il à sa mère.

– Allons, ne dis pas de bêtises. Pourquoi m'opposerais-je à ce que mon fils unique épouse une fille qui a déjà annulé le mariage deux fois, je te le demande ?

Le père d'Anton leva la main pour imposer le silence ; le serveur approchait.

– Qui a commandé le poulet parmesan ?

– Moi, dit Anton sans quitter des yeux le visage de sa mère, qui regardait elle-même le serveur.

– Pour moi, c'est le veau, dit-elle, pleine de bonne volonté.

– Les tagliatelles ? s'enquit le serveur.

– Par ici, dit le père d'Anton.

– Vous devez donc être le steak.

– C'est bien moi, dit Aria. *Grazie.*

– Écoute, reprit son père lorsque le serveur se fut éloigné, ça m'a l'air d'une transaction tout à fait tranquille. (Il enroulait les pâtes autour de sa fourchette.) Je ne vais pas te mentir, je pense que tu serais un imbécile de ne pas accepter.

– En fait, papa, le problème est précisément là. Je n'ai pas d'autre *choix* que d'accepter.

– Mais pourquoi *voudrais*-tu refuser ? intervint sa mère. Je sais que tu mènes aujourd'hui une vie différente, mais quand même... dix mille *dollars*, mon chéri !

– Tu ne comprends pas, je n'ai pas de...

Le serveur revenait vers eux ; Anton se tut et agrippa la nappe à deux mains sous la table.

– Un peu de poivre, monsieur ?

– Volontiers, merci.

Le père d'Anton s'adossa à sa chaise pour laisser au moulin à poivre un libre accès à son assiette. Lorsque le serveur se fut éloigné, Anton reprit :

– Parce que tout l'intérêt de Harvard, c'était justement que je ne sois plus obligé de faire ce genre de choses.

– Mais tu n'es *pas* allé à Harvard, objecta Aria.

– *Mais ça, Sophie ne le sait pas.*

– Un mariage doit être fondé sur l'honnêteté, mon cœur, dit sa mère en posant sa fourchette pour étreindre la main de son mari.

130

— Trente ans, dit Aria en levant son verre de vin. À Sam et Miriam !

— Merci, murmura-t-elle.

Ils levèrent de nouveau leurs verres. Anton fit de même, mais il ne put se résoudre à parler. Il posa le verre à côté de son assiette et s'efforça de se concentrer sur le dîner. Regarde ce saint poulet parmesan, cette sainte salière, la pureté amidonnée de cette nappe. Vois la sainteté de ta famille, sereine et totalement à l'aise dans sa corruption, portant un toast à trente ans d'amour et de vols, dans un restaurant situé sur une île, au cœur d'une ville près de la mer.

Anton paya le dîner et sortit du Malvolio avec les autres. Aria voulut lui dire au revoir, mais il la regarda froidement et elle finit par hausser les épaules ; elle monta dans sa Jaguar gris métallisé et se fondit dans le fleuve de lumières rouges qui s'écoulait vers le sud dans le canyon de Park Avenue. Après le départ d'Aria, les parents d'Anton l'embrassèrent en le remerciant pour la merveilleuse soirée, lui souhaitèrent une bonne nuit et s'éloignèrent à pied vers l'est en se tenant par la main. Anton resta planté à l'angle de Park Avenue et de la 53ᵉ Rue, hébété, un peu perdu. Il consulta sa montre, vingt et une heures trente mais la lumière d'été n'en finissait pas – c'était encore le crépuscule, pas la nuit, et la ville était brumeuse. Il se mit en marche vers le sud, à l'opposé de chez lui. Au bout de quelques blocs, il sortit son portable de sa poche et composa de mémoire un numéro tout en traversant la 49ᵉ Rue.

— Où es-tu en ce moment ? demanda-t-il quand Elena répondit.

— Au Starbucks qui est au pied du bureau.

— Seule ?

— Caleb travaille.

— Tu n'as pas eu envie de rentrer chez toi ?

— Quelque chose dans ce genre-là.

Elle attendait dans le bureau d'Anton quand celui-ci arriva. Elle était assise sur le divan, jambes croisées, ses souliers par terre, plongée dans la lecture d'un numéro du *Times* qu'il n'avait pas encore jeté par la fenêtre.

– Tu as une sale tête, dit-elle quand il entra et ferma la porte derrière lui.

– Merci. Il fait une chaleur à crever. Je risque d'être terrassé par une crise cardiaque.

– Je voulais dire « remué », dit-elle. Tu as l'air remué.

– Ouais, ben… j'ai parlé avec Aria. Pourquoi tu n'es pas rentrée chez toi ?

Il s'assit à l'autre bout du divan, à une certaine distance d'Elena, appuya sa tête sur les coussins et ferma les yeux.

– Caleb travaille tard au labo. Je me sens seule dans l'appartement.

– Parle-moi de Caleb.

– C'est un scientifique, répondit-elle après un silence. Nous nous sommes rencontrés lors de ma première année à Columbia… enfin, ma seule année, en fait. Il est impliqué dans le projet génome végétal. C'est la seule personne qui me soit proche dans cette ville, tu te rends compte ? C'est tellement difficile de se faire des amis ici. Il me connaît depuis la semaine où je suis arrivée du nord.

– Qu'est-ce que ça signifie, ce projet génome végétal ?

– Ça veut dire qu'il dresse la carte des gènes du *Lotus japonicus*. Quand ce sera fait, il passera aux géraniums. D'autres équipes travaillent sur les tomates et les concombres. À une époque, il m'a expliqué quel était l'intérêt de la chose, mais je ne suis plus très sûre de comprendre. Anton, tu vas bien ?

– Pas vraiment. Est-ce que tu l'aimes ?

– Si on veut. Je ne sais pas. Oui.

– Tu comptes l'épouser un jour ?

– Je ne pense pas, non. Je crois que c'est presque fini entre nous. Il ne veut plus faire l'amour avec moi.

– Symptôme manifeste de déséquilibre mental.

– Ce n'est pas sa faute. C'est à cause des antidépresseurs qu'il prend. Il n'y peut rien.

– Excuse-moi. C'est un terrible effet secondaire. Je ne voulais pas dire qu'il est fou.

– Pas grave.

– Qu'est-ce que ça te fait, de vivre à cinq mille kilomètres de ta famille ?

– Six mille. Elle me manque.

– Pourquoi tu ne t'installes pas plus près d'elle ?

– Parce que je n'ai jamais eu envie de vivre ailleurs qu'ici.

Il acquiesça sans répondre.

– Tu veux que je m'en aille ? demanda-t-elle.

– Non, s'il te plaît, reste.

Ils demeurèrent silencieux à écouter la ville, jusqu'au moment où Anton se leva et s'approcha de la vitre brisée.

– As-tu déjà joué au basket, Ellie ?

– Un peu, au lycée. Je n'étais pas très douée.

– Moi non plus. Ça va te paraître un peu dingue, je sais, mais serais-tu intéressée par une partie de basket sur le toit du Hyatt Hotel ?

– Absolument, dit-elle.

Il regardait le toit inférieur du Hyatt, environ un mètre cinquante en contrebas, qui était relié à la tour de bureaux où ils se trouvaient, mais les fenêtres de la Réserve de Dossiers Archivés 4 étaient scellées par la peinture. Anton se recula, méditant le problème, puis se dirigea vers son bureau. Il prit le distributeur de scotch et le téléphone, puis jeta finalement son dévolu sur le clavier d'ordinateur. Il le déconnecta de l'appareil, parfaitement conscient qu'Elena l'observait, retourna à la fenêtre, le brandit à deux mains et frappa. Anton détourna son visage à l'instant de l'impact mais sentit une brûlure à la joue et comprit qu'il s'était coupé. Une pluie de débris de verre s'abattit à l'extérieur du building. Il n'eut aucun mal à détacher les morceaux de verre qui restaient sur les bords, et il n'y eut bientôt plus que quelques petits fragments profondément enfoncés dans le châssis en bois. Ceux-là, il les retira prudemment de ses doigts nus et les jeta par la fenêtre. La climatisation n'était plus d'aucune utilité contre la brèche ; subitement, la chaleur d'août envahit la pièce, à la manière d'un courant chaud s'infiltrant dans une grotte sous-marine. Il ôta sa chemise, la plia, la drapa sur le châssis pour se protéger d'éventuels bris de verre restants, puis balança ses jambes par-dessus l'appui et, en maillot de corps, se laissa choir sur le toit.

Il n'était pas préparé au bruit. La ville l'environnait de toutes parts et il était immergé dans une multitude de sons. Il y avait les camions, les klaxons, les sirènes en provenance de Lexington Avenue et des rues transversales ; mais derrière ces bruits individuels, il y avait la rumeur citadine qu'il s'arrêtait parfois pour écouter quand il faisait son jogging, seul le soir, à Central Park. Circulation, hélicoptères, avions, voix, klaxons, conversations, musique, sirènes, cris, grondement souter-rain des rames de métro : cette combinaison de sons formait un susurrement aussi constant et ininterrompu que le bruit de l'océan. Ce toit, il l'avait regardé mille fois de sa fenêtre du dixième étage – et, de là-haut, il avait eu l'impression d'un tout petit espace entre les tours, d'un minuscule plateau entre la paroi en verre fumé du Hyatt et les briques pâles du Greybar Building ; mais là, dehors, dans le brouhaha et l'obs-curité, il fut oppressé par le vide qui l'entourait. C'était une vaste étendue de gravier, faiblement éclairée par les fenêtres en hauteur et par le ciel qui ne s'assombrit jamais au-dessus de la ville de New York, les nuages de passage renvoyant vers le sol la lumière d'en haut. À quelque distance de là, une rangée de colossales bouches d'aération vibrait dans les ombres. Des boules de papier froissé gisaient à ses pieds : toutes les pages de journaux qu'il avait chiffonnées et jetées par la fenêtre. Deux ou trois morceaux de son agrafeuse luisaient dans la pénombre. Entendant un bruit derrière lui, il se retourna et vit qu'Elena avait sauté à son tour.

– Je vais chercher le ballon, dit-il.

Mais quand il l'eut trouvé, celui-ci était presque complètement dégonflé ; de surcroît, la surface du toit était recouverte de gravier. Il revint vers Elena en tenant le ballon à deux mains, sentant sur sa peau le contact du caoutchouc tiède et trop mou.

– Il est à plat, annonça-t-il. Tu veux qu'on s'introduise dans une chambre d'hôtel ?

Il indiqua le Hyatt, à l'extrémité du toit, et sa rangée de fenêtres aveugles – si proches. Elena hésita.

– Je ne peux pas, dit-elle.

– Nous dirons que c'était mon idée. Nous plaiderons la folie. Non, attends : nous plaiderons un coup de chaleur.

– J'ai peur d'être expulsée.

– Pourquoi voudrais-tu qu'on t'expulse ? Tu as un numéro de sécurité sociale et un passeport américain.

– Je ne veux pas prendre le risque, dit-elle.

– C'est bizarre, tu ne m'as jamais paru du genre à reculer devant les risques.

Elle garda le silence. Ses cheveux, éclairés par les lumières des fenêtres, dans les bureaux situés derrière elle et juste au-dessus, faisaient penser à une auréole frisée, mais il ne distinguait pas bien son visage. Il leva les yeux vers les hautes parois qui se dressaient tout autour d'eux, ces tours criblées de fenêtres qui se reflétaient les unes les autres et qui reflétaient la nuit.

– Retournons à l'intérieur, dit-il.

Anton fit la courte échelle à Elena, qui disparut par-dessus l'appui de la fenêtre. Il s'attarda encore un moment dans la chaleur du dehors avant de la rejoindre. Des débris de verre crissèrent sous ses chaussures. La pièce, plongée dans l'obscurité, était tellement silencieuse qu'il crut un instant qu'Elena était partie.

Elle était allongée sur le divan, les yeux clos. Elle semblait à peine respirer quand il s'approcha, et sa peau était moite au toucher.

– Tu te sens bien ? demanda-t-il.

– Ça va. Je ne supporte pas très bien la chaleur, c'est tout.

– Elle est mortelle, cette chaleur.

Il s'assit par terre, près d'Elena, et lui baisa la main. Il sentit sur ses lèvres le goût salé de sa sueur. Il s'entendit demander : « Tu crois qu'il sait ? » et eut l'impression de proférer un cliché un peu tragique. Toutes les joies dangereuses du *five o'clock* s'étaient dissipées ; la pièce s'était dépressurisée, assombrie.

– Je ne pense pas, répondit-elle sans ouvrir les yeux. De toute façon, je rentre généralement à la maison avant lui. Sinon, je lui dis que je suis sortie avec des amies.

– Et il n'a pas de soupçons ?

– Caleb n'est pas *stupide*, c'est simplement que... je ne sais pas, on se connaît depuis si longtemps, et il est tellement absorbé par son travail qu'il ne...

– Soupçonne rien.

– Voilà.

Elle ouvrit les paupières, resta un moment assise au bord du divan, puis se leva lentement et prit une profonde inspiration.

– Il ne soupçonne rien. Bonne nuit, Anton.

Il se leva et l'embrassa. Elle ferma la porte derrière elle et le bruit de ses pas se perdit aussitôt dans le bruit blanc de l'entresol. Il jeta un coup d'œil sur sa montre – vingt-deux heures trente – et alla récupérer sa chemise sur le châssis de la fenêtre. Elle était encore humide de transpiration. Un tesson de verre acéré avait déchiré l'une des manches, et il s'aperçut en l'enfilant qu'une traînée noire maculait le devant froissé, là où le tissu avait été en contact avec le châssis. Il regarda du côté de la porte, là où il accrochait habituellement sa chemise de rechange, mais il l'avait mise pour rentrer la veille au soir. Quand il descendit en ascenseur dans sa chemise bousillée, il décida que ce serait une bonne idée d'avoir en permanence, à partir de maintenant, deux chemises accrochées au dos de la porte. L'épuisement le gagna à la pensée de l'attention aux détails que requérait une infidélité réussie.

Au-dehors, la ville avait sombré dans un cauchemar subtropical. La chaleur était encore plus intenable sur Lexington Avenue qu'elle ne l'avait été sur le toit, et Anton marcha comme un somnambule dans l'air étouffant. Il était impossible d'avancer rapidement ; il lui fallut une demi-heure pour arriver au GAP de Times Square, ouvert jusqu'à minuit, et il passa encore plusieurs minutes sous les néons, avec des vendeurs qui s'ennuyaient et des touristes hébétés, avant de repartir avec une chemise neuve dans une pochette. Sur le trottoir, il ôta sa vieille chemise devant des piétons éberlués et enfila la nouvelle, se sentant surexposé sous les lumières de Times Square. Il était vingt-trois heures passées, mais il voyait son ombre sur le trottoir.

– *In*décent ! lui lança au passage une femme indignée sous un nuage de cheveux décolorés.

– Et vous n'avez rien vu, répliqua-t-il en s'efforçant d'arracher l'étiquette de prix fixée au col.

Il jeta la vieille chemise dans une poubelle avant de boutonner la nouvelle et s'engagea dans la rue pour arrêter un taxi, mais il n'y en avait aucun de libre qui aille vers le nord ce soir-là. Sa chemise neuve lui colla au dos presque instantanément. Après avoir passé quelques minutes à héler des taxis occupés, il renonça et descendit dans l'enfer à quarante-cinq degrés du réseau métropolitain, où il attendit longtemps l'arrivée de la rame.

Quand il rentra chez lui, il était minuit largement passé. Toutes les lumières étaient allumées dans l'appartement et la porte du studio de Sophie était fermée. Elle travaillait. Il colla une oreille contre la porte. Elle ne sortit pas de son antre pour l'accueillir, et il s'endormit une heure plus tard aux accents de la première suite pour violoncelle de Bach.

Le lendemain matin, en se réveillant, Anton vit du sang sur l'oreiller et se rappela la brûlure qu'il avait ressentie sur le côté du visage quand il avait attaqué la fenêtre à coups de clavier. Dans le miroir de la salle de bains, il repéra la coupure, toute petite, un peu rouge et enflée. Il ôta de la plaie un minuscule éclat de verre, clair et brillant, sanglante transparence entre les pointes de la pince à épiler. Il l'examina un instant à la lumière avant de le jeter dans la cuvette des W.-C. et de tirer la chasse d'eau. C'est seulement à ce moment-là qu'il remarqua Sophie sur le seuil.

— Qu'est-ce que tu t'es fait à la joue ?
— Je me suis coupé en me rasant.
— Tu t'es rasé avec du verre ?
— Je…

Mais elle s'était déjà écartée de la porte, elle préparait du café dans la cuisine, et quand il essaya plus tard de revenir sur le sujet, elle serra les lèvres en secouant la tête et se détourna. C'était le matin du 4 août.

— Ce n'était pas du *verre*, lui dit-il à deux reprises. Ce n'était pas ce que tu as vu.

Mais elle ne voulut pas en parler, ni ce jour-là ni aucun de ceux qui suivirent. Le mariage était un événement qui approchait en silence, comme une tornade progressant en spirale à la surface d'une carte météo.

— Ça te rend nerveux de te marier ? demanda Elena à mi-voix.

Il était presque six heures du soir et le temps avait passé très vite. Dans un instant, elle se mettrait debout et se rhabillerait. Dans une semaine, il la quitterait et s'envolerait pour l'Italie en voyage de noces.

— Oui, répondit Anton.

Il essaya de s'imaginer rentrant chez lui pour retrouver Elena et non Sophie, essaya d'imaginer, au réveil, des cheveux blonds et non bruns sur l'oreiller voisin du sien, la porte du studio grande ouverte et sans violoncelle à l'intérieur, cette pièce transformée en deuxième chambre, en bureau, en cabinet de lecture. Sophie habitant ailleurs, Sophie perdant de l'importance au fil du temps pour finalement se fondre dans les rangs de ses anciennes petites amies. Il regarda Elena, mais elle regardait le plafond. D'un air absent, elle tendit la main vers son sac, comme elle le faisait toujours quand ils en avaient fini, farfouilla dedans un moment et en ressortit les mains vides, puis replongea dedans et en ramena un bâton de pommade pour les lèvres. Elle se mordillait la lèvre inférieure.

– Ta fiancée, elle s'entend bien avec ta famille ?

Mais à quoi ressemblerait la vie, quand ils seraient tous les deux seuls pendant plus d'une heure ? Dépendons-nous des fantômes des autres, Caleb et Sophie ? Est-ce le délicieux frisson de te voler à Caleb qui me donne envie de te posséder à même le sol du bureau, tous les après-midi à cinq heures dix ? À côté de lui, Elena était tendue, immobile. Il ne savait pas très bien ce qui la mettait si mal à l'aise dans ces moments-là, mais il supposait que c'était la culpabilité. À quelques kilomètres au nord, dans un laboratoire en sous-sol, son petit ami travaillait sur le génome du *Lotus japonicus*.

– Pourquoi es-tu toujours aussi curieuse sur ma famille ?

– Je ne sais pas. C'est ainsi. J'ai l'impression de ne pas te connaître si bien que ça.

– Et si tu me parlais de ta famille, pour changer ?

– Il n'y a pas grand-chose à en dire. Mon père est assistant social. Ma mère, infirmière à l'hôpital.

– Tu es née dans le nord ?

– À Toronto, dit-elle. Mes parents sont partis pour le Nord quand j'avais trois ans.

– Pourquoi ?

– Là-bas, on manquait d'infirmières et de travailleurs sociaux. Ils voulaient se rendre utiles. Mais moi, d'aussi loin

que je me souvienne, j'ai toujours comploté pour fuir le Nord.
Ne parlons pas du Nord.

— O.K. Il y a d'autres enfants, à part toi ?

— J'ai un frère aîné et une sœur cadette. Nous étions proches,
dans le temps, mais elle vit à la maison avec son bébé et nous
n'avons absolument plus rien en commun. Notre frère a quelques
années de plus. Il travaille dans une mine de diamants, dans les
Territoires du Nord-Ouest. (Elle se tut un moment, regardant
ailleurs.) Ça ne te rendait pas nerveux, de vendre comme ça des
cartes de sécurité sociale ?

— Pourquoi cette question ?

— Je ne sais pas, elle m'a juste traversé l'esprit. Je crois que
j'aurais eu peur de me faire prendre.

— J'avais peur, au début.

— Tu te souviens de la toute première fois ?

— Bien sûr, dit Anton.

7

La toute première fois, la cliente avait été une Irlandaise rousse aux yeux d'un gris calme, arrivée aux États-Unis depuis quatre semaines quand Aria l'avait approchée. La rencontre avait eu lieu dans un bar irlandais situé près de Grand Central. Elle était pâle, fatiguée, car elle ne dormait pas bien dans l'appartement encombré du Bronx qu'elle louait avec d'autres. Elle voulait devenir pilote. Elle s'affairait le soir avec efficacité, se montrait aussi charmante que possible, jouait un peu de son accent, portait une jupe moulante afin d'obtenir de plus gros pourboires, lisait des revues d'aviation à la bibliothèque, faisait de longues promenades dans la ville et, les jours où elle ne travaillait pas, écrivait à ses amis de Belfast des cartes postales remplies de demi-vérités.

— C'est difficile d'imaginer de partir quelque part, dit-elle. Je ne peux pas aller au pays, sinon on ne me laissera pas revenir ici. Je veux rester à New York, mais ils me manquent déjà.

— Qui ça, «ils» ?

Anton avait dans son portefeuille la fausse carte de sécurité sociale. Ses mains ne tremblaient pas mais ses jambes flageolaient, ce qui lui arrivait toujours quand il était extrêmement nerveux.

— Tout le monde, répondit-elle. Même les gens avec qui je ne parlais pas beaucoup, ils me manquent. Ma voisine du dessous, Blythe.

141

Elle but lentement une gorgée de café. Anton jeta un coup d'œil discret sur sa montre. Il avait imaginé cette entrevue comme une rapide transaction frauduleuse, prends l'oseille et tire-toi, mais il n'avait pas pris en compte le facteur solitude de la fille. Ils étaient assis dans ce café depuis près d'une heure et elle ne semblait pas du tout pressée.

– Votre voisine du dessous.

– Blythe. Elle devait avoir une cinquantaine d'années. Elle vivait seule, j'ignore si elle avait été mariée ou si elle avait des enfants. Je n'ai jamais entendu personne lui rendre visite. Elle ne sortait jamais, sauf pour aller travailler à la compagnie d'assurances, au bout de la rue. Le week-end, elle écoutait toute la journée des débats à la radio, donc il y avait toujours des voix provenant de chez elle, et moi je les entendais du matin au soir. Quand je me suis installée dans cet immeuble, au début, ça me rendait dingue, cette femme qui n'éteignait jamais sa radio, et puis au bout d'un moment ça ne m'a plus gênée. C'était chouette, même : je vivais seule moi aussi, et à force d'entendre tout le temps quelqu'un parler, on ressent moins la solitude. (Elle battit des paupières et but un peu de café.) Et vous ? Vous êtes né ici ?

Il comprit qu'elle devait avoir très peu d'amis dans cette ville.

– À Albany, mentit-il.

Il avait les mains moites. Les clients du déjeuner commençaient à se raréfier. Il aurait bien voulu qu'elle cesse de parler et qu'elle demande sa carte. Il portait des lunettes de soleil dont les verres réfléchissants faisaient ressembler la jeune fille à un fantôme, sur la banquette d'en face.

– Donc, Gabriel, c'est votre vrai prénom ?

– Bien sûr, répondit Anton, qui avait eu le plus grand mal à trouver ce nom d'emprunt.

– Quel âge avez-vous, au fait ?

– Vingt ans.

– Vingt ans, répéta-t-elle. *Vingt* ans ?

– Ouais. Hum, pensez à l'école de pilotage…

Il lisait le doute dans ses yeux. Il essaya de prendre un air aussi sérieux que possible, faisant un effort pour paraître un peu plus âgé que ses dix-huit ans.

– Sérieusement, reprit-il, peu importe comment je m'appelle ou quel âge j'ai vraiment, dites-vous que ce sera beaucoup plus facile si vous avez un numéro de sécurité sociale.

– Je n'en ai pas besoin pour y entrer. Je me suis renseignée.

– N'empêche, ce serait plus simple si la question n'était pas soulevée, non ?

Elle le dévisagea un moment, impassible, puis lâcha un soupir.

– Bon, d'accord. Comment on fait ?

Il se pencha par-dessus la table ; elle se rapprocha de lui, et il fut agréablement surpris de découvrir que son haleine sentait la réglisse.

– Donnez-moi l'enveloppe, dit-il tout bas. Je vais aller aux toilettes – il n'y a qu'une seule cabine – et compter l'argent pendant que vous irez payer votre café à la caisse. Ensuite, je quitterai le bar. Si le compte est bon, vous irez à votre tour aux toilettes et vous trouverez votre carte scotchée au dos du réservoir de la chasse d'eau.

– Comme dans *Le Parrain*, avec le revolver. Ça me plaît.

Dans la cabine de W.-C., il compta les billets et les mit dans son portefeuille. Il sortit d'une poche la carte de sécurité sociale, vérifia le nom qui y était inscrit et la glissa dans l'enveloppe. Il y avait de la condensation sur le réservoir en porcelaine, comme une sueur froide. Anton fit quatre tentatives, mais le ruban adhésif qu'il avait apporté refusait de coller ; l'enveloppe n'arrêtait pas de tomber et le scotch, humide, n'arrêtait pas de se détacher. Désemparé, il finit par penser à la dernière tablette de chewing-gum qu'il lui restait dans sa poche. Il la mastiqua rapidement, sans quitter des yeux la cuvette, puis il colla le chewing-gum à l'arrière du réservoir, y fixa l'enveloppe et ouvrit la porte des toilettes, s'attendant plus ou moins à être accueilli par un commando du SWAT. La fille réglait son café au bar. Il passa derrière elle, sortit dans la rue, le cœur battant à grands coups, et s'éloigna dans la direction opposée au magasin de ses parents. Il parcourut un bon kilomètre et demi avant de rebrousser chemin vers le Williamsburg Bridge et emprunta un itinéraire détourné au milieu des entrepôts.

— C'est trop risqué, décréta Aria. Je n'aime pas ça.

Ils étaient assis côte à côte sur le quai de chargement, à la fin de la journée. La plate-forme métallique était encore tiède, chauffée par le soleil, mais un vent frais soufflait du fleuve.

— Qu'est-ce qu'il y a de risqué là-dedans ?

Anton se sentait un peu sur la défensive en ce qui concernait la technique inspirée du *Parrain*.

— N'importe qui pouvait entrer dans les toilettes et piquer la carte avant la fille. Il faut que tu trouves une meilleure idée.

— Et si je n'y arrive pas ?

— Tu avais toujours des A+ au lycée, répliqua-t-elle avant de maugréer à mi-voix quelque chose en espagnol.

La solution lui vint un soir où, avec ses parents et Aria, il fêtait un anniversaire – peut-être celui de sa mère – dans un restaurant de Chelsea. Anton observa le mécanisme du paiement : l'addition arrive, discrètement glissée dans l'étui en cuir prévu à cet effet. L'argent est placé dans l'étui, de sorte que, même de la table voisine, on ne peut savoir s'il s'agit de billets de un, de dix, de vingt, de cinquante ou de cent dollars – bénie soit l'Amérique et ses billets verts monochromes ! –, puis la serveuse emporte l'étui et le rapporte avec la monnaie. Si le compte est bon, il faut prévoir un signal : par exemple, la serveuse – votre complice – vous apporte un verre de vin rouge à table, indiquant par ce moyen que vous pouvez discrètement remettre l'enveloppe contenant la carte de sécurité sociale. Et peut-être aussi un passeport, par la suite, une fois que le business se sera développé. Le recours à une serveuse rendait la transaction proprement dite difficile à observer, et si d'aventure le client était intercepté plus tard par la police, le « produit » était de suffisamment bonne qualité pour qu'un agent de police ne puisse raisonnablement reprocher au client – à moins que la transaction n'ait eu des témoins – autre chose que de porter sur lui son passeport et sa carte de sécurité sociale, ce qui n'était certes pas recommandé mais en aucun cas illégal.

– Nous arrêterons de faire du business dans ce pays, dit Aria, le jour où ce ne sera plus légal de porter sur soi notre produit.

– Ce n'est *jamais* légal de porter sur soi notre produit, remarqua Anton. Et dans quel autre pays irions-nous faire du business ?

Il s'envola pour l'Italie le lendemain de son mariage, au petit matin.

Sophie prit la pose devant le Colisée, à côté d'un gladiateur portant au poignet une montre à affichage numérique. Elle se tint devant la fontaine de Trevi pendant qu'Anton la mitraillait, s'efforçant d'utiliser toute la pellicule.

– Excusez-moi, dit-elle à un touriste qui passait par là, ça vous ennuierait de nous prendre en photo ensemble ?

Alors qu'elle parlait, Anton mit le cache sur l'objectif, et ni Sophie ni le photographe ne s'en aperçurent pendant la prise. Il ne voulait aucune trace photographique de sa présence dans ce pays.

Sur l'île de Capri, elle remarqua le bouchon.

Non, lui assura Anton, bien sûr que non, le cache n'était pas resté sur l'objectif pendant tout le voyage. Oui, il était formel. Non, sérieusement, il l'avait juste remis après la dernière série de photos. Elle n'avait pas à s'excuser d'avoir douté de lui, ce n'était pas grave. Mais non, sa question était parfaitement justifiée. Il l'aimait, lui aussi. Oui, pour de vrai. Là, là, ne pleure pas. Dans l'émotion du moment, le touriste norvégien qui avait été sur le point de les photographier leur rendit l'appareil, se confondant inexplicablement en excuses, et finalement la photo ne fut pas prise.

À Capri, Sophie voulut voir la grotte Bleue. Moyennant trente-cinq euros, ils embarquèrent à bord d'un bateau qui leur fit longer l'impressionnant littoral. Anton tenait la main de Sophie en observant au-dessus d'eux les saints patrons des pêcheurs, petites figurines encastrées dans les rochers sombres, à des hauteurs invraisemblables. Regarde cette sainte île, ces statuettes qui dispensent leur bénédiction du haut de ces rochers. Les saints patrons de la chance et des filets de pêche, des marées et des poissons. Sophie tenait la main d'Anton en observant l'eau.

Lorsqu'ils arrivèrent à la grotte, deux autres groupes de touristes s'y trouvaient déjà, leurs bateaux se balançant sur les flots légèrement agités, à quelques mètres du rivage, et ils découvrirent qu'il fallait encore débourser vingt-cinq euros pour grimper dans un petit canot à rames qui transportait deux touristes à la fois dans une étroite ouverture entre les rochers et la mer. Les rameurs qui pilotaient les touristes dans le monde sous-marin étaient enjoués et chaleureux, mais Anton estima que toute l'opération évoquait un travail à la chaîne – soutirer de l'argent au touriste, introduire le touriste dans la grotte, ramener le touriste au bateau – et il fut refroidi par la dépense supplémentaire à laquelle il ne s'attendait pas. Sophie insista néanmoins pour faire la visite ; elle paya l'argent en plus et attendit patiemment son tour sur le pont inférieur pendant qu'Anton guettait la progression des touristes qui entraient dans la grotte et qui en sortaient. La plupart de ceux qui en sortaient avaient le sourire aux lèvres, mais il leur trouva cependant l'air un peu déçu, comme il l'avait observé chez les visiteurs qui sortaient au compte-gouttes de la chapelle Sixtine, quelques jours plus tôt. Il entendit l'une des touristes dire à sa voisine : « Toute ma vie, j'ai entendu parler de la grotte Bleue », mais il ne saisit pas la réponse. Lorsqu'il reporta son regard sur le pont inférieur, Sophie avait disparu. L'espace d'un éclair, il fut presque paniqué à la pensée qu'elle ait pu tomber par-dessus bord, mais il eut juste le temps de la voir baisser la tête dans le canot qui passait sous les rochers. Il lui sembla qu'elle était partie depuis très longtemps.

Anton l'attendit, cramponné à la rambarde, car le bateau tanguait dans les remous provoqués par les autres embarcations qui les entouraient. Il ferma les yeux et eut l'impression en cet instant qu'il pourrait disparaître ici même, dans cette lumière éclatante, bien loin de Brooklyn, à plus de six mille kilomètres de ses parents et d'Aria.

– Réveille-toi, Dormeur. Tu t'ennuies vraiment à ce point-là ?

Sophie s'était matérialisée près de lui.

– Non, je profite du soleil. Comment c'était ?

Elle paraissait différente de la plupart des autres, plus vivante ; il se rendit compte qu'elle n'était pas déçue.

– Tu aurais dû venir. C'était beau et tout bleu.

– Beau et tout bleu, répéta-t-il.

Il l'embrassa et essaya de ne pas penser à Ischia.

Le lendemain matin, ils se réveillèrent de bonne heure dans leur chambre d'hôtel de Capri. Lorsque Anton ouvrit les rideaux, le soleil fit briller le sol carrelé. Sophie n'avait pas bien dormi. Elle était fatiguée, maussade, et ne voulut pas lui adresser la parole. Ils prirent leur petit déjeuner dans un silence distant et se rendirent en taxi jusqu'au ferry. De retour à Salerne, il y eut quelques heures creuses. Ils déambulèrent dans les rues parmi des groupes de touristes, firent de brèves incursions dans les boutiques, s'installèrent un moment dans un café où les serveurs les accueillirent en anglais. Sophie s'acheta une jupe peu seyante. Anton mentit et lui dit qu'il la trouvait jolie, mais elle l'accusa de ne pas être sincère, ce qui l'obligea à renchérir dans le mensonge. Le train quitta

Salerne avec une heure de retard. Dans leur compartiment, ils se retrouvèrent assis en face d'une femme entre deux âges qui parlait encore moins bien l'anglais qu'Anton ne parlait l'italien, ce qu'il n'aurait pas cru possible. Au bout de quarante-cinq minutes d'attente à quai, la femme tapota sa montre d'un air exaspéré en disant : « *Italia !* » Elle secoua la tête et leva les yeux au ciel. Anton approuva du chef. Sophie, plongée dans la lecture d'une biographie de Jim Morrison, le front légèrement plissé, les ignora superbement.

Ils arrivèrent à la nuit tombée dans la ville de Naples.

Un souvenir : par une froide matinée à Brooklyn, Anton, neuf ans, attendait le car scolaire avec sa mère sous la pluie. D'ordinaire, Gary l'accompagnait, mais celui-ci était malade ce jour-là et sa mère n'aimait pas qu'il attende seul. Le quartier était plus mal fréquenté en ce temps-là. Elle se tenait près de lui sous un énorme parapluie violet qu'une cliente avait oublié au magasin.

– Pourquoi quelqu'un voudrait-il être chauffeur de car scolaire ? demanda Anton.

Ses parents l'encourageaient à imaginer qu'il pourrait être ce qu'il voudrait une fois adulte, sachant que certaines choses qui étaient possibles à neuf ans devenaient moins possibles par la suite. Il était encore plausible qu'il devienne plus tard astronaute, par exemple, ou roi d'un pays encore à découvrir.

– Tu prends des décisions au fur et à mesure que tu avances, mon superbe enfant, lui dit sa mère. A ou B, deux options se présentent, et tu choisis celle qui te paraît la meilleure sur le moment.

Des années plus tard, sur une île de la baie de Naples, il s'éloigna discrètement de la terrasse de café où sa nouvelle épouse buvait un café, lui fit un geste rassurant de la main et appela Aria sur son portable.

– J'y suis, dit-il. Je suis à Ischia.

– Tu appelles de ton portable ?

– Il n'y a pas de téléphone dans ma chambre d'hôtel. C'est un tout petit hôtel.

– Dans ce cas, tu n'as qu'à trouver un téléphone public et me rappeler à la maison. Tu sais que je ne parle pas business sur des portables. Je suis à l'appartement de Santa Monica.

– Je n'ai pas le numéro.

Aria le lui donna et raccrocha. Anton rebroussa chemin vers le kiosque, acheta une carte téléphonique et repéra un téléphone public à la lisière de la place, près d'un muret en pierre.

– Anton, lui dit Aria, il y a un léger contretemps.

– Ça veut dire quoi, « léger » ?

– Trois semaines.

– Tu es folle ? Tu veux que je reste trois semaines sur cette île ?

Sophie l'observait, un verre de café à la main. Elle lui fit signe quand il la regarda. Il se força à esquisser un pâle sourire, leva la main et lui tourna le dos.

– Quatre au maximum, dit-elle. Je suis désolée, Anton. Ça ne dépend pas de moi.

– *Quatre ?* Écoute, Aria, je regrette, mais je ne peux pas… Aria, je ne peux pas faire ça. Nous rentrons à Rome demain. Nous reprenons l'avion jeudi soir.

– Remarque, tu n'es pas *obligé* de le faire. La décision t'appartient.

– Mais si je ne le fais pas, tu diras à Sophie… tu diras à Sophie…

Il était hors de lui. Il regarda de nouveau par-dessus son épaule et observa sa femme qui faisait semblant de ne pas l'observer. Elle but une gorgée de café, absorbée dans la contemplation du port, et lança un bref coup d'œil en direction d'Anton, le combiné rouge plaqué sur l'oreille. Aria était silencieuse.

– Aria, dit-il, nous sommes ta famille. Mes parents t'ont recueillie.

– Et puis nous avons lancé ensemble ce business, et nous sommes restés en affaires jusqu'à ce que tu m'abandonnes, et maintenant je te demande de faire cette dernière chose pour moi.

– Je ne veux pas. J'en ai marre de…

– Je sais que tu ne veux pas le faire, l'interrompit Aria. J'en suis parfaitement consciente. La question est de savoir ce que tu veux le moins : effectuer cette dernière transaction ou expliquer à Sophie que tu es un imposteur. Qu'est-ce que tu choisis ?

Il regarda par-dessus son épaule. De l'autre côté de la place, Sophie buvait son café en examinant les nuages.

– Ma commission sera de combien ?

– Douze mille dollars pour le désagrément supplémentaire, plus le secret et une porte de sortie.

– Je veux quinze mille.

Aria demeura silencieuse un moment. Finalement, elle dit :

– Très bien. Quinze mille.

– Je veux aussi être payé d'avance.

– La moitié maintenant, le reste quand tu auras livré le paquet.

– D'accord. Je te rends ce dernier service, après quoi Sophie n'entendra jamais parler de Harvard et moi j'en aurai fini avec le business. Jure-le-moi sur une chose à laquelle tu crois. Est-ce que tu crois en quelque chose ?

– Non, dit-elle, mais je jure quand même. Non, attends. Je le jure sur mon indépendance financière.

– C'est la valeur la plus élevée en laquelle tu crois ? L'indépendance financière ?

– J'en ai peur.

– Bonté divine. Trois semaines ?

– Oui, dit-elle. Enfin… peut-être quatre.

Il raccrocha, ferma les yeux quelques instants, respira à fond plusieurs fois, puis sortit de sa poche la carte de téléphone et composa de nouveau le numéro.

– Quatre semaines, dit-il quand Aria répondit. Qu'est-ce que je suis censé faire ici pendant quatre semaines ?

– Tu m'as l'air tendu, susurra-t-elle. Ischia ne te plaît donc pas ?

– Je suis sur le point de quitter ma femme en plein voyage de noces. Tu ne serais pas un peu nerveuse, à ma place ?

– Comme je te l'ai dit, ce sera le coup le plus facile de toute ta vie. Dans trois semaines, un homme viendra à ton hôtel et se présentera à toi. Tu lui donnes le paquet, tu rentres à New York en avion, tu achètes des roses pour ta femme et tu en as terminé.

– Je pense qu'il faudra un peu plus que des roses, Ari.

– Tu n'auras qu'à dépenser une partie de ta commission pour lui offrir une de ces bagues de chez Tiffany, à dix mille dollars, avec l'inscription « Je regrette de t'avoir quittée pendant notre voyage de noces ».

– Oh ! Seigneur, ne parlons pas de bagues. Qui est le client ?

– Tu veux reprendre le business ?

– Non.

– Alors ne me demande pas qui sont mes clients.

– Entendu.

Anton reposa le combiné et resta un moment au soleil à observer le balancement des bateaux sur l'eau scintillante. Les bateaux de pêche du port de Sant'Angelo étaient peints de toutes les couleurs imaginables, en deux tons chacun : jaune avec garnitures bleues, rouge avec garnitures vertes, blanc avec garnitures rouges. La lumière était trop vive, les couleurs formaient un kaléidoscope, le soleil créait des reflets aveuglants à la surface de la mer. Il avait envie de vomir. Il sentit les yeux de Sophie rivés sur lui, et le fait de savoir qu'il avait envisagé de la quitter de toute façon ne rendait pas la situation plus facile. Trois semaines. Il se dirigea vers le kiosque où étaient exposés des journaux allemands, des tabloïds anglais et le lot quotidien de deux *International*

Herald Tribune ; il en acheta un et le rapporta à Sophie, qui prit la section du dessus.

– Qui appelais-tu ? demanda-t-elle en parcourant rapidement les gros titres.

– Le bureau. Je leur avais promis de prendre des nouvelles.

Des nouvelles de quoi, exactement ? Il imagina son téléphone sonnant interminablement sur sa table de travail, dans la Réserve de Dossiers Archivés 4, la pièce vide, la congère de papier sous la fenêtre, la poussière qui se déposait sur le téléphone, les pigeons qui entraient faire un petit tour, venant du monde extérieur. Elena traversa son esprit, avec ses yeux couleur nuée d'orage, et il ouvrit le journal mais ne parvint pas à le lire. Il sauta deux fois le même paragraphe. Deux options se présentent, et on choisit celle qui paraît la meilleure sur le moment.

– Tu sais, dit-il du ton le plus dégagé possible, je pensais peut-être rester ici quelque temps.

Sophie leva les yeux de son café *latte*.

– Nos billets d'avion sont pris pour jeudi, dit-elle.

Le lendemain du jour où Sophie quitta Ischia, il se réveilla, solitaire, d'un rêve qu'il ne put se rappeler et resta un moment allongé à contempler le plafond bleu avant de se lever. Il ouvrit les volets et la mer était inondée de lumière, Capri une ombre lointaine à la lisière du ciel sans nuages. En bas, sur la place, il y avait trop de touristes, les uns criant après leurs enfants dans des langues qu'il ne comprenait pas, les autres lisant le journal attablés à la terrasse du café ; il retourna donc au restaurant de l'hôtel et mangea des pâtes et des calamars grillés à une table, près de la fenêtre donnant sur l'océan. En l'absence de Sophie, il sentait un énorme espace autour de lui.

Elle serait à Rome aujourd'hui, à moins qu'elle n'ait changé de vol. Il jeta un coup d'œil sur sa montre et l'imagina prenant son petit déjeuner quelque part, seule à la terrasse d'un bistrot avec un verre de café transparent, à lire l'*International Herald Tribune*. Cette pensée lui fut presque insupportable, même s'il savourait sa solitude. Alors, il redescendit sur la place et appela son meilleur ami du téléphone public qui se trouvait près du muret en pierre, à côté du port.

– Gary, dit-il, je crois que je suis de nouveau seul.

DEUXIÈME PARTIE

8

Dans un bureau feutré, au onzième étage du nouveau World Trade Center 7, Broden faisait écouter une cassette à Elena.

– *Ça ne devait pas être un business facile.*

– *Si, très facile. J'étais doué pour ça. C'est ce que j'ai fait de plus facile dans ma vie.*

– *Pourquoi as-tu arrêté, alors ?*

– *Je ne sais pas. Peu à peu, je n'ai plus eu envie de le faire.*

– *Pourquoi donc ? Qu'est-ce qui t'a changé ?*

– *Je n'en sais rien. Ça s'est fait progressivement.*

– *Si tu avais une seule raison à me donner...*

En écoutant sa voix, des semaines plus tard, Elena ferma les yeux et pensa : «Pourquoi as-tu continué à me parler ? C'était pourtant évident, non, que je te tirais les vers du nez ?» Elle était étrangement en colère contre Anton.

– *Eh bien, il y avait une fille... Catina. Je songeais à arrêter depuis déjà quelque temps, mais le fait de la rencontrer, de lui parler... Avant elle, je ne savais pas que j'allais vraiment le faire. Arrêter, je veux dire.*

– *Une petite amie ?*

– *Non, pas une petite amie. Je lui ai vendu un passeport.*

Broden arrêta l'appareil.

– La bande se termine deux minutes plus tard. A-t-il dit quelque chose sur ses autres clients ?

157

– Non, répondit Elena. Juste ce qu'il y a sur la bande. La femme de Lisbonne. Et après, cette histoire sur l'homme qui tombe.

– Oh, je sais tout ce qu'il y a à savoir sur la femme de Lisbonne. (Broden souriait. Elena ne l'avait jamais vue si animée.) J'ai longuement parlé avec elle. En tout cas, Elena, c'est le meilleur enregistrement que vous m'ayez fourni jusqu'à présent. Beau travail.

– Puis-je vous poser une question ?

– Certainement.

– Pourquoi a-t-on relégué Anton dans une réserve de dossiers archivés ?

– J'ai trouvé que c'était une solution élégante, dit Broden. Nous avions besoin de l'avoir sous la main, mais la société n'était pas disposée à le garder après les résultats du contrôle de ses antécédents.

– Qu'est-ce qu'il a révélé, ce contrôle ?

– À votre avis ? Personne n'est invisible, vous savez. Il n'y a pas moyen d'échapper aux écrans radar. La vérification de ses antécédents a révélé qu'il n'était jamais allé à Harvard et que lui et sa cousine faisaient l'objet d'une enquête criminelle en cours. Water Incorporated ne voulait plus de lui, mais nous estimions qu'il risquait de s'enfuir s'il perdait son emploi. Nous sommes donc arrivés à un compromis : la société le garde en réserve pendant que nous menons notre enquête.

– Pourquoi ne pas l'avoir arrêté ?

– Parce que je ne veux pas alerter Aria pour l'instant. Quoi qu'il en soit, je vous ai fait venir pour vous poser une question. Vous a-t-il parlé de prolonger son séjour en Italie ? Il devrait être rentré depuis déjà quelque temps.

– Non, il ne m'a rien dit.

Elena était affalée sur son siège. Elle ne dormait pas bien en ce moment. Le jour prévu pour le retour d'Anton, elle s'était présentée à son bureau avec un tournesol – une rose semblait

158

trop ordinaire –, à cinq heures de l'après-midi, mais la pièce était vide et des papiers voletaient par terre au gré du vent. Une fine couche de poussière recouvrait le bureau. Elle s'était assise dans le fauteuil, le faisant pivoter deux ou trois fois avant d'aller s'allonger sur le divan. Elle était restée étendue un long moment, somnolente et un peu triste, à observer le frémissement des feuilles de papier au ras du sol. Elle avait posé le tournesol sur le sous-main mais quand elle était revenue, le lendemain à la même heure, il était toujours à la même place. Elle s'était rendue dans la pièce vide tous les après-midi de cette semaine-là, restant allongée sur le divan, dans le calme, se reposant sur ses souvenirs. Elle éprouvait une nostalgie qui la surprenait. Lorsque le vendredi arriva, Anton n'était toujours pas rentré et le tournesol avait fané, alors elle le jeta par la fenêtre et ne revint plus.

9

Parfois, Anton sortait sur le balcon de sa chambre d'hôtel, à Ischia, et songeait à l'étendue océanique qui le séparait de Brooklyn ; la pensée de se trouver à plus de six mille kilomètres de sa famille était euphorisante mais les journées à Ischia étaient interminables. Il y avait les échanges téléphoniques orageux avec New York. La mer passait du bleu au gris, puis du gris au bleu. Anton errait dans les ruelles de Sant'Angelo (il avait du mal à les considérer comme des rues, ces étroits couloirs bordés de villas et de jardins clos qui se transformaient par endroits en escaliers), il parlait tout seul sur le port, lisait les journaux en langue anglaise et contemplait la mer. Il appelait Aria tous les trois ou quatre jours et l'écoutait lui annoncer que le paquet était encore retardé ; il lui raccrochait alors au nez, ce qui était satisfaisant les premières fois mais devint rapidement fastidieux. Compte tenu des retards successifs, il la persuada de lui verser dix-sept mille dollars ; elle accepta, mais non sans fureur. Il essayait quelquefois d'appeler Sophie, mais son téléphone sonnait dans le vide. Elle ne décrochait jamais.

Il y eut un certain nombre d'orages, assez brefs, pendant lesquels Capri disparaissait de l'horizon ; le vent mugissait autour de l'hôtel et pénétrait par les fentes des persiennes. Quand il faisait beau, Anton buvait d'innombrables tasses de café sur la place en lisant l'*International Herald Tribune* et en se faisant du mauvais sang pour la transaction.

– Pourquoi me paies-tu si grassement ? demanda-t-il un jour à Aria, alors qu'il était à Ischia depuis quatre semaines.

– Parce que tu m'as forcée à monter jusqu'à dix-sept mille dollars.

– Mais pourquoi as-tu accepté de me payer autant ?

– Parce qu'il est important que je me lance dans ce nouveau business. Pour moi, ça en vaut la peine. Tu n'as pas besoin de savoir pourquoi.

Par moments, il se sentait à l'étroit à Sant'Angelo, alors il prenait le bus pour Ischia Porto où il buvait des cappuccinos à la terrasse d'un café en regardant les ferries arriver de Naples. Une fois, il fit le tour de l'île en bus, mais il demeura insensible au paradis immuable qui l'entourait et ne descendit pas du bus avant d'être revenu à Sant'Angelo, son point de départ. Vers la mi-octobre, les touristes se firent plus rares ; les seuls autres habitués, au café de la place, étaient un couple d'Allemands à la mine sévère qui buvaient de la bière et regardaient l'eau sans échanger un mot, et un homme qui séjournait dans le même hôtel qu'Anton et qui avait toujours de la peinture sur ses vêtements et qui semblait toujours en train d'esquisser des croquis ou de faire des mots croisés.

Anton ne put trouver aucun livre anglais à Sant'Angelo, ce qui fut d'abord une contrariété avant de devenir un véritable problème. Toute sa vie, il avait lu deux ou trois livres en même temps, et il ne savait pas trop comment s'occuper dans ce néant. Il se renseigna auprès de quelques personnes – l'un des serveurs de son café préféré, sur la place ; la femme qui tenait le kiosque ; une vendeuse du magasin de vêtements, sur le port, qui parlait anglais – et toutes lui dirent la même chose : la librairie anglaise la plus proche se trouvait à Naples. À la fin de la sixième semaine d'attente, il reprit le bus pour Ischia Porto et monta à bord d'un ferry pour Naples, contemplant la Tyrrhénienne bleue, buvant un cappuccino sur le pont et regardant la ville approcher. Un pays où on vend des cappuccinos sur les ferries est un pays civilisé, se dit Anton, et l'affection qu'il vouait à cet endroit enfla en lui comme un crescendo de musique.

Pour la première fois ou presque, il se mit à penser à l'avenir, à « l'après-transaction » : il pourrait prendre un emploi quelconque et un appartement à Sant'Angelo, voire même une simple chambre meublée. Naples s'étalait, lumineuse, sur les collines qui surplombaient le port. Anton s'enfonça par étapes à l'intérieur de la ville, savourant le plaisir exubérant de ne pas être à Ischia : une heure dans un café à lire le journal, flâneries dans d'innombrables petites boutiques, longue pause sur l'un des bancs d'une très vieille place où des étudiants à dreadlocks jouaient de la batterie tandis que des mouettes s'approchaient furtivement des tables en terrasse. Il passa deux heures de rêve dans une librairie proche de l'université et en ressortit peu avant le coucher du soleil, après avoir acheté pour cent euros de romans dans un lourd sac en papier. Aucune raison de rentrer à Ischia dans l'immédiat. Le ferry avait du retard.

Il s'arrêta pour manger une pizza dans un petit restaurant aux couleurs vives situé sur le front de mer. À la nuit tombée, il gravit un escalier menant au Corso Vittorio Emanuele, une large avenue à l'élégante perspective ; tout en bas, les lumières des bateaux scintillaient dans la baie de Naples et la silhouette tronquée du Vésuve se découpait sur le ciel, côté sud. Il leva les yeux vers l'Hôtel Britannique, vers le balcon du sixième étage où, dans une vie antérieure, il s'était détourné des lumières des bateaux et des îles pour regarder Sophie émerger de la douche. Il pensa au soir de leur arrivée dans cette ville, qui lui avait fait l'effet d'un chaos indifférencié de bâtiments gris, de plâtre fissuré et de lumières s'échelonnant sur le versant de la colline ; il pensa à Sophie dans sa robe de lin bleue, à la chanteuse du restaurant. Il consulta sa montre et décida qu'il avait amplement le temps de boire un verre avant le dernier ferry pour Ischia.

Il lui fallut un bon moment pour arriver au restaurant où il avait dîné avec Sophie. Lorsqu'il poussa la porte, la fille qui avait chanté ce soir-là était de nouveau sur scène, en pleine prestation, ce qui suscita chez Anton une surprenante impression de déjà-vu. Elle portait la même robe que la fois précédente, moulante et argentée, et elle chantait dans le même style langoureux, mais il y avait un problème avec le micro : sa voix avait quelque chose d'ondulant, comme si elle chantait sous l'eau, et il était difficile de saisir les paroles. La salle était quasiment déserte.

Il s'installa au bar. Le barman lui apporta un drink qu'il n'avait pas commandé, d'où il s'ensuivit une brève discussion. Finalement, son scotch fut posé sur le comptoir avec un peu plus de force que nécessaire, et il n'avait pas un goût tout à fait normal, mais Anton en but quand même une gorgée et pivota sur son tabouret pour regarder la scène. La fille interprétait une chanson qu'il n'avait encore jamais entendue.

– Comment s'appelle-t-elle ? demanda-t-il au barman. Euh… la fille, la chanteuse, *sua nome* ? *Parla inglese* ?

Le barman l'ignora. La fille quittait maintenant la scène. Elle n'était pas en forme ce soir, ou peut-être la qualité du son était-elle en cause. Les applaudissements furent simplement polis. Anton régla rapidement son scotch et sortit du restaurant. L'air nocturne était frais. Les étoiles étaient occultées au-dessus de la mer, un banc de nuages approchait au loin. Il trouva l'entrée latérale et attendit dehors en faisant les cent pas, jusqu'au moment où la porte s'ouvrit sur la chanteuse.

– Excusez-moi, dit-il.

Elle poussa une exclamation étouffée et plongea la main dans son sac.

– Attendez, dit-il, je suis désolé, ne sortez pas votre bombe lacrymo, je ne voulais pas vous faire peur. J'ai bien aimé votre prestation, et comme je ne connais personne ici, je me proposais de vous offrir un verre. C'est tout.

Elle le considéra un moment sans parler. De près, elle était trop maquillée.

– Je n'ai pas de bombe lacrymo, dit-elle enfin en retirant sa main de son sac.

À vue de nez, il lui aurait donné entre vingt-deux et vingt-cinq ans, mais elle avait la voix d'une enfant de douze ans et un accent indéfinissable.

– Juste un verre ?

– Juste un verre, dit-il. Sans contrepartie. J'ai simplement envie de bavarder un peu avec quelqu'un qui parle anglais. Nous parlerons du temps si ça vous chante.

– C'est gentil à vous. Je connais un bar à deux pas.

– Je m'appelle Gabriel, dit-il. Gabriel Jones.

Elle sourit et lui tendit la main, laquelle était si chaude qu'il se demanda si elle avait de la fièvre.

– Arabelle, dit-elle.

– Arabelle ? C'est un très beau prénom.

Elle parut visiblement contente.

– Oui, n'est-ce pas ? Je l'ai inventé à l'instant. Tenez, c'est plus haut dans cette rue.

Elle l'emmenait à l'opposé de la mer, encore plus loin dans la courbe interminable du Corso Vittorio Emanuele. Ils marchèrent quelques minutes en silence, à un bras de distance de la circulation meurtrière de la rue.

– Quel est votre vrai prénom, si vous me permettez cette question ?

– Kara, dit-elle.

– Et d'où venez-vous ?

– De la Saskatchewan.

– La Saskatchewan ?

– Nous y sommes, dit-elle.

Et il la suivit dans une salle faiblement éclairée, d'aspect neuf, avec un sol carrelé rouge et des chandelles tremblotantes. Les tables étaient inoccupées et un barman solitaire essuyait des verres derrière le bar désert. De vagues effluves de peinture et de vernis flottaient dans l'air.

– C'est un endroit agréable, dit-il.

Elle ne répondit pas. Elle s'était penchée par-dessus le comptoir pour saluer le barman, qui l'embrassa sur la joue en disant : «Ciao, Kyla.» Anton lui avança un tabouret et elle se hissa dessus, faisant remonter sa jupe au-dessus des cuisses. Il détourna les yeux et croisa le regard du barman. Celui-ci arborait une expression amusée qui ne plut pas entièrement à Anton.

– C'est Kyla, dit-il, pas Kara ?

– En réalité, c'est Kyra, mais personne ici n'arrive à le prononcer.

Elle commanda un verre en italien.

– *Due, per favore,* dit Anton au barman, qui acquiesça et se détourna. Qu'est-ce que j'ai commandé, là ?

– Ça vous plaira. C'est un genre raisiné.

– Parfait.

Mais les cocktails, de la couleur des rayons ultraviolets, se révélèrent avoir un goût de sucre et d'essence à briquet ; il avala sa première gorgée avec difficulté et posa son verre sur le bar.

– C'est un martini au raisin, lui dit-elle. Je crois qu'ils l'ont inventé ici. C'est quelque chose, hein ?

– C'est assurément quelque chose, mais je ne suis pas sûr que ce soit un martini. Écoutez, ne le prenez pas mal, mais je vais vous demander encore une fois votre prénom. Juste pour le fun.

– Je m'appelle Carrie.

– Un diminutif de Kara ?

Elle secoua la tête. Elle avait les yeux écarquillés et se mordillait la lèvre, comme une petite fille se retenant de pouffer avant de connaître la chute de l'histoire.

– Donc, votre prénom a changé. Vous venez toujours du Saskatchewan ?

– Non, je suis d'Albuquerque.

Elle le dévisagea encore un moment et finit par éclater de rire. Elle avait un rire haut perché, argentin, avec une note d'hystérie qui donna le frisson à Anton.

– Qui êtes-vous ?

– Oh ! allez, dit-elle, ne soyez pas sérieux comme ça.

– Pourquoi vous ne voulez pas me dire votre prénom ?

– Parce que tout le monde *veut* quelque chose. Votre nom, ou un baiser, ou votre corps, ou je ne sais quoi d'autre. Vous n'avez jamais eu simplement envie de disparaître ?

– Si, dit-il. Excusez-moi, je comprends mieux.

– Je peux avoir un autre martini au raisin ?

– Pouvez-vous au moins me dire de quel pays vous venez ?

Elle hésita.

– Juste le nom de votre pays, insista-t-il. Votre pays contre un martini.

– Le Mexique.

Il leva le verre de la fille et fit signe au barman. Celui-ci inclina la tête et entreprit de mélanger de la vodka avec un liquide qui ressemblait à du jus de raisin lyophilisé. Anton essaya de ne pas regarder.

– Vous permettez que je vous repose la question ?

– C'est le Mexique. Pour de vrai.

– Vous n'avez pas le type mexicain.

– Je suis une gringo, dit-elle. Mes parents ont quitté les États-Unis pour s'installer là-bas.

– Je peux vous demander le nom de la ville ?

– San Miguel de Allende. Le royaume des artistes bidons et des Texans à la retraite.

Elle en était déjà à la moitié de son second martini et ses yeux brillaient.

– Et vous ? s'enquit-elle. D'où venez-vous ?

– De Brooklyn. Comment vous êtes-vous retrouvée ici ?

– J'ai flingué quelqu'un, dit-elle entre deux gorgées.

Il rit, espérant qu'elle plaisantait, mais elle ne sourit pas.

– Ensuite, enchaîna-t-elle, j'ai pris un bus pour Mexico et puis j'ai pris l'avion. Ça fait des années que je suis ici.

– Mais pourquoi Naples ? Il paraît que c'est une ville dangereuse.

– Pas pour moi, dit-elle.

– Vraiment ?

– Non, tenez, regardez…

Elle se mit à fourrager dans son sac, mais elle aperçut alors son verre et sembla perdre de vue ce qu'elle cherchait. Elle retira sa main du sac, but une gorgée et fit un clin d'œil au barman, qui répondit par un sourire contraint.

– Ce n'est pas dangereux parce que vous avez une bombe lacrymo sur vous, c'est ça ? dit Anton.

– Oh ! je n'ai pas de *bombe*.

Elle ouvrit son sac et le lui présenta. Il jeta un coup d'œil à l'intérieur et vit l'éclat terni du Beretta, entre un portefeuille Hello Kitty et un paquet de chewing-gums à la menthe verte. Ébranlé, il s'appuya au bar pendant qu'elle terminait son martini et brandissait le verre à la lumière pour s'assurer qu'il n'y restait pas quelques gouttes jusque-là passées inaperçues.

– Je ne crois pas aux pistolets, dit-il. Je les déteste.

– Ma foi, vous n'avez pas besoin d'y *croire*, ils marcheront quand même. Je peux avoir un autre cocktail ?

– Vous vous en êtes déjà servi ?

Elle émit de nouveau son rire argentin et posa son verre. Anton frissonna.

– Il est chargé ?

– Nous sommes à Naples, dit-elle. Soyez raisonnable. Je peux avoir un autre martini ?

Il pensa à Ischia, aux bateaux dans le port, à Elena, à son chat, et il fut tenté de poser de l'argent sur le bar en souhaitant à la fille une agréable soirée, puis de redescendre le Corso Vittorio Emmanuele et de quitter Naples pour ne plus jamais y remettre les pieds. Mais, tel un somnambule, il fit signe au barman, qui s'avança et entreprit de préparer un autre cocktail de poison violet.

— Le dernier, dit-il calmement. Pourquoi êtes-vous armée ?

— Je vis seule du côté de la gare. Ce n'est pas un quartier sûr.

— Dites-moi votre prénom ?

Elle sourit.

— Votre prénom en échange d'un verre, dit-il. Ce n'est pas une si mauvaise affaire, hein ?

Bien sûr que si, c'était une mauvaise affaire. Il se sentait horriblement mesquin et la soirée partait en vrille.

— Jane, répondit-elle.

Le barman posa le troisième cocktail sur le comptoir et elle porta le verre à ses lèvres, d'une main peu assurée.

— Jane ? C'est vrai ?

— Jane, confirma-t-elle. Je suis sérieuse, cette fois.

Elle se pencha vers lui et l'invita du geste à en faire autant. Il se rapprocha et sentit dans son haleine un mélange d'alcool, de raisin et d'acétone.

— Je vais faire un tour aux toilettes, murmura-t-elle, et ensuite on fera quelque chose d'amusant.

— De quel genre ? demanda-t-il, un peu désespéré.

D'un signe de tête, elle indiqua le barman, appuyé au comptoir, qui regardait par la porte ouverte le flot ininterrompu de la circulation. Il n'y avait toujours pas d'autres clients. Elle sourit, braqua l'index et le majeur sur Anton et chuchota : « *Pan ! Pan !* » Puis elle souffla sur l'extrémité de ses doigts, à la manière d'un cow-boy soufflant sur le canon d'un revolver pour en chasser la fumée, et s'effondra contre le bar, secouée de gloussements irrépressibles.

— Nous serons des hors-la-loi, hoqueta-t-elle. Comme Bonnie et Clyde.

— Vous êtes folle ?

— Non-non-non, mais comme ça... (Elle riait tellement qu'elle pouvait à peine articuler.)... comme ça, on n'aura pas à payer nos consommations. Détendez-vous, il n'y a personne d'autre que nous. Ce bar vient juste d'ouvrir. Vous voyez une caméra de surveillance ? Moi non.

— Arrêtez, dit-il. Ce n'est pas drôle.

Elle lui décocha un clin d'œil.

— Attendez ici pendant que je vais aux toilettes.

Elle se détourna de lui et se laissa glisser du tabouret avec précaution. Anton en profita pour subtiliser le pistolet dans le sac à main et le fourrer dans la poche de sa veste. La chanteuse, moulée dans sa robe qui lui collait au corps comme des éclats de verre, attrapa son sac et se dirigea en titubant vers le fond de la salle, les sequins jetant des éclairs dans le sombre couloir avant de s'éteindre derrière une porte en bois.

Anton se leva, ouvrit son portefeuille, posa trois billets de vingt euros sur le bar – c'était infiniment trop, et le barman essaya de le retenir, mais Anton franchissait déjà la porte et ne pouvait plus s'arrêter – et il s'achemina rapidement vers l'Hôtel Britannique. Au bout d'un moment, il se mit à courir. Le trottoir était étroit par endroits ; il lui fallut slalomer entre les piétons et il s'entendit hoqueter à chaque inspiration *pardon, pardon, pardon, pardon,* les mots se transformant en gargouillis incohérents, et la circulation était un maelström d'acier, de lumières et de mort juste au bout de ses doigts. Quand il regarda le ciel, il vit que les étoiles avaient disparu. Il passa devant le Grand Hotel Parker, chaudement éclairé, devant l'Hôtel Britannique avec son hall défraîchi rempli de brochures touristiques, puis il traversa la rue à toute allure – des voitures klaxonnèrent, une Vespa fit une embardée pour l'éviter – et descendit au trot l'escalier menant vers la mer. Arrivé au pied des marches, il cessa de courir et se mit à marcher d'un pas saccadé, titubant.

À bord du dernier ferry pour Ischia, il se pencha sur la rambarde du pont extérieur, le dos rond, et contempla l'eau sombre en essayant de ne penser à rien. Le pistolet était un poids compact dans sa poche. Anton ne put s'empêcher de penser aux choses qui risquaient d'arriver à une fille comme celle-là, ivre et seule dans la grouillante ville de Naples, regagnant sans arme son appartement du côté de la gare. Il avait oublié sur le bar ses précieux livres anglais.

Le lendemain matin, il se réveilla avec un marteau-piqueur dans la tête. Il n'avait bu qu'une seule gorgée du cocktail violet, au bar, mais il se sentait empoisonné. Il prit une douche froide et s'allongea un moment sur son lit avant de descendre prendre son petit déjeuner, songeant à ce que cela représenterait de ne jamais retourner à New York.

10

Juste avant son quinzième anniversaire, Aria regagna l'appartement de son père après une semaine d'absence, mais les serrures avaient été changées et un message était punaisé à la porte, à côté de l'avis d'expulsion *(Parti pour l'Équateur, va séjourner chez ton oncle)* et, de la rue, elle vit que les fenêtres n'avaient plus de rideaux. Elle s'empressa de retourner dans le quartier d'Anton, formidablement bravache et les mains tremblantes. Elle s'assit à la table familiale pendant que la mère d'Anton papillonnait autour d'elle, lui apportant une assiette, une fourchette, de quoi manger, *ma pauvre chérie*. En apprenant que son frère s'était envolé pour l'Équateur, le père d'Anton balança son poing dans le mur, manquant y faire un trou, et pendant le restant de la semaine tous les autres évitèrent de croiser son chemin. Il parlait à son frère volatilisé tout en travaillant, tout en faisant la vaisselle, dans toute situation où il était plus ou moins seul et où il n'y avait pas de clients dans les parages : il marmonnait entre ses dents un furieux monologue sur la famille et sur le sens des responsabilités, ponctué de jurons.

Aria, elle, ne parlait pas du tout de son père. En fait, elle ne parlait pas de grand-chose. Elle disparaissait pendant de longues heures, elle allait à l'école et travaillait au magasin, elle écoutait de la musique dans sa chambre. Cette année-là, elle fut une présence polie et discrète dans la maisonnée, toujours à la marge ou juste hors de vue. La mère d'Anton faisait ce qu'elle pouvait, mais Aria était impossible à atteindre. Au bout de quelques semaines, il y eut un coup de téléphone d'Équateur. Le père d'Aria présenta ses excuses. Il ne supportait plus de vivre loin de la mère d'Aria, expliqua-t-il, alors il avait vendu tout ce qu'ils possédaient pour pouvoir se payer le billet d'avion. Les meubles. La vaisselle. Les vêtements d'Aria. Rien que des trucs provisoires, assura-t-il à sa fille. Rien qu'ils ne pourraient bien vite remplacer. La mère d'Aria n'avait jamais éprouvé le désir d'épouser le père d'Aria pendant qu'ils vivaient tous les trois à Brooklyn, mais maintenant ils allaient se marier en Équateur. Ils étaient heureux. Sylvia avait arrêté de boire. C'était incroyable, miraculeux, une nouvelle vie qui commençait. Il dit à sa fille qu'elle pouvait venir les rejoindre en Équateur, qu'elle serait la bienvenue, mais Aria lui rit au nez et raccrocha.

Ce fut cette année-là que Gary initia Anton aux cigarettes, qui incarnaient dans leur esprit un certain glamour viril. La technique consistait à regarder au loin, les yeux plissés, et à fumer comme si on faisait ça depuis si longtemps qu'on ne remarquait même plus la cigarette dans sa main et qu'on se demandait même, en fait, comment elle avait pu se retrouver là. Ils s'entraînaient sous le pont, séparés du magasin des parents d'Anton par plusieurs centaines de mètres et par un assortiment d'énormes piles en ciment.

– Tu sais que ta cousine est une voleuse ? demanda un jour Gary.

Il alluma deux cigarettes et en passa une à Anton, qui la prit avec circonspection – ce qu'il n'aimait pas, dans les cigarettes, c'est que l'une des extrémités était brûlante – et en profita pour gagner du temps. Lorsqu'il devint évident que Gary attendait une réponse, il exhala la fumée et déclara :

– Elle est naze. Je suis désolé, je ne peux pas l'empêcher de voler.

Mais il s'aperçut, en prononçant ces mots, qu'il ne le désirait pas vraiment. Chaque fois qu'il pensait à elle, il était transpercé d'une étrange envie. Elle avait six mois de plus que lui mais des kilomètres d'avance.

Aria avait une façon bien à elle de contempler le fleuve quand elle fumait. Debout devant le magasin, sous l'auvent quand il pleuvait. Sa cigarette dans une main, l'autre dans la poche, elle allumait ses cigarettes à la chaîne sans rien regarder de particulier, ou peut-être l'Équateur.

L'unique corvée qui incombait à Anton et à Aria, dans l'appartement, était de faire la vaisselle, parce que les parents Waker aimaient lire après le dîner. Une fois la vaisselle terminée, Aria disparaissait généralement pour répondre aux exigences de sa vie privée : elle sortait avec des amis qui échangeaient d'énigmatiques plaisanteries en espagnol, à un rythme de mitraillette, ou s'enfermait dans sa chambre pour écouter de la musique en réglant le volume au plus bas. À force d'économiser son argent, elle avait fini par s'acheter son propre lecteur de CD. Le père d'Anton était tout prêt à poser son livre pour avoir une conversation avec son fils s'il le voyait tournicoter autour de lui, mais il y avait deux ou trois heures, après le dîner, où la mère d'Anton n'était là pour personne ; elle lisait de tout son être, en immersion totale, respirant la langue, et on ne pouvait pas l'atteindre avant qu'elle fût prête à émerger de sa lecture.

Quand il n'avait pas de projets pour la soirée, Anton se retirait dans sa chambre après le dîner pour lire, ou restait dans le salon avec ses parents. L'absence de télévision le contrariait mais, d'un autre côté, il lisait dans les livres certaines choses qui lui coupaient le souffle. La collection de guides de voyage de sa mère le laissait de marbre, mais les derniers mots prononcés par Kirkegaard avaient été *Balayez-moi*. Il lut ces deux mots quand il avait quinze ans et, inexplicablement, ses yeux se remplirent de larmes.

C'était l'indisponibilité de sa mère, le soir, qui rendait les dimanches importants. Quand la température était suffisamment douce, elle s'asseyait avec lui sur le quai de chargement, devant le magasin, et ils observaient les bateaux sur le fleuve et Manhattan sur la rive opposée. Anton sortait vers dix heures, seul, puis sa mère le rejoignait quelques minutes plus tard avec deux mugs de café et ils restaient assis côte à côte pendant environ une heure. Ils ne parlaient pas beaucoup ; le but, c'était la contemplation et le silence. En hiver, ils prenaient leur café dans le magasin : il y avait derrière le comptoir deux vieux fauteuils trop confortables pour être vendus, mais ce n'était pas la même chose que de regarder le fleuve.

– Est-ce que ça te gêne, parfois ? lui demanda-t-il un jour. Notre façon de faire les choses ?

– Je ne suis pas sûre de comprendre ta question.

C'était un dimanche matin, presque midi. Il avait quinze ans et ils regardaient un train J à destination de Brooklyn passer sur le Williamsburg Bridge. L'entrepôt n'était pas loin de se trouver sous le pont, de sorte que, à un certain point, n'importe quel métro venant d'en face disparaissait au-dessus de leurs têtes.

– Je sais que beaucoup de ces marchandises sont volées, dit Anton. Celles que nous vendons.

– Exact, dit sa mère.

Elle avait terminé son café et tenait le mug vide entre ses mains jointes. Elle regardait Manhattan, ou autre chose au-delà de Manhattan. Il y avait des moments où les parents d'Anton semblaient très loin de lui.

– Et ça ne te gêne pas ?

– Non, dit-elle. Ça te déçoit ?

– Je ne sais pas. Peut-être.

Après un silence, elle reprit :

– Ton grand-père était un haut responsable de l'Église des Saints des derniers jours. C'était un homme très respecté, un des piliers de la communauté, mais il était effroyablement cruel dans sa vie personnelle. Je me suis enfuie de la maison à seize ans. Était-il moral ? Il le pensait. En hiver, il s'occupait d'une soupe populaire et d'un refuge pour les sans-abri et il a probablement sauvé bien des vies. Il y a sans doute aujourd'hui, à Salt Lake City, des gens qui n'avaient pas de toit dans les années soixante et qui ne sont pas morts de froid pendant l'hiver grâce à mon père. Ou à ma sœur. Nous avons eu quelques différends avec elle, c'est pourquoi tu ne l'as pas vue depuis ta petite enfance, mais c'est une femme merveilleuse. Elle vivait de l'aide sociale parce qu'elle avait trois gamins en bas âge à sa charge et que son ex-mari ne lui versait aucune pension alimentaire. Une fois, à la suite d'une erreur de l'administration, elle a reçu deux chèques d'allocations pour le même mois. Elle a utilisé l'argent supplémentaire pour acheter des manteaux d'hiver et des bottes aux enfants, et aussi une radio. Son ex-mari a découvert la chose et a menacé de la dénoncer pour fraude aux services sociaux si elle n'arrêtait pas de lui réclamer le paiement de sa pension alimentaire. Était-elle immorale ? Ce qu'elle a fait était-il condamnable ? Franchement, mon enfant bien-aimé, je ne le crois pas. Mon opinion, c'est que rien n'est tout noir ou tout blanc dans ce que nous faisons en ce bas monde, nous ou n'importe qui d'autre.

– Nous vendons des objets volés.

– Nous vendons des objets qui, selon toute vraisemblance, seraient détruits autrement. Nous sommes une entreprise de récupération.

– N'empêche, ils sont *volés*. On ne sait pas s'ils seraient détruits. Quelqu'un d'autre pourrait avoir le projet de les sauver, et nous n'en sommes pas propriétaires. Ils ne sont pas *à nous*.

Il battit des paupières et fut humilié de constater qu'il était sur le point de pleurer. Il serra à deux mains son mug de café pour se ressaisir. L'adolescence l'avait rendu émotif à un point embarrassant.

– Anton, mon cœur, je sais bien que c'est contestable. Mais nous travaillons dur. Je suis en paix. Ton père est en paix. Nous dormons bien la nuit. Qu'avons-nous comme autres solutions ?

– Des jobs normaux ?

– Des jobs normaux, répéta-t-elle d'un ton un peu cassant. Tu n'as jamais eu de job normal, Anton. Comment est-ce, d'après toi ?

– Je n'en sais rien. Moins contestable.

– Dis-toi bien que, dans la vie, la plupart des choses qu'on doit faire sont plus ou moins contestables.

Elle se leva brusquement et lui prit sa tasse des mains, le laissant seul sur le quai de chargement.

11

Le lendemain du soir où il avait volé le pistolet de la chanteuse, Anton descendit sur la place et appela son meilleur ami.

– Tu me demandes de kidnapper ton chat ? répéta Gary.

– Pas exactement *kidnapper*.

Anton avait acheté de l'aspirine, non sans difficulté, dans une pharmacie proche de l'hôtel – le pharmacien ne parlait pas l'anglais, ce qui avait nécessité une brève séance de mime au comptoir –, mais sa migraine n'était pas encore complètement dissipée. La vive lumière de l'après-midi lui donna envie de retourner se coucher, les rideaux tirés, et le revolver était une présence malfaisante dans le tiroir du haut de la commode de sa chambre.

– Enfin quoi, c'est *mon* chat, ce n'est pas comme si je te demandais de le voler.

– Ah ! donc, je ne le kidnappe pas au sens *technique* du terme, j'entre simplement par effraction dans ton appartement, je subtilise ton chat, je le mets dans une caisse et je l'expédie en Italie. Cool !

– Non, je t'enverrai mes clefs. Tu n'auras pas à forcer la porte.

– Ah ! O.K. Ça change *tout*.

– Écoute, je paierai aussi tes dépenses et les frais d'expédition… que ce soit bien clair entre nous, d'accord ? Et j'ajouterai cinquante dollars pour te dédommager de ta peine, si tu veux.

Ou cent. Disons cent dollars, O.K. ? Cent dollars pour deux heures de ton temps.

– Merci, mais pourquoi tu ne gardes pas plutôt cet argent pour t'acheter un nouveau chat ?

– Parce que j'ai *déjà* un chat. Jim est irremplaçable.

– Ouais, bon, écoute, c'est un peu trop dingue pour moi. Tu n'as personne d'autre à appeler ?

– Tu es mon meilleur ami. Qui d'autre voudrais-tu que j'appelle ?

– Désolé, dit Gary.

– Deux cents. Est-ce que tu le ferais pour deux cents dollars ?

– Non, je regrette.

– Pourquoi donc ?

– Parce que c'est dingue, Anton, je regrette. Je te connais depuis toujours. Et faut que je te dise, mon vieux, t'es un peu à côté de tes pompes depuis quelque temps.

– Pourquoi ? Parce que mon chat me manque ? Ça fait six semaines que je suis ici, Gary. Je me sens foutrement seul.

– Non. Parce que tu as plaqué ta femme pendant votre voyage de noces et que tu me demandes maintenant de lui prendre aussi le chat, tout ça alors que tu l'as trompée avec ta secrétaire. Est-ce qu'il t'arrive de réfléchir au genre de type que tu es ?

– À vrai dire, oui. J'y pense tout le temps.

– Et tu peux encore dormir la nuit ? Parce que ton comportement n'a rien d'admirable, Anton. Vraiment rien. Et dis-moi, vieux, tu sais que je ne suis pas du genre à porter des jugements, j'ai toujours été là pour toi, j'étais le gars que tu appelais et avec qui tu allais boire des bières chaque fois que Sophie annulait votre mariage... mais putain, comment as-tu pu la plaquer pendant votre voyage de noces ?

– Tu ne comprends pas, il y avait...

– Ô Seigneur, laisse-moi deviner. Il y avait des circonstances atténuantes, c'est ça ?

180

– Eh bien oui, je…

– Jusqu'à quel point une circonstance peut-elle être atténuante, bordel ?

– Assez atténuante, hasarda Anton.

– Elle t'a trompé ? Elle a tenté de te tuer ? Quoi ?

– Non, rien de ce genre. Ce n'est pas une chose qu'elle a faite. Écoute, je ne peux pas te le dire.

– Tu ne peux pas me le dire.

– Excuse-moi, mais je ne peux pas.

La communication tourna au vinaigre et, après avoir raccroché, Anton alla dans le café le plus proche de la plage. C'était le seul café de la place à avoir encore des horaires réguliers, le seul à être fréquenté par les pêcheurs ; les autres ouvraient plus tard et fermaient plus tôt, à mesure que le stock de touristes s'amenuisait et que les vents froids soufflaient à la surface de la mer. Il subodorait que, dans ce café particulier, la buse du mousseur à lait n'était pas nettoyée très souvent – le *latte* avait un léger goût de yaourt –, mais la bière était correcte et les paninis toastés étaient bons. Il avait pris l'habitude d'observer le coucher de soleil de la terrasse. Anton s'assit dehors, dans la lumière déclinante de la fin d'après-midi, en réfléchissant à son chat et à toutes les choses qu'il aurait dû dire à Gary.

Plus tard, il fit une promenade tortueuse qui dura trois heures, puis il retourna au café à la tombée de la nuit pour s'enivrer. Ce soir-là, il y avait d'autres étrangers solitaires sur la place. Ils se rassemblèrent à mesure que le café se vidait et partagèrent trois bouteilles de vin, puis, après la fermeture, ils s'assirent ensemble sur la jetée : Anton, un couple allemand qui parlait l'anglais et un autre Américain dont il ignorait le nom. Les Allemands, qui reprenaient l'avion pour Munich le lendemain matin de bonne heure, ne tardèrent pas à regagner leur hôtel, laissant seuls Anton et l'autre Américain, un type originaire du Michigan. Assis sur ses mains, Anton regarda la mer, la nappe de lumières à la surface de l'eau. Il avait froid. L'effervescence des heures précédentes s'estompait. Il recommençait à penser à la chanteuse, à son revolver, à son chat lointain.

– Je ne me rappelle pas votre nom, dit-il enfin. Vous me l'avez dit ?

– David Grissom.

– Anton Waker. Enchanté. (Il se pencha en biais pour serrer la main de David.) Je vous ai vu plusieurs fois par ici avant ce soir. En train de faire des mots croisés ou de dessiner des croquis. Je crois que nous séjournons dans le même hôtel.

– Ouais, ça fait quelques semaines que je suis là.

– Longues vacances ?

– En séjour ici. Je peins.

– C'est un talent que j'aurais bien voulu avoir. Je ne sais même pas dessiner.

– C'est un talent surestimé, déclara David, que le sujet ne semblait pas intéresser. Où habitez-vous ?

– Ici. Je vivais à New York, mais je ne pense pas que j'y retournerai. Et vous ?

– Pas de domicile fixe, comme on dit dans les journaux. J'ai bourlingué en Europe pendant quelques mois.

– Qu'est-ce que vous faites, à part voyager et peindre ?

– Vous savez, dit David, il fut un temps où je trouvais cette question d'une extrême banalité. *Qu'est-ce que vous faites ?* Je trouvais que c'était synonyme de *Combien vous gagnez ?* Mais depuis quelque temps, je commence à penser que c'est la question la plus importante qu'on puisse poser à quelqu'un. *Qu'est-ce que vous faites ? Quelle est votre occupation actuelle ? Quelle est votre ligne de conduite dans la vie, comment vous situez-vous par rapport au monde ?* C'est une information vitale, non ? Mais excusez-moi, je m'égare. Cette bouteille est-elle vide ? Pour répondre à votre question, je voyage sans but et j'essaie de ne pas trop réfléchir. Je fais des petits boulots, je peins des natures mortes et puis je jette les toiles chaque fois que je pars m'installer ailleurs, à moins de pouvoir les vendre à des touristes, ce qui se produit uniquement quand je peins des paysages. Je vais vous demander ce que vous faites dans deux minutes, soyez patient, mais d'abord, quelle est la question la plus importante qu'on vous ait jamais posée ?

– La plus importante ?...

– C'est un sujet qui m'intéresse. Autrefois, j'amorçais les conversations de manière classique – du genre : *Salut, comment ça va, beau temps pour la saison* – mais là, depuis quelques années, à peu près à l'époque où ma femme est morte, j'ai développé une allergie à la parlote oiseuse. Donc, ces derniers temps, je démarre avec cette question, et je trouve que ça rend toutes les conversations auxquelles je participe plus piquantes. En plus, je suis saoul.

– C'est une bonne question. (Anton demeura silencieux un moment.) Un jour, à New York, une fille m'a demandé quelque chose. Elle m'a dit : *Comment c'était, pendant que tu grandissais ?*

– Comment c'était, pendant que tu grandissais... Bon, ça. Très bon. Je m'en souviendrai. Qu'est-ce que vous faites ?

– Moi ?

Anton porta la bouteille de vin à ses lèvres, but une longue rasade et la reposa sur la jetée.

– Rien de bon, dit-il. Rien du tout, en vérité. Je ne fais qu'attendre. Pourrait-on plutôt parler de ce que nous faisions *avant* ? Parce que le présent... je dois vous dire qu'il ne me plaît pas beaucoup.

– Moi, je vendais de la cocaïne aux étudiants des beaux-arts, dans le Michigan, dit David.

– C'est vrai ?

– Ça rapportait pas mal. J'ai quitté Detroit uniquement parce que ma femme est morte.

– Je suis désolé pour votre femme, dit Anton. Moi, je travaillais dans une firme de consulting, mais je crois pouvoir affirmer sans trop de risques que ma carrière est plus ou moins terminée. Pour l'instant, j'attends simplement d'effectuer une transaction. Ça fait un bon moment que j'attends.

– Quel genre de transaction ?

– Du genre que je préférerais ne pas faire. Ce n'est pas grand-chose, en réalité. Je dois juste remettre un paquet à quelqu'un, et après ça je serai libre. Mais cette attente me tue. Je ne suis pas sûr qu'il existe quelque chose de pire que ça.

– Ah bon ? Vous ne pensez pas qu'il existe quelque chose de pire que de rester assis sur une jetée, sur la côte sud de l'Italie, à boire du vin ? (David souriait.) À quel point *êtes*-vous ivre, exactement, hmm ?

– À un point où je ne l'ai pas été depuis bien longtemps. Ce que je voulais dire, c'est qu'il n'y a rien de pire que ces *limbes*. Cette *attente*. Et une fois que cette interminable attente sera finie, je n'aurai nulle part où aller. Il ne me reste rien à New York. Ce n'est pas seulement que mon mariage est terminé, c'est qu'il n'aurait jamais dû commencer en premier lieu. Je ne sais pas ce qui m'a pris. C'était une femme comme on n'en rencontre qu'une fois dans sa vie, mais je n'aurais pas dû l'épouser pour autant. Il ne reste rien pour moi là-bas, à part mon chat et une fille avec qui j'ai eu une liaison.

– Vous l'aimez ?

– La fille ? Je n'en sais rien. Un peu. Oui. Bon, d'accord, en fait elle me manque, mais pas autant que mon chat.

– Votre chat.

– Jim. Ce n'est pas n'importe quel chat, je lui ai sauvé la vie quand il était chaton. Je me promenais un soir avec Sophie, ma femme, à l'époque où nous étions encore fiancés. Il pleuvait, et j'ai aperçu dans une embrasure de porte cette petite boule de poils humide qui frissonnait. Il a failli mourir. Il a perdu un œil des suites d'une infection. J'ai essayé de convaincre mon meilleur ami de le kidnapper et de me l'expédier ici, mais il a refusé.

– C'est pour ça que j'évite d'avoir trop d'amis, dit David. Cette espèce n'est pas fiable.

– Pas aussi affreuse que la famille, quand même.

– Je ne saurais dire.

– Vous n'avez pas de famille ?

– Pas vraiment, répondit David.

– Je vous envie, mon vieux. Je voudrais bien ne pas en avoir.

– Vous ne pensez pas ce que vous dites.

– Non, dit Anton, vous avez raison. Ce que je voudrais, c'est avoir une famille différente.

En sortant de chez Malvolio, après le dîner du trentième anniversaire de mariage de ses parents, Anton prit le métro jusqu'à Brooklyn. Il était fatigué. Ce fut d'un pas lourd qu'il gravit l'escalier métallique menant au quai de chargement, et le discours qu'il avait préparé s'évapora lorsqu'il pénétra dans l'entrepôt. Au-delà du seuil se trouvait la fontaine en pierre, stockée au magasin depuis une décennie, qui était enfin vendue, étiquetée, et n'attendait plus que le transporteur. Anton s'arrêta pour la toucher – Regarde cette sainte œuvre d'art, ces saints oiseaux de pierre sur le pourtour du bassin – et passa un doigt sur le dos incurvé d'un chardonneret extatique. Il se croyait seul mais, quand il leva les yeux, Aria l'observait déjà. Elle était derrière le comptoir, penchée sur le *New York Times* déployé sous ses coudes.

– Comment as-tu pu me faire ça ?

Ce n'était pas du tout ce qu'il avait eu l'intention de dire.

– Mûris un peu, Anton, dit-elle non sans douceur.

– Ce n'est pas…

– Tu ne vas pas *vraiment* dire *Ce n'est pas bien*, rassure-moi ?

Ils avaient de nouveau treize ans et se tenaient sous un auvent, en face de la boutique du père de Gary. Elle lui expliquait comment voler à l'étalage mais il était un vrai bébé et elle était excédée par son attitude : *Tu le prends dans le rayon, simplement, et comme ça tu n'as pas à payer.* Les choses qu'elle volait à présent étaient différentes, colossales : des avenirs entiers, voire des vies, et il se demanda comment il avait pu ne pas remarquer que les délits d'Aria prenaient des proportions si énormes. Peut-être n'avait-il pas été suffisamment attentif ?

– Aria, dit-il, c'est ma vie. J'ai fait quelque chose de différent. Personne d'autre dans notre famille… (Il était sur le point de dire *n'est allé à l'université,* mais il s'arrêta juste à temps.) Aria, écoute, je vais me marier, j'aurai un jour des enfants, et ils iront dans de bonnes écoles parce que je travaille dans un bureau et que je pourrai me le permettre, et ils n'auront jamais à faire quoi que ce soit de malhonnête, ni de près ni de loin.

– Autrement dit, ils n'auront pas besoin de faire ce que tu as fait.

Anton flaira le piège mais acquiesça néanmoins. Aria enchaîna :

– Sauf que, toi non plus, tu n'avais pas besoin de faire ce que tu as fait. (Il avait marché sur le fil de détente ; le piège se referma avec un claquement sec.) Quelles étaient tes notes, dis-moi, au lycée ?

– Je déteste les questions de pure forme, marmonna Anton, incapable de regarder sa cousine.

– Des A+, dit Aria. Tu aurais pu faire tout ce que tu voulais. Tu t'es toujours demandé ce que serait la vie avec un diplôme universitaire… eh bien ! tu aurais très bien pu aller à l'université. Tu avais les notes qu'il fallait pour ça. On accorde des bourses aux gamins qui ont des notes comme les tiennes. Mais tu n'es pas allé à l'université, n'est-ce pas ?

Anton se tut, ne sachant que répondre.

– J'ai décidé de ma façon de vivre, enchaîna-t-elle. Tu as décidé de la tienne. Personne ne t'a jamais forcé à être malhonnête.

Son père approchait de l'entrepôt par-derrière. Il tenait un pinceau à la main, la pointe enduite d'une peinture couleur coquelicot.

– Nous sommes repartis sur cette histoire de chantage ? demanda-t-il.

186

D'une main, Anton prit appui sur l'un des oiseaux sculptés.

– Ouais, papa, nous sommes repartis sur cette histoire de chantage.

Il sentait la courbure des ailes en pierre sous ses doigts.

– Elle fait partie de la famille, Anton. Pas moyen de sortir de là.

– Elle est ta nièce. Je suis ton fils.

– Elle est autant ma fille que…

– Anton, intervint sa mère. Ari, Sam, que se passe-t-il ?

Elle avait surgi de nulle part en vêtements de travail, une traînée de poussière sur son chemisier. Elle essorait un chiffon humide entre ses mains.

– Je vous entendais du fond de l'appartement.

– Encore cette histoire de *chantage*, soupira son père. Parle-lui, toi, Miriam.

– Allons, Anton, c'est un contrat important pour elle, tu le *sais*. Je ne comprends pas pourquoi tu refuses de l'aider.

– Le problème, maman, c'est que je n'ai pas d'autre choix que de l'aider. C'est la *nature* même du chantage, au cas où on ne te l'aurait jamais expliqué.

– Ne parle pas à ta mère sur ce ton.

– D'accord, d'accord.

Étrange de se rendre compte, en les regardant tous les trois, qu'il n'avait plus envie de les revoir. Non, ce n'était pas ça : en fait, il lui était subitement, viscéralement, absolument nécessaire de ne plus les revoir.

– Je vais vous dire une bonne chose, reprit Anton. Je me marie dans trois semaines.

– À supposer, intervint sa mère, que Sophie ne…

– Tais-toi. La ferme. Je me marie dans trois semaines, et je ne veux pas vous voir à la cérémonie. Aucun de vous.

Il se força à croiser leurs regards. Ils le fixaient d'un air ahuri mais commençaient à comprendre.

– Je ne veux pas de vous à mon mariage. Vous n'êtes pas invités. Vous n'êtes pas des gens que j'ai envie de revoir. Vous me comprenez bien ? J'en ai terminé avec vous. (Sa mère pleurait. Et ce regard dans les yeux de son père…) Je vous aime, reprit-il tandis que son père exhalait un son indéchiffrable. Je vous aime. Tous les trois. Mais je ne peux pas, je ne veux pas, je ne veux plus mener la vie que vous menez. Je ne peux pas. (Il était sur le seuil, sortait à reculons.) Je regrette, mais je ne peux pas.

Les autres restèrent pétrifiés sur place, et quelque chose se brisa en lui à l'instant où il tournait les talons.

Mais ils vinrent quand même à son mariage, bien sûr. C'était sa famille. Il les vit assis tout au fond, au dernier rang de l'église – pas Aria, juste ses parents, sa mère dans sa robe jaune préférée – et ils s'éclipsèrent avant la réception.

À Ischia, Anton resta assis sur la jetée avec David jusqu'à ce que la bouteille de vin soit complètement vide et qu'il fasse trop froid pour rester immobile plus longtemps ; il s'excusa alors et traversa la place en direction du téléphone public. Il commença à composer le numéro de Santa Monica, puis se rappela qu'Aria, d'après ce qu'elle avait dit, devait maintenant être rentrée à New York. Son téléphone sonna un long moment avant qu'elle ne décroche.

– *Anton*, dit-elle.

Elle avait pris l'habitude ces derniers temps de prononcer son nom sur un ton ironique, en italique, parce qu'il lui avait raccroché au nez quatre ou cinq fois d'affilée.

– Quelle heure est-il chez toi ? demanda-t-elle.

– Aria, ma chérie. Des nouvelles ?

– Oui. Nous sommes en production.

– Tu me fais marcher, là.

– Je suis trop fatiguée pour te faire marcher. Tu m'as réveillée.

— Ça fait seulement… quoi ? Sept semaines de retard ?

— Six. Je te l'ai dit, je suis désolée de t'infliger ces délais à répétition. Crois-moi, ce n'est pas très pratique pour moi non plus.

— Tu n'as pas été obligée de quitter ta femme en plein voyage de noces.

La lune se levait.

— Oui, évidemment, si j'avais su que le retard serait aussi long, je m'y serais prise différemment, mais encore neuf jours et ce sera terminé. Le paquet arrivera vendredi en huit. Ce même soir, ton contact se présentera à ton hôtel. Tu le retrouveras à vingt-deux heures au restaurant.

— Le restaurant n'est pas ouvert à vingt-deux heures.

— Ton contact y sera quand même.

— Comment saurai-je que c'est lui ?

— Il s'appelle Ali. J'aurai plus de détails le vendredi. Tu n'auras qu'à descendre le retrouver, lui remettre le paquet, lui serrer la main et ce sera terminé.

— Aria, je veux vingt mille dollars.

— Tu es saoul ?

— Un peu, mais la question n'est pas là. Qu'est-ce que je suis censé faire une fois la transaction effectuée ? J'ai pratiquement tout perdu. Je fais cette transaction, et puis quoi ?

— Comment ça, *et puis quoi ?* Tu fais cette transaction, et puis tu en as terminé. Tu pourras rentrer à New York.

— Sans épouse et sans emploi ? Je rentre pour retrouver quoi, au juste ?

— Pas mon problème, dit Aria.

— Sais-tu ce que ces dernières semaines m'ont coûté ? J'avais un job que j'aimais…

— Tu as saccagé ta vie tout seul. Tu n'as eu aucun besoin de mon aide. Et maintenant, tu voudrais que je te paie vingt mille dollars parce que tu as dû traînasser quelques semaines de plus en Méditerranée ? Ne pousse pas le bouchon trop loin, Anton.

– Ce qui signifie ?

– Ça signifie que tu m'as déjà obligée à te verser dix-sept mille dollars – ce qui est exorbitant, soit dit en passant – et je crains d'avoir atteint l'extrême limite de ma patience. Donc, vendredi soir, tu descends au restaurant, tu donnes le paquet, et c'est fini.

– Dix-huit mille cinq cents, dit Anton.

– Tu es incroyable ! s'exclama Aria avant de raccrocher.

La place avait un petit air penché dans la demi-lumière ; Anton rebroussa chemin vers la jetée, prudemment, et se rassit à côté de David.

– Elle arrive enfin, annonça-t-il. Cette transaction que j'attendais.

– On parle de quel genre de transaction, là ?

– Pour être honnête, je n'en sais trop rien. C'est pour le compte de ma cousine. Moi, je suis juste le gars qui remet le paquet à l'autre gars. Je ne m'occupe même pas du paiement. Nous n'avons jamais été vraiment associés dans notre affaire, en réalité. Elle prétend que si, mais j'ai toujours fait ce qu'elle me disait de faire, c'est tout.

David acquiesça.

– Quand doit-elle avoir lieu, cette transaction ?

– Bientôt. Ça devrait déjà être réglé depuis des semaines. Je me suis retrouvé coincé ici à attendre. Mais vous savez ce qui est dingue ? J'aimerais pouvoir rester ici, en fait, quand ce sera terminé. Je n'ai rien qui m'attend à New York. Je pourrais prendre un emploi dans un hôtel quelconque pendant la saison touristique, peut-être à Naples, revenir à Sant'Angelo le soir après le travail, lire un livre, passer du temps avec mon chat si j'arrive à persuader quelqu'un de me l'envoyer ici, me promener sur la plage, peut-être me baigner un peu. C'est le genre de vie dont j'ai toujours rêvé, je crois, aussi insensé que ça paraisse. Juste ça : travailler toute la journée et rentrer chez moi le soir, rien à cacher. Ça paraît tout simple, hein ?

– Tout est plus compliqué qu'il n'y paraît, mais qu'est-ce qui vous empêche de le faire ?

– Je suis ici, dit Anton, et personne ne me connaît. Je pourrais être n'importe qui. Mais aujourd'hui, ou demain, ou après-demain, un brave type en uniforme de la FedEx va garer sa camionnette à l'entrée de Sant'Angelo et venir jusqu'à l'hôtel avec un paquet pour moi. Peu après, un homme se pointera, je lui donnerai le paquet, et à ce moment-là cet homme saura qui je suis. Vous comprenez ? Mon anonymat sera complètement anéanti. Et supposons que cet homme ait une bonne mémoire et qu'il éprouve un jour le besoin de parler de moi à quelqu'un d'autre. Dans la mesure où il m'aura vu, où je lui aurai remis un paquet, il sera en mesure de me désigner lors d'une séance d'identification ou de me reconnaître dans la rue, et voilà ! Toute chance de pouvoir mener une nouvelle vie s'évanouit à cet instant. Je pourrais rester ici dans un paisible anonymat, mais une fois que j'aurai remis le paquet au gars, je passerai mon temps à surveiller mes arrières.

– Et si vous me payiez pour le faire ?

– Pour faire quoi ?

– Vous donnez un colis à ce type, dit David, et vous ne le revoyez plus jamais, c'est ça ?

– Oui.

– Alors, pourquoi ça ne pourrait pas être moi ? Je suis fauché, prêt à faire n'importe quoi. Enfin… pas n'importe quoi, mais je suis un dealer de coke à la retraite. Qu'est-ce que votre paquet, là, pourrait bien contenir de plus illégal ? *Je suis Anton Waker, j'ai un colis pour vous, le voilà, tout le plaisir est pour moi.*

– Vous feriez ça ?

David sourit jusqu'aux oreilles.

– Pour le juste prix.

Anton fut vaguement désappointé de constater qu'il n'était plus complètement ivre. Les effets du vin commençaient à se dissiper.

– J'ai un autre coup de fil à donner, dit-il. Laissez-moi le temps d'y réfléchir. On en reparle bientôt?

– Bientôt, approuva David.

Il adressa à Anton un salut désinvolte, s'allongea à plat dos sur la jetée et contempla le ciel. Anton retourna au téléphone public, éplucha les bouts de papier rangés dans son portefeuille jusqu'à ce qu'il ait trouvé le numéro qu'il cherchait.

– Elena, dit-il.

12

À quatre heures de l'après-midi, dans la brume du troisième mardi d'octobre, Elena, debout à l'angle de Columbus Avenue et de la 81e Rue Ouest, attendait que le feu passe au rouge. Elle tenait dans sa main droite un trousseau de clefs, arrivé d'Italie la veille par courrier, et portait un chapeau rabattu bas sur le front. Ses cheveux étaient humides de sueur. Elle ressentait une nausée inexplicable, mais elle n'aurait su dire si c'était dû à la chaleur ou à la nervosité. En cet instant, avant que Sophie n'apparaisse sur le trottoir d'en face, elle pensait au message d'Anton caché au fond de sa boîte à bijoux dans l'appartement de Brooklyn. Elle aurait presque voulu l'avoir sur elle, à titre de référence ou de compagnie, mais la femme qui approchait de Columbus Avenue était à n'en pas douter Sophie. Elle portait un sac à main bleu et avait les cheveux coiffés en chignon, avec quelques mèches brunes qui s'en échappaient. C'était la femme qu'elle avait croisée un jour lors d'un goûter de Noël à la société ; la femme dont le visage, sur les photographies de l'orchestre philharmonique de New York au grand complet, était une minuscule tache floue dans la section des cordes ; la femme qui avait laissé son mari seul sur l'île d'Ischia, plus d'un mois et demi auparavant.

Sophie et Elena restèrent un moment de part et d'autre de l'avenue, séparées par le flot des voitures passant entre elles,

Elena essayant de se rendre invisible avec son chapeau rabattu sur les yeux et Sophie, l'esprit apparemment ailleurs, ne regardant rien en particulier. Le feu changea et les deux femmes se croisèrent sur le passage clouté, à un mètre cinquante l'une de l'autre. Arrivée sur le trottoir d'en face, Elena se retourna pour suivre Sophie des yeux. Celle-ci marchait à pas lents, visiblement pas pressée. Elle levait la tête vers les arbres qui bordaient la pelouse du musée d'Histoire naturelle, elle regardait les dernières fleurs qui poussaient sous les branches, elle semblait perdue dans un rêve. Elle disparut dans l'escalier de la bouche de métro, un long bloc plus loin. Elena compta jusqu'à dix et se mit rapidement en marche vers l'ouest, sur la 81ᵉ Rue, jusqu'à ce qu'elle ait repéré l'adresse. Elle s'immobilisa sur le trottoir, prolongeant cet ultime instant avant d'entrer dans l'immeuble. Rien n'est encore fait, se dit-elle. Le chat est encore à l'intérieur. Je peux encore faire demi-tour et repartir. Au lieu de quoi elle déverrouilla la porte du hall et s'engagea dans l'escalier.

Une vague odeur d'encens flottait dans l'appartement d'Anton. C'était un endroit sombre, rempli de livres, avec des meubles en bois foncé et de moelleux tapis blancs. Quelque part, un robinet fuyait. Les bruits de la circulation montaient de la rue. Elena ferma la porte à clef derrière elle ; son cœur battait trop vite et trop fort. Impossible de ne pas imaginer Anton partout.

Le chat émergea de la chambre par étapes, s'arrêtant tous les trois pas pour étirer ses pattes, une seule à la fois ; il bâilla à se décrocher la mâchoire et vint vers elle en trottinant. Il avait un œil fermé et on devinait à sa physionomie que celui-ci ne s'était jamais ouvert. Elle fut ébranlée par ses manifestations d'amitié. Jim s'allongea à ses pieds comme si Elena n'était pas une intruse qui projetait de le kidnapper et de l'expédier dans un pays étranger. Elle caressa son ventre d'un blanc laiteux et il roula aussitôt sur le dos, pattes en l'air. Elle se leva alors, ouvrit la porte du placard où Anton lui avait dit que se trouvait la cage à chat, et ce fut à cet instant que, brusquement, le courage lui manqua. En l'espace de quelques battements de cœur, elle ferma à clef la porte de l'appartement, descendit l'escalier, sortit dans la rue, hors d'haleine, et s'éloigna rapidement.

– Vous avez l'air un peu fébrile, dit le photographe.

– Oh ! je vais très bien, dit Elena d'un ton animé.

Elle était venue directement de chez Anton et avait un quart d'heure d'avance. Elle s'assit sur le canapé du salon et Leigh Anderson lui apporta un verre d'eau qu'elle but d'un trait.

– Vous en voulez encore ?

– Non, ça va, ça va, merci. J'ai marché un peu trop vite, voilà tout, et avec la chaleur… L'automne se fait attendre cette année.

Le photographe acquiesça d'un air absent.

– C'est brutal, opina-t-il. On se croirait encore en août.

Il avait sorti un portfolio et s'asseyait dans un fauteuil en face d'elle.

– Je dois vous prévenir que mon style a quelque peu évolué depuis la dernière fois que nous avons travaillé ensemble. J'aimerais que vous jetiez un coup d'œil sur mes dernières réalisations.

Il fit glisser le portfolio sur la table basse et Elena l'ouvrit. Sur la première page, deux filles étaient allongées ensemble dans une baignoire, à moitié immergées ; celle du dessus avait des piercings aux tétons et un stud sur la langue.

– Ça reste très largement du côté de l'art, dit Leigh. Ou alors, si ça s'est rapproché de la pornographie, ça se situe dans le no man's land entre les deux.

La photo suivante montrait une femme assise sur une chaise, les jambes largement écartées, nue à partir de la taille, la tête rejetée en arrière. Elena voulut demander en quoi ce cliché se différenciait de la pornographie, mais Leigh continuait à parler :

– J'aime à considérer cela comme de la photo d'art, mais propulsée dans une autre dimension, poussée jusqu'aux limites de l'extrême. L'idée est que le spectateur se trouve poussé vers le bord extérieur de... excusez-moi, je deviens un peu pédant quand j'aborde ce sujet. J'ai enseigné la photographie.

Elena examinait un cliché de deux filles – un duo différent – en train de s'embrasser, debout dans une baignoire, silhouettes un peu floues derrière un rideau de douche transparent.

– Votre tarif est toujours de vingt dollars de l'heure ? s'enquit Elena.

– Quarante. Vous vous sentez à l'aise avec l'esthétique générale ?

– Absolument.

Sans compter l'argent que lui avait envoyé Anton pour les frais d'expédition du chat en Italie, il lui restait moins de cent dollars sur son compte en banque.

– Mais dans un premier temps, dit le photographe, j'aurais besoin de vous voir nue.

– Mais vous m'avez déjà vue nue, puisque j'ai posé pour vous.

– C'était il y a presque cinq ans, lui rappela-t-il. On change en cinq ans. D'ailleurs, je constate que cette façon de procéder contribue à mettre mes modèles à l'aise. Ça peut sembler paradoxal, mais si vous y réfléchissez... (Il s'était levé de son fauteuil pour baisser les stores.) Il faut que je sache de quoi vous avez l'air nue – de quoi vous avez l'air *maintenant*, parce que le corps se modifie avec le temps – et ce qu'il y a de plus dur, c'est de se déshabiller la première fois.

Il resta un instant à la fenêtre pour regarder quelque chose dans la rue, puis il ferma les stores et se tourna vers elle.

– Si aujourd'hui vous vous mettez nue devant moi pendant quelques minutes, reprit-il, ce sera plus facile pour vous d'être nue pendant quatre heures quand nous nous retrouverons la semaine prochaine pour la séance.

196

– C'est ce que vous m'aviez dit il y a cinq ans.

– C'est toujours vrai.

Elena ôta son chemisier. Elle dégrafa son soutien-gorge et baissa sa jupe sans problème, et s'aperçut qu'elle pouvait même regarder le photographe dans les yeux après avoir enlevé sa culotte.

– S'il vous plaît, dit-il en faisant des gestes démonstratifs.

Elena contourna la table basse et se posta au milieu du salon, bien en vue.

– Parfait, dit-il. Vous avez encore une belle silhouette.

– Merci.

Elle observa son visage, obscurément anxieuse. Son regard professionnel descendit au-dessous de la taille.

– Pouvez-vous tailler la toison ? demanda-t-il. Pas beaucoup, juste un peu. Pensez à la tailler en V. Ça ne vous ennuie pas ?

Ça ne l'ennuyait pas, mais elle avait néanmoins conscience que ses mains tremblaient légèrement. Elle essaya de se rappeler si elle avait ressenti la même chose la première fois, cinq ans auparavant, mais elle ne s'en souvenait plus.

– Tournez-vous vers moi, s'il vous plaît.

Elle pivota lentement, s'écartant de lui.

– Stop.

Elle s'immobilisa face à la minuscule cuisine carrelée de noir, un renfoncement de la taille d'un placard, avec un mur de la couleur d'une émeraude en plein soleil. Sur le frigo, une carte postale d'un tableau de Van Gogh était fixée de travers par un aimant : des explosions d'étoiles dans un ciel tourbillonnant.

– Vous avez de jolis mollets.

– Merci, dit-elle d'une voix creuse en se retournant vers lui.

– C'est prévu pour quand ?

– Pardon ?

Il lui fit un clin d'œil.

– Je sens toujours ces choses-là.

Il fallut un moment à Elena pour comprendre.

– Oh… je ne suis pas *enceinte*.

Leigh ne parut nullement embarrassé, seulement surpris.

– Vous êtes formelle ?

– Absolument.

Il hocha la tête et se dirigea vers le fauteuil, ce qu'elle interpréta comme une invitation à se rhabiller. Lorsqu'elle eut terminé, ils discutèrent des détails pratiques. Dates, mode de paiement, autorisation de publication.

Vingt minutes plus tard, elle se retrouva dans la station de métro du musée d'Histoire naturelle, sur la 81ᵉ Rue, à contempler la mosaïque d'éléphants, de chauves-souris, de grenouilles et de tortues de mer. Et elle s'aperçut qu'en réalité elle n'était pas formelle du tout.

– Alors, qu'est-ce que tu as fait aujourd'hui ? lui demanda Caleb.

Il était venu se coucher plus tôt que d'habitude mais ne semblait pas prêt à s'endormir. Il était allongé sur le dos et elle était étendue à côté de lui, la tête au creux de son bras. Elle pensait à l'Upper West Side, au mur vert de la cuisine du photographe, à Sophie traversant négligemment le carrefour.

– Pas grand-chose, dit-elle. J'ai rencontré le photographe.

– Le même que la dernière fois, c'est ça ? Dans l'Upper West Side ?

– Le même, oui.

– Et chercher un emploi, tu y as réfléchi ?

– Je pose pour lui demain. Il a augmenté ses tarifs.

– Je te parle d'un vrai travail, dit Caleb.

– Je déteste le vrai travail, répliqua-t-elle en s'efforçant de prendre un ton léger.

– La plupart des gens sont quand même obligés de travailler, ma douce.

C'était un sujet délicat : *lui*, il n'était pas obligé de travailler, il ne comprenait pas vraiment ce que c'était. L'idée la plus proche que pouvait se faire Caleb d'un emploi de bureau, c'était de comparer ça à la recherche, qu'il adorait, ou à la dépression, que les médicaments avaient éradiquée avec un tel succès, et depuis tant d'années, qu'elle commençait à devenir une notion abstraite, un souvenir à demi réel d'une période de six mois, à la fin des années 1990, où il ne voulait plus quitter son lit – le genre de chose qui aurait pu arriver à n'importe qui.

– Tu n'écoutes pas ? dit Elena. Je n'ai jamais prétendu le contraire. Bien sûr qu'il faut que je travaille. Je ne prétends pas qu'on ait le choix.

– Mais peut-être que si tu avais un job d'un genre différent…, hasarda Caleb avec prudence. Tu étais heureuse, non, quand tu étais l'assistante d'Anton ?

– Est-ce que j'étais heureuse ? Je n'en sais rien… tout est relatif. J'étais sans doute moins malheureuse plus souvent.

– Tu as songé à reprendre tes études ?

– Pour faire quoi ? Prendre un autre emploi, un de plus ? Le problème, Caleb, c'est le travail en soi, pas l'emploi que j'occupe. Je ne voudrais pas m'étendre indéfiniment là-dessus, mais bon, je suis encore… Je travaille depuis l'âge de seize ans, exception faite de mon unique semestre à Columbia, et le choc initial du travail ne s'est toujours pas atténué. Il y a encore des moments où je me dis : *Voyons, ce n'est pas possible que ce soit ça. On ne peut quand même pas me demander de faire une activité aussi épouvantable, jour après jour, jusqu'à l'heure de ma mort.* C'est comme une condamnation à perpétuité pour un crime qu'on n'aurait pas commis.

– Tu devrais peut-être consulter, suggéra Caleb.

Il allait voir un psychiatre une fois par mois et en revenait introspectif, un peu hébété.

– Comment veux-tu que je consulte ? Je n'ai pas de couverture santé en ce moment. Et de toute façon, je n'ai aucune envie de consulter. Je ne veux pas devenir tout engourdie.

Il demeura silencieux.

– Excuse-moi, dit-elle.

– Ce n'est rien. Je dois te donner cette impression-là, par moments.

– Oui. Excuse-moi.

Il lui caressa le visage quelques instants, puis retira sa main et l'embrassa sur le front.

– Bon, dit-il, on ferait mieux de dormir. Je t'aime.

– Je t'aime, moi aussi.

Elena ne put trouver le sommeil. Au bout d'un moment, elle se leva, alla dans la cuisine et alluma le plafonnier. La pendule, au-dessus de la gazinière, tictaquait bruyamment dans le silence. Elle lisait un journal datant de l'avant-veille quand, à minuit, le téléphone sonna.

– Ce n'est pas grave, dit Anton quand elle lui eut raconté son expédition manquée. Ça arrive à tout le monde de flancher.

– Je suis désolée, Anton. J'y retournerai.

– Ne te sens pas obligée, dit-il, sachant pertinemment que son ancienne secrétaire était incapable de laisser un projet inachevé.

– Si, bien sûr, compte sur moi.

Elle se tenait devant la fenêtre de la cuisine : c'était l'endroit où on était le plus loin de la chambre tout en restant dans les limites de l'appartement.

– Tu as reçu le dossier du vétérinaire ? demanda Anton. Il devait te l'envoyer par la poste.

– Je l'ai.

– Quel temps fait-il, chez toi ?

Il regardait les pêcheurs préparer leurs filets et les premiers bateaux contourner la digue en glissant sur l'eau. Il avait pris l'habitude de se coucher tôt, n'ayant rien d'autre à faire le soir, et de se réveiller à l'aube pour observer le lever du soleil et le ballet des bateaux.

— Chaud, dit-elle. Torride, en fait. On se croirait encore en été.

— Tu as trouvé du travail ?

— Je n'ai pas cherché. J'ai posé nue pour des gens.

— Des gens ?

— Des étudiants des beaux-arts. Limite pornographes.

— Ça paie bien, ce genre de job ? s'enquit-il avec une indifférence étudiée.

— Pas particulièrement, non. Je crois que je vais très vite devoir faire autre chose, ou alors m'y consacrer à plein.

Elle n'arrivait pas à empêcher sa voix de chevroter.

— Qu'est-ce que tu entends par là, « m'y consacrer à plein » ?

— Je parle de la véritable pornographie, pas seulement les trucs limites.

Elle regarda son reflet dans la vitre et se fit la réflexion qu'elle ressemblait à un fantôme : elle apparaissait, transparente, devant la rampe de l'escalier d'incendie extérieur.

— Je ne sais pas quoi faire, dit-elle.

— Quel genre d'emploi voudrais-tu ?

— C'est précisément le problème. Rien que l'idée de trouver un autre emploi…

Elle respirait un peu trop vite. Elle ferma les yeux, se concentra sur diverses choses – un pin âgé de cinq mille ans, la première tasse de thé, la première ligne de *Gilgamesh*, la première feuille de verre jamais brandie à la lumière – et força la partie chevrotante d'elle-même à se calmer. Elle émit un rire qui se voulait insouciant, mais ce fut un étrange son crispé qui sortit de sa gorge.

— Elena, dit-il, ça va s'arranger. Je t'appellerai demain ou après-demain, et nous trouverons une solution. Écoute, Sophie a sa thérapie tous les jeudis. Elle est toujours absente entre cinq et sept.

— J'y retournerai.

— Merci. Tu ne peux pas savoir combien je t'en suis reconnaissant.

Caleb était réveillé quand elle retourna se coucher.

– Je suis désolé, dit-il avec douceur quand elle tendit la main vers lui.

Ça faisait maintenant des mois, la distance se creusait – phénomène comparable à la dérive progressive des continents.

– Oui, moi aussi je suis désolée, répliqua-t-elle d'un ton plus cassant qu'elle n'en avait eu l'intention.

– Qu'est-ce qui te tracasse, en fait ?

– *Ça,* dit-elle.

Caleb se tut. Elle ne pouvait voir son visage dans l'obscurité, mais elle sut qu'il fixait le plafond sans ciller.

– Il est tard, dit-il. On ferait mieux de dormir.

Outre le fait qu'il ne pouvait plus se résoudre à la toucher, il y avait apparemment un problème de compatibilité entre eux. Il parlait de spécimens, de types de feuilles. Elle se surprenait à se lamenter sur la tragédie absolue de l'arbre abattu dans l'Utah. Il parlait de la coupe transversale d'une écorce, de la structure génétique du *Lotus japonicus*, des travaux en cours sur le projet du génome de la plante. Elena l'écoutait, puis son esprit se mettait à vagabonder : elle se demandait si cet étudiant en géologie de l'Utah qui avait abattu un pin de quatre mille neuf cents ans éprouvait des remords, quel genre d'individu avait pu faire une chose pareille, si une personne capable de couper un arbre pour récupérer un instrument cassé était seulement en mesure de comprendre toute l'ampleur de son crime. Quelqu'un avait bien dû lui faire observer que l'organisme qu'il avait tué datait de trois mille ans avant Jésus-Christ, mais un homme à l'esprit si étriqué pouvait-il appréhender une notion aussi vertigineuse ?

Le lendemain matin, après le départ de Caleb pour l'université, Elena resta un moment dans l'entrée à observer le mouvement des poissons rouges, à essayer d'aligner des pensées ordonnées. L'embranchement des Cordés : nous, les loutres, les singes et les ascidies ; embranchement de tous ceux d'entre nous qui possèdent une colonne vertébrale. Classe des Actinoptérygiens, le domaine des poissons aux couleurs vives. Ordre des Cypriniformes, comprenant les carpes et les vairons ; famille des Cyprinidés, genre *Carassius*, espèce *auratus*. Nageoires semblables à de la soie orange flottant dans l'eau. Souvenirs d'enfance de dessins animés avec des poissons orange et des chats noirs.

Deux jours plus tard, dans l'appartement du photographe, dans l'Upper West Side, elle clignait des paupières dans une flaque de soleil où dansaient autour d'elle des particules de poussières lumineuses. Elle n'avait pas bien dormi. Ses paupières étaient lourdes. Elle se rappelait avoir posé ici même cinq ans auparavant, mais ce souvenir était si lointain qu'il était presque à la troisième personne : la fille d'il y a cinq ans avait insisté pour que les stores soient baissés, bien que l'ensoleillement de la pièce fût parfait quand ils étaient ouverts ; la fille d'il y a cinq ans, une fois déshabillée, s'était allongée à plat ventre sur le divan, et il avait fallu la persuader doucement de se retourner. Cette fois-ci, Elena ne se déroba devant rien, mais la différence était plus effrayante que libératrice ; elle sentait l'ombre d'il y a cinq ans qui l'observait du divan pendant qu'elle se tenait devant la fenêtre, sous les yeux des voisins d'en face, nue à partir de la taille, chaussée de souliers à hauts talons extrêmement périlleux, alarmée de constater à quel point ça lui était égal que des inconnus la voient par la fenêtre.

– C'est superbe, dit Leigh.

Il tournait autour d'elle, la mitraillait, le léger *bip* numérique de l'obturateur résonnant presque en continu.

– Maintenant, ôtez votre chemisier.

Elle s'exécuta, présentant son corps entièrement nu – à l'exception des hauts talons. Elle tourna son visage vers l'objectif, mais elle regardait les poussières qui tourbillonnaient dans la lumière.

– Fermez les yeux.

Elle obéit mais eut alors plus de mal à garder l'équilibre ; elle effleura l'appui de la fenêtre et sentit la chaleur du soleil sur sa main.

– Vous pouvez vous tripoter un peu ?

Elle s'aperçut qu'elle le pouvait, mais ce fut plus ou moins à cet instant-là que la nausée la prit. Une heure plus tard, elle vomit dans les toilettes d'un Starbucks situé à proximité du métro.

13

— Tu pourras disposer de mes bagages à ta convenance, lui avait dit Sophie une demi-heure avant d'embarquer sur le ferry pour Naples.

Comment dispose-t-on de bagages ? Les premières semaines, Anton laissa la valise de Sophie dans la penderie, à côté du lit, mais sa présence était oppressante. Par un bel après-midi de la fin octobre, en revenant de la place, il fut contrarié une fois de plus de voir que la porte de la penderie refusait de se fermer complètement. Il hissa la valise sur le lit et fit coulisser la fermeture Éclair. Sur le moment, il fut terrassé : douceur, légèreté, ses cheveux, sa peau. C'était le genre de femme prodigieusement organisée qui ne défaisait pas ses bagages de toutes les vacances, sélectionnant chaque matin une tenue pour la journée en laissant tout le reste soigneusement plié, lavant à la main les vêtements de la veille dans le lavabo et les mettant à sécher pendant la nuit sur le balcon de l'hôtel, puis les repliant le lendemain matin. Tout était propre. Il y avait trois pantalons, plusieurs chemisiers, une jupe, la robe en lin bleu qu'elle avait portée à Naples. Il étala tout sur le lit comme autant de pièces à conviction. Il y avait des tee-shirts, un corsage froissé, des sous-vêtements, des chaussettes. Un soutien-gorge couleur jonquille, une biographie de Jim Morrison dont il lut les premières pages avant de reporter son attention sur la valise. Celle-ci était vide, à part une paire de chaussettes roulées en boule ; il entreprit alors de fouiller méthodiquement les poches extérieures. Dans la première, il trouva un dictionnaire Oxford italien-anglais, deux cartes postales vierges de Rome, un article de journal sur l'éthique nucléaire et un sachet de sucre orné au dos d'une photo de Capri. L'autre poche contenait deux plans pliés (Rome et Naples), une bouteille d'eau entamée et embuée de condensation, et une enveloppe adressée à Sophie aux bons soins du Philharmonique de New York.

L'enveloppe était décachetée. À l'intérieur, il trouva une lettre tapée à la machine sur du papier à l'en-tête de l'Orchestre symphonique de San Francisco, datée du 15 août :

> *Chère madame Berenhardt,*
> *Suite à notre conversation téléphonique du 4 août, c'est avec un grand plaisir que je prends acte de votre réponse favorable à notre proposition de rejoindre l'Orchestre symphonique de San Francisco pour la prochaine saison. Comme convenu, Jacob Neerman, du service du personnel, prendra contact avec vous d'ici à deux semaines en vue de régler tous les détails. Nous sommes heureux de vous offrir une indemnité pour couvrir les frais de votre installation à San Francisco cet automne. Jacob discutera des modalités avec vous lorsqu'il vous téléphonera.*
> *Bien à vous,*
> *Arthur Gonzalez*
> *Directeur administratif de l'Orchestre symphonique de San Francisco*

– San Francisco, murmura Anton.

La chambre était silencieuse. Il emporta la lettre sur le balcon, la relut, puis resta quelques minutes à contempler la mer avant de rentrer dans la pièce. Sur le bureau, son portable clignotait, indiquant que la batterie était faible ; il prit ses clefs, son portefeuille, dévala l'escalier de l'hôtel et courut jusqu'à la place, où une touriste occupait le téléphone public. Il attendit à proximité, se dandinant impatiemment d'un pied sur l'autre, et s'aperçut qu'il tenait encore la lettre à la main. Il la relut plusieurs fois, puis s'absorba dans le spectacle d'un match de football acharné que se livraient des garçons sur la plage. Enfants de pêcheurs, d'employés de restaurant, de la kiosquière, ils jouaient toute la journée sur le sable pendant que leurs parents travaillaient – toute une société de petits garçons émotifs et bronzés, en maillot de bain, qui scellaient et rompaient des alliances, allaient se baigner individuellement pour mieux se regrouper ensuite, se répartissaient en équipes avant de s'égailler pour réclamer un cornet de glace à leurs parents.

– *Ich vermisse dich so sehr*[1], dit la touriste au téléphone.

Anton voulait appeler Sophie pour lui demander quand, exactement, elle avait prévu de lui dire qu'elle partait s'installer à San Francisco. *Suite à notre conversation téléphonique du 4 août.* Il se souvenait du 4 août. Ce matin-là, devant le miroir de sa salle de bains, il avait extrait de sa joue un minuscule éclat de verre avec une pince à épiler, puis avait examiné à la lumière l'objet luisant et transparent. Sophie, debout sur le seuil, lui avait demandé s'il s'était rasé avec du verre et, plus tard, avait refusé de revenir sur le sujet. Avait-elle vraiment pris ce jour-là la décision de le quitter ? Mais en l'épousant quand même ? Il était parti au bureau, elle était restée à l'appartement et avait appelé San Francisco, en se comportant le soir comme si tout allait pour le mieux ? Il n'arrivait pas à y croire. Toute cette histoire semblait pathétique. Il était écœuré, aussi bien par Sophie que par lui-même. Un bateau jaune et bleu entra dans le port.

– *Ich werde niemals zu dir zurückkommen*[2], dit la touriste.

---

1. *Tu me manques tellement.*
2. *Tu ne me reverras jamais.*

Elle se tut pour écouter la réponse, puis raccrocha sans rien ajouter et se dirigea vers le bord de l'eau. Anton prit aussitôt sa place et passa son appel, mais le numéro de téléphone de leur domicile new-yorkais n'était plus en service. Il appela Sophie sur son portable, mais il tomba sur la boîte vocale et ne voulut pas laisser de message. Il raccrocha et composa un numéro différent ; puis, se rappelant que Gary ne serait pas forcément d'humeur à lui adresser la parole, il reposa aussitôt le combiné. Il se rendit au café des pêcheurs et lut le journal jusqu'à ce que David fasse son apparition. C'était une journée sans nuages, avec une forte réverbération et un ciel si brillant qu'on ne pouvait pas le regarder.

— Je peux me joindre à vous ?

Sans attendre la réponse, David s'assit en face d'Anton. Il avait de la peinture verte sous les ongles. Il portait son journal sous le bras. Il l'ouvrit, le plia avec soin à la page des mots croisés, puis commanda une bière au serveur avant de lever les yeux vers Anton.

— Qu'est-ce qui vous arrive ? demanda-t-il.

— Une lettre que j'ai lue.

Anton l'avait encore dans sa poche. Il la déplia et la tendit à David.

— Ma femme, dit-il. Je ne savais pas qu'elle allait me quitter.

David lui prit la missive et la parcourut rapidement.

— Elle ne vous avait rien laissé entendre ? Aucune allusion ?

— Rien. J'ai trouvé ça dans sa valise. Pour être honnête, je dois dire que c'est moi qui l'ai quittée en premier.

— Pourquoi elle n'a pas emporté sa valise ?

— Je ne sais pas. Elle voulait peut-être que je trouve cette lettre.

— Pas trop dur ?

— Je suis plus surpris qu'autre chose.

— Je le serais, à votre place.

— Je veux dire… c'est *moi* qui la trompais. Je ne pensais pas qu'elle…

Anton laissa sa phrase en suspens. Suivit un silence durant lequel un pêcheur monta à bord de son bateau rouge et blanc et sortit lentement du port.

— Tout ça est tellement pathétique, reprit-il. Je ne sais pas pourquoi nous nous sommes mariés. Ça semblait la meilleure chose à faire, mais pourquoi avons-nous…

Le *putt-putt* du moteur faisait un contrepoint aux cris des garçons qui jouaient au foot sur la plage.

— Tiens ! dit David. Je crois que Gennaro vous cherche.

Anton suivit la direction de son regard. Le propriétaire de l'hôtel débouchait au coin de la rue et traversait la place. L'enveloppe FedEx blanche qu'il tenait à la main luisait presque douloureusement au soleil.

Anton eut l'impression que l'enveloppe venait vers lui en vol plané, aveuglant rectangle blanc qu'il avait du mal à regarder en face. Ne supportant pas l'attente, il se leva de table et alla à sa rencontre.

— Bonjour, lui dit Gennaro. Cette enveloppe vient d'arriver pour vous. J'ai signé le reçu, je voulais vous la remettre en mains propres.

— Merci, je vous en suis reconnaissant.

Elle était adressée à un certain Ali Merino, aux bons soins d'Anton Waker. Il reconnut l'écriture d'Aria. Elle avait indiqué comme adresse d'expéditeur la boutique du père de Gary.

— C'est pour un ami à moi, dit-il. Il a oublié certains documents.

— Ah ! fit Gennaro. Belle journée, oui ?

— En effet.

Anton leva l'enveloppe pour s'abriter les yeux et essaya de sourire.

— Eh bien… au revoir, dit Gennaro d'un ton emprunté.

— Au revoir.

Anton le suivit des yeux un moment avant de rejoindre David à leur table.

– Votre fameux paquet ? s'enquit David.

– Avec des semaines de retard.

– Vous allez l'ouvrir ?

– Non, répondit Anton.

Étrange, après tout ce temps, d'avoir enfin devant lui cette enveloppe qui brillait au soleil, inoffensive.

14

Le troisième jeudi d'octobre, dans la ville de New York, Elena, plantée à l'angle de la 81e Rue et de Columbus Avenue, observait les lents progrès d'un camion de déménagement, garé à mi-bloc, qui était arrivé une heure auparavant. Trois hommes transportaient des meubles et des cartons entre la porte de l'immeuble et le camion. Cinq minutes plus tôt, elle avait vu Sophie sortir leur parler, puis s'éloigner peu après dans la direction opposée, le long de la 81e Rue Ouest. Elena compta jusqu'à dix avant de s'aventurer dans la rue qui grimpait. On était le 20 octobre, mais la météo annonçait 85 degrés Fahrenheit[1] ici, dans un des derniers pays au monde à utiliser encore ce système. Son chemisier humide lui collait au dos. Elle remonta le trottoir sous la chaleur abrutissante et s'approcha de l'un des déménageurs, qui lui adressa un clin d'œil.

— Bonjour, dit-elle, vous savez où est Sophie ?

— Elle est sortie. Une course à faire.

— Ah ! d'accord. Je suis Ellie, je viens chercher le chat. Elle vous a dit que j'allais passer ?

— Non

---

1. Soit 29 degrés Celsius. *(N.d.T.)*

211

– C'est bizarre. Je suis Ellie... (Elle s'aperçut, trop tard, qu'elle se répétait.)... et je dois m'occuper du chat pendant quelques jours. Il est là-haut ?

– Qui ça ?

– Le chat ?

– Ouais, ouais, enfermé dans la chambre. Montez donc.

Elle gravit rapidement l'escalier. À l'intérieur de l'appartement, un déménageur démontait une table au milieu du salon. Il leva la tête et émit un grognement quand elle lui dit bonjour. Apparemment, on pouvait entrer dans un appartement en cours de déménagement sans que personne n'y trouve grand-chose à redire. Le cœur d'Elena battait à un rythme accéléré, et la scène avait un côté décousu : elle traversait la pièce avec la cage à chat, alors qu'elle ne se rappelait même pas l'avoir prise dans le placard, et maintenant elle ouvrait la porte de la chambre et s'y enfermait.

La pièce était vide, la penderie grande ouverte, le lit et la commode emportés, ainsi que les tableaux dont il ne restait que de pâles rectangles sur les murs. Allongé sur le tapis, devant la fenêtre, Jim se chauffait au soleil. Il leva la tête et observa Elena de son œil brillant. Elle posa la cage par terre et en ouvrit la porte, mais le chat ne parut nullement intéressé d'y entrer. Quand elle l'attrapa, il commença presque aussitôt à se tortiller pour lui échapper, arc-bouté aux bords de l'ouverture. Le temps qu'elle l'introduise de force dans la cage, tête la première, et qu'elle claque la porte sur lui, elle avait les bras zébrés de cuisantes griffures. Jim miaula – une seule fois. Quand Elena regarda à travers la grille, il était ramassé sur lui-même et la foudroyait de son œil unique.

– Je suis désolée, murmura-t-elle, s'adressant à tout le monde.

Elle souleva la cage (le chat était étonnamment lourd) et ouvrit la porte de la chambre à l'instant précis où Sophie ouvrait celle de l'appartement. Deux déménageurs, dans le salon, démontaient la bibliothèque.

– Elena, dit Sophie, que faites-vous avec le chat ?

– Je suis désolée.

On entendit un choc sourd.

– Bon Dieu, c'était mon pouce ! gronda l'un des déménageurs.

– Que faites-vous avec ce chat ? répéta Sophie sans s'écarter du seuil, sans quitter des yeux le visage d'Elena.

– Anton m'a demandé de le lui envoyer en Italie.

Sophie se borna à la fixer en silence.

– Il dit que Jim lui manque, ajouta Elena.

Sophie ne parlait toujours pas.

– Je suis désolée. Je suis vraiment… Je suis désolée.

Les déménageurs, occupés à démonter la bibliothèque, continuèrent de travailler dans un silence gêné. Elena avait l'impression de devenir transparente sous le regard de Sophie. Elle avait les genoux en coton. Elle aurait voulu tomber.

– Je suis désolée, répéta-t-elle.

Elle s'aperçut alors, à son extrême mortification, qu'elle se mettait à pleurer. Figée sur le seuil de la chambre, telle une ombre, un fantôme, le soleil lui passant au travers, elle agrippa la cage le plus fort possible, l'épaule douloureuse à cause du poids du chat, le visage baigné de larmes, le souffle court, et se prit à souhaiter être ailleurs, n'importe où, tandis que Sophie se bornait à l'observer.

Les déménageurs en avaient terminé avec la bibliothèque – réduite à une pile de planches en bois foncé qui luisaient au soleil – et ils enveloppèrent les étagères dans des couvertures de protection, qu'ils emmaillotèrent ensuite de ruban adhésif. Les bruits qu'ils faisaient semblaient distants, comme s'ils provenaient d'une autre pièce. Elena commença à s'avancer, essayant intérieurement de parvenir à une décision sur ce qu'elle ferait si Sophie ne s'écartait pas de la porte d'entrée. Mais Sophie s'écarta, presque à la dernière seconde, et laissa passer Elena sans un mot. Elena continua de marcher, descendit l'escalier sous le regard de Sophie et se retrouva finalement dans la rue avec le chat. Elle héla un taxi, lui demanda de la conduire à l'aéroport Kennedy et s'adossa à la banquette, les yeux fermés.

– Ça va ? s'enquit le chauffeur.

– Oui, très bien…

Elle s'aperçut alors que les larmes continuaient de couler sur ses joues, sans relâche. Ses mains tremblaient.

– Et vous allez où, comme ça ?

– En Italie, dit-elle.

– En Italie, répéta le chauffeur. Sans bagages ?

– Oui.

– Quelle idée, de prendre l'avion sans bagages ! Je ne vous aurais pas prise pour une terroriste.

Il parlait d'un ton taquin ; il essayait de la faire rire. Elle eut un pâle sourire mais ne répondit pas.

– Attendez ! dit-elle au bout d'un moment. Est-ce qu'on peut faire un arrêt ? J'ai oublié mon passeport.

– Bien sûr. Où vous voulez.

À East Williamsburg, elle emporta le chat dans l'appartement pendant que le taxi attendait, moteur au ralenti. Elle jeta quelques affaires dans une petite valise : des vêtements, une enveloppe en papier kraft contenant de vieilles cartes postales, un bout de papier caché dans une chaussette bleue au fond d'un tiroir, ses passeports canadien et américain, quelques articles de toilette. À mi-chemin de la porte, elle se souvint du chat et alla chercher dans la cuisine une boîte de thon et un ouvre-boîte. Un message, de la main de Caleb, était fixé au frigo : ALEXANDRA BRODEN A APPELÉ, PRIÈRE DE RAPPELER. Elle resta là, le papier à la main, puis s'approcha du téléphone et composa le numéro.

– Je vous demanderai de ne plus jamais m'appeler chez moi, dit-elle lorsque Broden répondit.

– J'ai d'abord essayé de vous joindre à votre bureau. Vous ne m'aviez pas dit que vous aviez démissionné et j'ai une question à vous poser. (Il y avait dans la voix de Broden une note pressante qu'Elena entendait pour la première fois.) Anton vous a-t-il déjà parlé de conteneurs ?

– De conteneurs ?

– De conteneurs maritimes, ou de bateaux, ou de ports, ou de traversée des océans, ou d'entreprise d'import-export… N'importe quoi de cette nature. Même une simple allusion.

– Non, répondit-elle après réflexion. Jamais.

– La dernière fois que vous lui avez parlé, c'était quand ?

– Juste avant son départ.

– Il devrait être rentré depuis des semaines, dit Broden.

– Je sais.

– Bon… nous pourrons en discuter demain.

– On doit se voir demain ?

– Oui, à seize heures. Nous avons pris rendez-vous il y a trois semaines.

– J'y serai, dit Elena.

Elle s'arrêta un instant près du bocal à poissons, puis ferma à clef la porte de l'appartement et dévala l'escalier avec le chat et la valise. Il faisait trop chaud à l'intérieur du taxi.

– Un dernier arrêt avant l'aéroport, dit-elle en baissant sa vitre. Pouvez-vous m'emmener à l'université Columbia ?

– Grand détour. Votre vol est à quelle heure ?

– Je n'en ai pas.

Il la regarda dans le rétroviseur.

– Je croyais que vous preniez l'avion pour l'Italie ?

– En effet.

– O.K., dit le chauffeur.

– Vous êtes italien ? s'enquit-elle après quelques kilomètres de silence.

Ils avaient traversé le pont et fonçaient maintenant vers le nord de Manhattan, les rues défilant rapidement. Au passage : mannequins en devanture, piétons qui marchaient sur les trottoirs, vies entières qui se jouaient entre les avenues, vive lumière faussement estivale. Tous les arbres étaient encore verts.

– Italien ? Non.

– Votre accent, j'ai cru qu'il...

– Je viens d'un endroit dont vous n'avez jamais entendu parler, dit-il en lui lançant un clin d'œil.

– Moi aussi. (Elena chercha mentalement des pays obscurs, puis hasarda :) Le Kirghizistan ?

Surpris, le chauffeur observa sa passagère dans le rétroviseur.

– Non, le Tadjikistan, dit-il. Mais je suis allé très souvent au Kirghizistan. Très souvent.

– Comment est-ce, là-bas ?

– Au Kirghizistan ? Je ne sais pas... Différent d'ici.

– Partout, c'est différent d'ici. (Les grilles de Columbia apparurent sur leur droite.) Vous m'attendez ?

– J'attends.

Elle prit néanmoins avec elle sa valise et le chat, franchit les grilles, traversa le campus ensoleillé, ouvrit une porte et descendit plusieurs volées de marches qui la conduisirent au laboratoire en sous-sol où travaillait Caleb. Il leva les yeux de son ordinateur en entendant Elena l'appeler par son nom. Sur l'écran, devant lui, défilaient des lignes et des lignes de charabia incompréhensible. Il frappa une touche, sur quoi les lettres et les chiffres s'immobilisèrent, scintillants et silencieux.

– Ellie ? Qu'est-ce qui se passe ?

Elena posa sa valise et Jim, lequel miaula furieusement avant de sombrer dans une fureur orange qui lui fit arpenter sa cage de long en large comme un fauve.

– À qui est ce chat ?

– À Anton, dit-elle. Écoute, Caleb...

– Anton, ton ancien patron ?

– Oui. Caleb...

– Qu'est-ce que tu fais avec le chat de ton patron ? De ton *ex*-patron ? demanda-t-il sans une once de malice.

– Caleb.

– Tu me quittes ?

Elena découvrit alors, subitement, qu'elle n'avait rien à dire. Elle avait répété un speech en longeant le couloir, mais tous les mots se dissipaient dans l'air frais de la pièce. Elle baissa les yeux et inclina la tête.

– Tu me quittes. (Caleb eut un bref sourire, se passa les mains dans les cheveux et la regarda.) Où vas-tu ?

– En Italie.

– En Italie, répéta-t-il. Sans argent, et avec le chat d'Anton.

– J'ai un peu de liquide. Et j'ai toujours ma carte de crédit.

– En Italie, murmura-t-il encore, avant d'éclater de rire.

– Caleb, je suis désolée, je…

Il leva une main pour l'interrompre, sourit, secoua la tête. Elle lui rendit son sourire, et pendant un instant ce fut la paix. Puis Jim se remit à miauler, de façon plus pressante, et elle se souvint que le taxi attendait devant l'université et que le compteur tournait. Elle souleva la cage et la valise.

– Ce n'est pas grave, dit Caleb. Je suis désolé, moi aussi, je n'arrivais pas…

– Ça ne fait rien.

– C'était dû en grande partie aux médicaments, en fait. Aux effets secondaires.

– Je sais.

– Tu n'es pas obligée de partir si loin.

– Je ne peux plus rester aux États-Unis.

– Le pays est vaste, Ellie.

– Ce n'est pas ça. Je ne cherche pas à te fuir. Le problème, c'est que… écoute, je n'ai pas le temps d'entrer dans les détails, j'ai un avion à prendre, mais le problème, c'est que je ne suis pas américaine. Mon passeport américain est un faux. Je n'aurais pas dû te mentir. Bon, Caleb, il faut vraiment que j'y aille.

– Quoi ? Comment ça, ton passeport est un…

– Au revoir, Caleb.

– Ellie, attends…

Mais il ne fit pas un mouvement pour la suivre quand elle tourna les talons. Dans le taxi qui l'emmenait à l'aéroport, elle regarda à la toute dernière minute par la lunette arrière, juste à temps pour voir disparaître la ligne des gratte-ciel de Manhattan.

Arrivée à J.F.K., elle acheta un aller simple pour Rome et confia le chat à un employé de la compagnie, en uniforme rouge, qui lui promit de ne pas le perdre. Elle utilisa son passeport canadien, s'attendant plus ou moins à être arrêtée sur-le-champ, et fut vaguement surprise de ne rencontrer aucune résistance. Sa valise étant petite, elle la garda pour franchir les contrôles de sécurité et se félicita d'avoir quelque chose à quoi se cramponner pendant qu'elle arpentait les couloirs grisâtres du terminal. Elle avait énormément de temps à tuer avant le prochain vol à destination de l'Italie.

Dans un bar, au-delà du portique de sécurité, Elena mangea un repas riche en graisses et en sel, commanda un verre de vin bon marché auquel elle ne toucha pas, puis s'installa un moment dans le restaurant de l'aéroport et envisagea diverses possibilités : appeler chez elle pour bavarder avec sa famille ; appeler Caleb pour s'excuser, lui dire qu'elle avait fait une terrible erreur, lui demander de venir la chercher ; appeler Anton pour lui dire que le chat arriverait à Rome le lendemain matin ; appeler Anton pour lui dire que, dans vingt-quatre heures, elle serait à Ischia ; appeler Broden pour lui annoncer qu'elle était prête à lui livrer Anton Waker, à condition qu'elle puisse en échange rester éternellement à New York. Ces différentes options ne s'annulaient pas forcément, et il se révéla épuisant de réfléchir à toutes les combinaisons possibles.

Elle passa quelque temps devant une grande baie vitrée à regarder les avions s'élever dans les airs et amorcer leur descente dans le crépuscule. La montée initiale avait toujours quelque chose de saisissant.

15

Elena, au Café Russe, sur le point d'acheter une carte de sécurité sociale :

Elle arrive avec une demi-heure d'avance et choisit une table près de la fenêtre, face à l'extérieur. Le Café Russe est situé au-dessous du niveau de la rue, de sorte qu'Elena, une fois assise, peut seulement voir des jambes en mouvement au-dessus d'un amas de neige, des bottines hautes et des pardessus foncés, des ombres vacillantes. L'après-midi est déjà bien avancé et la neige tombe sans discontinuer.

Il fait bon dans le café, mais Elena frissonne. Elle enlève son manteau mais garde son chapeau et son écharpe, puis commande un thé et un muffin – quatre dollars, ce qui représente la totalité de son budget pour la journée, car elle a économisé son argent pour la transaction qui va avoir lieu. La salle est quasiment déserte. Un homme plus âgé, en veste de tweed, assis seul à une table de l'autre côté de la porte, lit un journal en buvant un cappuccino. Un garçon et une fille, installés à une certaine distance, rient d'une plaisanterie connue d'eux seuls. Ils sont jeunes, peut-être étudiants, et la fille a les joues empourprées par la chaleur de la pièce. Elena tient sa tasse de thé près de son visage et ferme les yeux quelques instants : elle attend les pas précipités, le fracas de la porte qu'on ouvre à la volée, l'insigne du Département de la Sécurité intérieure qu'on lui brandit sous le nez, et puis les cris, les menottes, les revolvers. Mais quand elle rouvre les paupières, la salle est toujours aussi paisible, la lumière des bougies tremblote toujours sur le papier mural rouge et les ombres des piétons vacillent dans la partie supérieure de la fenêtre, devant elle, sous la neige qui tombe au-dehors, la serveuse bavarde toujours en russe sur son portable, l'homme en veste de tweed tourne toujours les pages de son journal. Naturellement. Pourquoi faudrait-il que son arrestation soit spectaculaire ? Elle n'est ni armée ni dangereuse. Elle n'est qu'une jeune fille de vingt-deux ans qui se prive de dîner trop fréquemment et qui est prise de vertige si elle se lève trop vite. Pas besoin de recourir aux troupes d'assaut, de brandir des revolvers. Dans un moment, l'homme en tweed boira une dernière gorgée de son cappuccino, repliera tranquillement son journal et se lèvera de table en boutonnant sa veste. Il viendra vers elle sans se presser, sortira de sa poche intérieure un insigne de police qu'il lui présentera avec un clin d'œil, tout en dégageant les menottes de sa ceinture, et s'adressera à elle d'une voix amicale, sur le ton de la confidence – *Vous avez le droit de garder le silence* – et, d'ici au matin, elle se retrouvera dans un avion faisant route vers le nord, avec un X tamponné sur son passeport. Elle prend une gorgée de thé pour se calmer et essaie de manger le muffin. Il y a encore une heure, elle avait désespérément, douloureusement faim, au point d'en avoir le tournis, mais maintenant rien n'a de goût pour elle et il lui est difficile d'avaler. L'homme en veste de tweed tourne une page de son journal. Elena resserre ses mains autour de la tasse de thé, essaie de regarder partout en même temps et se prépare au traquenard : des hommes vont faire irruption dans la salle, l'arme au poing, ou le couple assis au bout de la pièce va se lever et sortir des insignes de la poche de leurs jeans taille basse. Toute catastrophe est précédée d'un ultime instant : jusqu'à neuf heures moins seize du matin, le 11 septembre

2001, ce n'était encore qu'une belle journée ensoleillée à New York. Mais le couple continue sa conversation, l'homme en veste de tweed savoure son cappuccino tout en lisant, la serveuse se tient près de la porte vitrée en regardant l'escalier qui donne accès au trottoir et à la rue.

– Il neige toujours, dit-elle.

C'est une jeune femme aux cheveux blonds, raides, et aux yeux marron. Elle a une petite cicatrice sur le front et sourit quand Elena lève la tête.

– Il y aura une couche épaisse ce soir, je pense.

Un peu plus tard, la porte s'ouvre. L'homme se dirige presque aussitôt vers la table d'Elena, se glisse sur la chaise en face d'elle et déboutonne son pardessus, le visage rougi par le froid.

– Gabriel, dit-il en lui tendant une main glacée. Vous devez être Elena.

Elle acquiesce sans répondre.

– Bon Dieu, dit-il, ça gèle.

Il fait signe à quelqu'un qu'elle ne voit pas, sans doute la serveuse, sort un Kleenex de la poche de sa veste et se mouche.

– Excusez-moi, dit-il à Elena.

La serveuse est apparue avec un *latte*. Elle le pose devant Gabriel, qui l'embrasse sur la joue.

– Illy, dit-il, tu es une sainte. Merci.

La serveuse sourit et s'écarte un peu, tout en les observant. Gabriel se penche par-dessus la table et fait signe à Elena d'en faire autant. Son haleine est brûlante contre l'oreille de la jeune fille.

– Je m'excuse de vous demander ça, murmure-t-il à voix si basse qu'elle doit faire un effort pour l'entendre, mais il est nécessaire que vous alliez dans la réserve avec Ilieva et que vous fassiez ce qu'elle vous dit. C'est une mesure de précaution à laquelle ma cousine tient beaucoup. Surtout, n'y voyez rien de personnel.

– Venez avec moi, je vous prie, dit Ilieva.

Elena se lève, toutes deux passent devant la vitrine à pâtisseries brillamment éclairée, longent le couloir rouge où se trouvent les toilettes, puis Ilieva ouvre une porte marquée *Réservé au personnel* et Elena la suit dans une pièce exiguë, remplie de caisses et de casiers à bouteilles. Un énorme réfrigérateur vitré bourdonne dans un coin, rempli de cartons à gâteaux blancs et de boîtes de crème glacée. Ilieva ferme la porte derrière elles et tourne la clef dans la serrure.

— Déshabillez-vous, s'il vous plaît.

— Quoi ?

— Pour les câbles, dit Ilieva. C'est pour vérifier pour les câbles.

— Les câbles ?

— Les micros. Les enregistrements. Je m'excuse, mon anglais...

— Ah ! je comprends.

Elena commence à se dévêtir. Malgré la température assez chaude, elle ne peut s'empêcher de frissonner.

— Votre soutien-gorge aussi, dit Ilieva.

Elle prend chacun des vêtements au fur et à mesure, les palpe avant de les rendre à Elena, vraisemblablement pour déceler d'éventuels appareils d'enregistrement. Une fois Elena complètement rhabillée, Ilieva, sans aucun embarras, procède à une fouille des poches de son manteau. Elle sort la liasse de billets, l'examine, la remet en place et poursuit son exploration.

— Pas de sac ?

— Pas de sac, confirme Elena.

Quand elle retourne dans le restaurant, Gabriel boit son *latte* à l'endroit même où elle l'a laissé. Il sourit en la voyant mais ne parle pas. Ilieva apparaît quelques instants plus tard et lui murmure quelque chose à l'oreille. Il acquiesce.

— Je vous présente mes sincères excuses, dit-il à Elena. Je sais que c'est humiliant, pour ne pas dire davantage. Ma cousine est un peu paranoïaque sur les questions de sécurité.

– Je comprends.

– Je déteste ça, dit Gabriel. Toute cette procédure. Malheureusement, c'est nécessaire à notre époque. Le climat politique actuel, etc. Quoi qu'il en soit, puis-je vous offrir un sandwich ?

– Oh, ce n'est pas la peine, j'ai…

– Sérieusement, dit-il avec douceur. Je vous trouve un peu pâle.

Tout à coup, de nouveau, elle a désespérément faim.

Par la suite, elle a du mal à se rappeler la conversation, sinon qu'ils bavardent sans effort et que des heures s'écoulent avant qu'Ilieva n'apporte l'addition. Derrière la fenêtre, la neige brille d'un éclat bleu et ambré à la lumière des réverbères de la rue.

– Nous fermons tôt, dit Ilieva d'un ton d'excuse. À cause de la neige.

Le café est vide, hormis un couple plus âgé qui déguste un dessert à proximité.

– Accordez-moi un dernier rituel absurde, dit Gabriel à mi-voix, et ensuite vous serez libre de travailler aux États-Unis d'Amérique. Êtes-vous prête à faire exactement ce que je vous demande, l'espace d'une minute ?

– Oui, murmure Elena.

Gabriel ouvre son portefeuille et glisse un billet de vingt dans l'étui en cuir qui sert d'écrin à l'addition.

– C'est pour le sandwich et les consommations, lui dit-il posément. Maintenant, mettez votre part.

Son ton de voix ne laisse aucun doute sur ce qu'il veut dire. Tout à coup, de nouveau, c'est l'ultime instant avant une catastrophe potentielle : tout l'après-midi s'est déroulé jusqu'à maintenant, *là*, et de nouveau il est trop tard. Elena plonge la main dans la poche gauche de son manteau, où se trouve la précieuse liasse de billets qu'elle accumule depuis des mois – mais, contre toute attente, la police n'enfonce pas la porte. Peut-être que ça n'arrivera pas. Peut-être qu'elle sortira d'ici avec un faux passeport et avec un numéro de sécurité sociale, exactement comme promis.

– Tournez l'étui de manière à ce que ce couple ne vous voie pas l'ouvrir, murmure Gabriel, et glissez l'argent dedans. Ne comptez pas… bien… maintenant, posez l'étui sur la table et regardez-moi comme si de rien n'était.

Ilieva vient prendre l'étui de l'addition et Elena reste seule un moment avec Gabriel ; la musique qui joue dans la salle, en cet instant, fait penser à une berceuse russe. Ilieva réapparaît avec l'étui et deux verres de vin rouge.

– Votre monnaie, dit-elle. Un plaisir, comme toujours.

Gabriel lève son verre.

– Le vin rouge signifie que le compte est bon, explique-t-il à mi-voix. Si elle avait apporté de l'eau, je serais déjà dehors. Santé !

– À quoi buvons-nous ?

– À ma dernière transaction, et à votre futur emploi lucratif.

– C'est vrai ? Je suis votre toute dernière ?

– En fait, j'en ai encore une demain. Mais bon, *à mon avant-dernière transaction*, ça ne sonne pas aussi bien.

Il plonge une main dans la poche intérieure de sa veste et passe l'enveloppe à Elena, avec tant de naturel qu'elle ne la voit même pas avant qu'elle soit sur la table. C'est le genre de pochette dont se servent les photographes pour mettre les clichés qu'on leur donne à développer.

– Voici quelques photos de vacances, dit-il. Vous pourrez les regarder plus tard.

Elle prend la pochette. La transaction est terminée si rapidement qu'Elena se demande presque si elle a eu lieu. Gabriel tient toujours en l'air son verre de vin, et elle sourit.

– Eh bien ! félicitations, dit-elle. Je suppose que ce n'est pas le métier le plus facile.

– Détrompez-vous. Il *est* facile. Je pourrais continuer éternellement. Mais j'ai envie d'autre chose. Qu'allez-vous faire de votre situation régulière toute neuve ?

– Je vais arrêter de faire la vaisselle pour gagner ma vie. Je vais arrêter de poser nue pour des photographes. Je ne sais pas... n'importe quoi.

Gabriel savoure un moment son vin en silence.

– Écoutez, dit-il soudain, c'est probablement une question stupide, mais êtes-vous qualifiée pour le travail de bureau ? Savez-vous taper à la machine ?

Elle acquiesce.

– J'ai un nouvel emploi depuis le mois dernier, poursuit-il. Ce n'est pas très exaltant, mais on m'a demandé de trouver une secrétaire pour mon département...

Elle l'écoute exposer les détails du poste, elle boit son vin à petites gorgées, puis le verre d'eau qui suit, et elle est saisie par un sentiment d'irréalité ; c'est comme si elle était sortie d'elle-même et observait la scène de loin. À une petite table du Café Russe, en pleine tempête de neige, elle parle avec l'homme qu'elle a rencontré quelques heures plus tôt et elle rit comme si elle le connaissait depuis toujours, comme s'ils étaient deux vieux amis qui sont sortis dîner par une soirée neigeuse à New York. Comme si la pochette qu'Anton a glissée sur la table ne contenait pas une carte de sécurité sociale et un passeport américain impeccablement falsifiés.

Ils quittent le restaurant, sous la neige, et se dirigent à pied vers le Williamsburg Bridge.

– Je ne sais pas, dit Gabriel, c'est difficile à expliquer. J'ai simplement envie, j'ai toujours eu envie de mener une vie différente. Ça peut paraître étrange, enfin je veux dire, c'est dingue, mais j'ai toujours voulu travailler dans un bureau.

– Vous avez une âme d'employé ?

225

Elle plaisante, mais Gabriel acquiesce comme si elle parlait sérieusement.

– Exactement, oui.

Tard le soir, sur le pont, le froid est absolu et pénétrant. Les lumières de la Domino Sugar Factory brillent au-dessus du fleuve et la neige continue de tomber. Gabriel dit à Elena qu'il passe la soirée chez ses parents à Williamsburg. Ils marchent de conserve, en bavardant, tandis qu'un bateau glisse silencieusement sur l'eau sombre en contrebas.

De l'autre côté du pont, il appelle une station de taxis sur son portable et ils attendent ensemble, tapant des pieds pour se réchauffer jusqu'à ce que la voiture noire se range contre le trottoir.

– Je vous donne ma carte professionnelle, que vous puissiez m'appeler pour le poste. Je dois juste vous préciser une chose, dit-il en lui remettant le bristol. À propos de mon nom...

La voiture emmène Elena jusqu'à l'immeuble d'East Williamsburg. La tête appuyée contre la vitre, elle contemple la neige et elle a l'impression que les choses vont maintenant être plus faciles, que le long cauchemar de la faim, de la plonge et des séances de pose dénudées est presque terminé ; elle a une chance de décrocher un emploi dans cette ville bien-aimée, quelque chose de différent, une assurance maladie, une nouvelle vie. Le chauffeur, déjà payé par Gabriel/ Anton, grogne un commentaire sur le quartier quand elle lui dit bonsoir. Elena ouvre avec sa clef la première porte, une grille métallique qui claque bruyamment derrière elle. Son petit ami est allongé sur le lit quand elle ouvre la porte de sa chambre ; elle ne peut réprimer une exclamation étouffée. Ils ont parlé ces derniers temps de s'installer ensemble, et Elena oublie parfois qu'elle lui a donné une clef de l'appartement. Il lui adresse un grand sourire et pose le livre qu'il lisait, *La Botanique du Désir*, orné d'une jaquette sur laquelle resplendissent des pommes vert et or.

– Je me suis servi de ta clef, dit-il. J'espère que ça ne t'ennuie pas.

– Pas du tout. Je suis contente que tu sois là.

Elle ouvre la porte de la penderie et se glisse derrière, cachée à la vue de Caleb. Elle se déshabille et se rappelle son strip-tease devant Ilieva, dans la réserve ; elle bat des paupières et tente d'effacer de son esprit le visage de la serveuse.

– Quelle heure est-il ? demande-t-elle.

– Presque onze heures. Où étais-tu ?

– Je suis sortie avec une collègue de travail. Jennifer.

Le passeport américain est frais au toucher. Elle le sort de la poche de son manteau et l'ouvre rapidement, à l'abri de la porte du placard. La lumière n'est pas fameuse mais le document a l'air parfait. Elle regarde dans les yeux la photographie qu'elle a envoyée à une boîte postale, deux semaines plus tôt.

– Une serveuse ?

– Oui. (Elena fait courir ses doigts sur les lettres. *Nationalité : américaine.*) Elle travaille le matin, d'habitude. Tu ne la connais pas. Ça fait longtemps que tu es là ?

– Oh, quelques heures, dit Caleb. J'ajouterai que tu m'as manqué de façon assez pressante. Tu es nue, là ?

Plus tard, au lit, elle ouvre les yeux pour observer le mouvement des épaules de Caleb au-dessus d'elle, son visage de profil, son cou. Il a les paupières étroitement fermées. Elle l'observe intensément, essaie de se concentrer uniquement sur lui, de ne pas s'imaginer que Caleb est un autre homme.

16

Il lui fallut presque une heure pour franchir la douane à Rome. Le dossier de santé du chat et la preuve d'une vaccination antirabique furent examinés bien longuement, lui sembla-t-il, par les fonctionnaires, cependant que Jim foudroyait tout le monde du regard à travers les barreaux de sa cage. Lorsque Elena fut enfin autorisée à quitter l'aéroport, elle prit une navette argentée jusqu'à la gare centrale, Termini, et découvrit qu'elle avait encore du temps à tuer avant le prochain train pour Naples.

Des hommes étaient postés à Termini, et aussi quelques femmes : des agents de police en uniforme sombre et ceinture en cuir d'un blanc éclatant. Elle essaya de marcher d'un pas dégagé, en portant le chat du côté opposé à celui où se trouvaient les policiers ; elle était profondément effrayée et, en même temps, se maudissait de sa paranoïa. C'était le matin en Italie, encore la nuit à New York. Elena avait treize heures devant elle avant son rendez-vous avec Broden, auquel elle n'irait pas, et elle supposait qu'il s'écoulerait encore du temps, à partir de cette entrevue manquée – peut-être quelques heures, peut-être une journée –, avant que la machine de l'enquête ne se mette en branle, avant que des agents ne se présentent à son appartement, avant que son passeport ne soit signalé. Mais elle voyageait avec son passeport canadien, pas avec l'américain ;

cela ferait-il une différence ? Elle n'en était pas sûre. Plus rien n'avait de sens. Elle était exténuée mais surexcitée, vivante, aux aguets, et ses pensées tournaient en rond comme un vol d'oiseaux de mauvais augure.

Munie du chat et de sa valise, Elena monta à bord du premier train pour Naples et regarda le soleil se lever sur la baie. Dans les toilettes exiguës du wagon, elle laissa Jim sortir de la cage, lui ouvrit la boîte de thon qu'elle avait apportée de Brooklyn et le regarda dévorer goulûment en ronronnant. Quelques heures plus tard, elle se retrouva sur l'île d'Ischia, devant l'entrée de l'hôtel rose, ne sachant trop que faire. Le restaurant semblait ouvert, un serveur s'affairait à mettre le couvert sur les tables, mais elle éprouva soudain le besoin d'avoir plus de temps. Elle ne savait pas que dire à Anton ; il avait été convenu entre eux qu'elle l'appellerait une fois qu'elle aurait le chat, et ils en étaient restés là.

Elena se détourna de l'hôtel et continua de descendre la rue pavée, qui s'incurvait avant de déboucher sur une large place. Il y avait là trois cafés dont les terrasses se distinguaient par leurs parasols d'un style différent, et un port rempli de bateaux de toutes les couleurs. Elle resta un moment en plein soleil, au bord de l'eau, à observer les bateaux qui se balançaient les uns contre les autres, au gré des clapotis, leurs coques en bois se cognant avec des bruits mats. À l'autre bout du port se dressait une colline couronnée d'arbres, creusée sur le devant d'une paroi rocheuse, qui était reliée à Sant'Angelo par une étroite bande de sable. Comme le chat devenait trop lourd à porter, elle rebroussa chemin vers la place, se dirigea vers la terrasse de café la plus proche et s'assit à une table ombragée par un immense parasol blanc. Son cœur cognait et sa tête tournait, le manque de sommeil de la nuit précédente la rattrapait. Elle avait le vertige. Le serveur s'approcha et lui adressa quelques mots. Elle le fixa d'un air ahuri et sourit, un peu paniquée. Il répéta sa phrase, dans une langue qui ressemblait à de l'allemand hésitant.

– Il vous demande si vous désirez de l'eau et un menu, lui chuchota d'un ton de conspirateur une femme installée à la table voisine.

– Ah ! fit Elena. Merci. Euh… *si. Per favore.* Et aussi un café *latte.* S'il vous plaît.

Deux hommes, assis quelques tables plus loin, parlaient avec animation en buvant du café. En entendant la voix d'Elena, l'un des deux regarda par-dessus son épaule une première fois, une deuxième fois, jeta un coup d'œil sur le chat, puis se leva lentement et la rejoignit à sa table. Il avait les cheveux plus longs que dans son souvenir, et on voyait à sa mine qu'il avait passé quelque temps au soleil.

– Elena, dit-il.

Plus tard, dans sa chambre, Anton la tint dans ses bras pendant qu'elle glissait dans le sommeil, contemplant le bleu du plafond. Le chat grimpa sur lui et s'endormit sur son ventre.

Encore plus tard, Anton descendit jusqu'au téléphone public, sur la place, sortit sa carte téléphonique et composa de mémoire un numéro.

– Je préférerais quand même t'appeler de mon portable, dit-il quand Aria répondit. Ce serait plus économique.

– Nous en avons déjà discuté, dit-elle. Qu'est-ce qui me vaut le plaisir ?

– J'ai le paquet. Il est arrivé hier.

– Excellent. Tu ne l'as pas ouvert ?

– Non.

– Bien. Tu vas me trouver paranoïaque, mais attends que je te rappelle de la cabine qui est en bas de chez moi. Dans trois minutes. Donne-moi le numéro d'Ischia.

– Tu ne parles pas sérieusement ?

Apparemment, si. Il resta près du téléphone pendant quelques minutes jusqu'à ce que l'appareil se mette à sonner.

– Ton contact sera au restaurant ce soir à dix heures, lui dit Aria.

Il y avait de la friture sur la ligne.

– Je veux toujours vingt mille dollars, dit-il.

– Je t'en donne dix-huit mille. À l'heure qu'il est, l'argent doit être versé sur ton compte.

– Aria, quelle est l'activité de ces gens-là ?

– Tu veux reprendre le business ?

– J'ai besoin de savoir. Tu as dit l'autre soir, au restaurant, qu'ils travaillaient dans l'import-export, mais qu'est-ce qu'ils expédient ?

– Quelle importance ?

– La nuit dernière, dit Anton, j'étais réveillé dans mon lit et je réfléchissais. C'est trop calme, ici, et ça fait un moment que je suis seul. Parfois, je n'arrive pas à dormir. Si ces gens se préparent à faire sauter le métro, Aria, je préviendrai moi-même Sophie pour Harvard.

– Voyez-vous ça ! Si je te disais qu'ils introduisent clandestinement aux États-Unis du matériel destiné à fabriquer des bombes, tu parlerais de Harvard à Sophie ?

– Je raconterais tout à tout le monde.

Après une pause, Aria reprit :

– Si tu ne veux plus être mon associé, le moins que tu puisses faire est de ne pas me mettre des bâtons dans les roues.

– Les explosifs, Aria, c'est trop pour moi. Je prends le métro pour aller travailler.

Suivit un silence tellement long, cette fois, qu'il crut l'avoir perdue. Au bout d'un moment, il dit :

– Aria ?

– Je suis toujours là.

– Alors dis-moi ce qu'ils expédient.

– À ce stade, je suppose que je peux te le dire sans trop de risques... Tu sais combien il est difficile d'immigrer aux États-Unis.

– Ben ouais, c'était le fondement même de notre plan. Qu'est-ce que ça a à voir avec…?

– Ils aident des gens à entrer dans ce pays. C'est tout.

– Je crains de ne pas…

– Bon. Ce qu'ils font, Anton, c'est qu'ils aident de charmantes demoiselles des ex-républiques soviétiques à commencer une nouvelle vie aux États-Unis. C'est assez clair pour toi, là?

– Du trafic d'êtres humains, murmura-t-il. Aria, je t'en prie, dis-moi que tu plaisantes.

– Nous avons toujours aidé les immigrants après leur arrivée dans le pays. N'est-il pas dans la logique des choses de les aider à y arriver en premier lieu?

– Comment t'es-tu retrouvée associée avec ces gens-là?

– Les importateurs? Ce sont eux qui ont fait entrer Natalka.

– Qui ça?

Le nom s'accrocha à une saillie de sa mémoire mais se déchira presque aussitôt, ne laissant que des lambeaux qui pendouillaient dans le vide. Anton connaissait une Natalka. Il avait rencontré une Natalka. Impression de rouge à lèvres, de fumée de cigarette. Authentique souvenir, ou était-ce simplement le fait d'avoir rencontré tant de jeunes filles russes portant du rouge à lèvres écarlate et fumant des cigarettes que, dès qu'il entendait un prénom à consonance russe, sa mémoire lui présentait une photo d'archives? Il ne distinguait pas bien son visage.

– Natalka, répéta Aria. Tu lui as vendu un passeport.

Alors, d'un coup, ses traits se précisent. Natalka a une vingtaine d'années, mais ses cheveux sont blancs. Pas blonds platine, comme la Norvégienne avec qui il était brièvement sorti au lycée. Natalka a des cheveux blancs argentés, blancs avec des dizaines d'années d'avance, et ils sont coupés court, de façon irrégulière. Dans un recoin de sa mémoire, elle est assise en face de lui à une table du Café Russe, porte une cigarette à ses lèvres et sourit. Elle inhale la fumée avec le désespoir languide d'une fille qui sera très bientôt à court de cigarettes et qui essaie de faire durer celle-là le plus longtemps possible. Ilieva s'approche de la table et leur demande ce qu'ils désirent commander ; en entendant son accent, Natalka sourit et se met à lui parler en russe. Ilieva s'anime au son de sa langue maternelle ; les deux filles bavardent un moment, puis Ilieva apporte un petit café noir dans lequel Natalka verse une telle quantité de sucre qu'Anton s'attend presque à voir le breuvage se solidifier. Il comprend qu'elle essaie de rendre son café aussi nourrissant que possible, et son cœur se serre un peu. Il lui offre un sandwich et la regarde manger.

— Comment êtes-vous venue ici ? lui demande-t-il.

C'est une question qu'il pose à presque tous ses « clients » depuis quelque temps. Leurs histoires sont rarement inintéressantes. Il avait le projet saugrenu d'écrire un jour un ouvrage sur le sujet – titre provisoire : *Guide totalement imaginaire de l'immigration clandestine à New York* – et, à cette fin, il prenait quelques notes le soir chez lui.

— Dans une boîte, répond Natalka. Je suis venue dans une boîte.

Elle allume une nouvelle cigarette, les mains tremblantes, et la porte vivement à ses lèvres. Elle a pâli ; son sourire s'est évanoui ; il ne la questionne pas davantage. Et c'est seulement plusieurs années après, sur l'île d'Ischia, le combiné d'un téléphone public collé à l'oreille, qu'il comprend ce qu'elle a voulu dire.

— Des conteneurs maritimes. Il s'agit de conteneurs maritimes, c'est bien ça ?

— Petit futé, dit Aria.

— Tu sais ce qu'elle est devenue ?

— Natalka ? Aucune idée. Elle m'a mise en contact avec les gens qui l'avaient fait venir, moyennant une ristourne sur son passeport, et c'est la dernière fois que je lui ai parlé.

– Je trouve que ce n'est pas bien.

– Oui, ça ne m'étonne pas de toi.

– Aria, tu sais ce que deviennent ces filles-là.

– Toutes ? Ne fais pas l'enfant, Anton. C'est une façon d'entrer aux États-Unis. Quelle vie mèneraient-elles, dans ces pays d'où elles viennent ? Ces petites villes ukrainiennes radioactives, ces sinistres petits villages sans emplois, ces pays en ruine où tout est corrompu ? Ce n'est pas qu'il n'y a pas d'industrie dans ces régions-là ; c'est que l'industrie, ce sont *elles*. Elles ont le choix entre être strip-teaseuses et call-girls là-bas ou strip-teaseuses et call-girls ici ; mais ici, au moins, elles ont une chance de s'en sortir. Quand tu y réfléchis, Anton, peux-tu affirmer que j'ai tort ?

– Non, finit-il par répondre. Je ne peux pas affirmer que tu as tort.

– En plus, tu aides une amie.

– Tu représentes beaucoup pour moi, Aria, mais le mot *amie* n'est pas exactement…

– Non, je te parle d'une personne qui arrive par le prochain bateau et que tu connais.

– Quoi ? Qui ça ?

– Ilieva est retournée en Russie il y a deux mois. Sa grand-mère était mourante et elle voulait la revoir, mais elle n'a pas pu obtenir de visa pour rentrer aux États-Unis et elle s'est retrouvée coincée sur place. Pense à tout ce qu'elle a fait pour nous au fil des années.

– Beaucoup.

– Donc, à ton tour de faire quelque chose pour elle. Descends au restaurant ce soir et donne l'enveloppe FedEx aux hommes qui la rapatrient à New York. La transaction est réglée en cinq minutes, et ensuite tu en as terminé. Le bateau d'Ilieva arrive sans encombre dans les docks de Red Hook. Le conteneur est emporté en camion et déchargé, et lundi matin elle est de retour à New York. Quant à toi, tu rentres demain à la maison, tu racontes à Sophie que tu as fait une dépression nerveuse ou je ne sais quoi, et la vie reprend son cours normal.

– Et la vie reprend son cours normal, répéta-t-il.

Il observait Elena. Dans la chambre d'hôtel, ils avaient fait l'amour et dormi un moment, après quoi elle avait voulu aller se baigner et il l'avait laissée se changer pendant qu'il descendait téléphoner à Aria. À présent, Elena traversait la place pieds nus, enveloppée dans une serviette, et se dirigeait vers la plage.

– Pourquoi faut-il qu'elle fasse le voyage dans un conteneur maritime ? Tu ne pouvais pas simplement lui envoyer un passeport ?

– On n'avait pas le temps. Elle m'a expliqué qu'elle avait des ennuis. Elle voulait quitter la Russie rapidement et c'était ce que je pouvais faire de mieux dans un délai si court.

– Aria, promets-moi que tu me laisseras tranquille après ça.

– C'est le tout dernier service que je te demanderai.

Elena descendit quelques marches et disparut sur la plage.

– Tu te rappelles, dit Anton, quand nous avions quatorze ans, le soir où je t'ai coupé les cheveux dans ta chambre ?

Elle demeura silencieuse quelques instants avant de demander :

– Pourquoi ?

– Je ne sais pas. J'y pensais encore tout à l'heure. Il y a eu une période de notre vie où nous n'étions pas si… si antagonistes, faute de trouver un meilleur mot.

– Je ne te considère pas comme un ennemi, dit Aria.

– Qu'est-ce que je suis pour toi, alors ?

– Écoute, j'adorerais rester au téléphone à bavarder, mais j'ai des choses à faire. C'est juste du business, Anton. Ne l'oublie pas.

– Juste du business, répéta-t-il.

– Au revoir, Anton.

Aria coupa la communication avant qu'il ait pu répondre. Il reposa le combiné et alla rejoindre Elena.

Elle était dans l'eau. Debout sur la plage, il la regarda nager jusqu'à la digue, pâle et pleine de grâce. C'était une superbe nageuse. Elle grimpa sur les rochers, se retourna et agita le bras à l'adresse d'Anton. Ce fut à cet instant-là qu'il sut : il vit le léger arrondi de son ventre quand elle pivota vers lui, le poids de ses seins quand elle leva le bras, et il comprit pourquoi elle était venue le retrouver.

– Seigneur ! dit-il tout haut.

Elena lui tourna le dos pour regarder en direction de Capri, petite silhouette éperdument érotique avec son short humide qui lui collait aux jambes (elle n'avait pas apporté de maillot de bain de New York), et il eut l'impression de tomber amoureux au sens littéral : une chute, sans la moindre prise pour freiner la descente. Elle revint vers lui à la nage et il l'enveloppa dans une serviette. Elle s'assit à côté de lui, recroquevillée contre son flanc, pas tout à fait frissonnante mais pas tout à fait réchauffée non plus, et il lui passa un bras autour des épaules. Il avait ôté son alliance pendant qu'Elena se baignait, et il entreprit maintenant de l'enterrer de sa main libre, l'enfonçant le plus loin possible dans le sable.

17

Ilieva traversant l'océan :

Il fait sombre, mais le mot « sombre » n'est pas assez fort. C'est de l'encre, du noir le plus pur, une absence de lumière absolument totale. L'air est dense et immobile. Quinze jeunes filles sont entassées dans une petite pièce carrée ménagée au centre d'un conteneur maritime. Elles sont assises épaule contre épaule, dos aux murs, et ce depuis que le bateau a quitté la Lituanie. Si on veut s'allonger, on doit se déplacer vers le milieu, mais elles ne peuvent pas s'allonger toutes en même temps, il n'y a pas la place, alors elles s'endorment souvent en position assise et se réveillent désorientées, les jambes engourdies et le dos courbatu. Le temps suspend son vol. Elles rêvent d'une goulée d'air frais. Le bateau est si énorme qu'elles ne sentent pas le mouvement des vagues, seulement la vibration sourde et régulière des moteurs, omniprésente dans leur chambre métallique. Leur vie en Amérique, telle qu'elles se l'imaginent, est enivrante et lumineuse, mais quand elles se laissent gagner par le sommeil, adossées aux murs, elles font des cauchemars. Elles ont parfois du mal à savoir si elles sont éveillées ou endormies.

Le capitaine les laisse sortir à l'occasion, quand c'est sans risque, mais les occasions sont trop rares et la claustrophobie est un pur supplice. Il y a une fille, originaire de Kiev, qui ne fait rien d'autre que de rester assise dans un coin à pleurer. Les autres essaient de la réconforter, mais aucune ne parle l'ukrainien et la fille de Kiev ne parle ni le russe ni l'anglais. Ilieva ferme les yeux dans les ténèbres suffocantes et repasse en boucle la même pensée dans son esprit : Je ne retournerai jamais à la maison. Elle remonte ses genoux sur sa poitrine et essaie de se perdre dans les souvenirs. La fille de Kiev, à côté d'elle, émet un sanglot et Ilieva lui prend la main. Elle est brûlante et fiévreuse, cette main, et la fille tremble. Elle est malade, et ça dure maintenant depuis des jours. Elle ne veut ni manger ni boire. Elle murmure quelque chose d'inintelligible à travers ses larmes.

– Je suis désolée, chuchote Ilieva, d'abord en russe puis en anglais. Je ne parle pas l'ukrainien. Je ne comprends pas.

Mais l'autre continue de murmurer et, au bout d'un moment, Ilieva finit par la comprendre, même si la fille délire, même si elles n'ont pas de langage commun. *Ma famille me manque. J'ai peur. Il faut tant de sacrifices pour venir ici, et j'ai laissé tant de choses derrière moi.*

18

— D'où venez-vous ? demanda David dans la soirée.

Elena était à Ischia depuis moins de six heures, elle avait dormi un peu et était allée se baigner. Maintenant, elle était attablée avec Anton et David sur la place, ils mangeaient de la pizza, et Anton la tenait par les épaules. Depuis quelques jours, le vent du large avait fraîchi. Deux ou trois autres retardataires de la saison touristique dînaient à l'intérieur du restaurant, mais il n'y avait qu'eux sur la terrasse. Un serveur était venu poser une bougie sur leur table ; dans la lumière vacillante, David semblait anxieux, mal à l'aise.

— De New York, répondit Elena.

— À l'origine, je veux dire.

— Un endroit dont vous n'avez jamais entendu parler, dit-elle d'un ton léger. Une ville du nord du Canada.

— Je suis allé au Canada. Je voyage beaucoup depuis la mort de ma femme.

— Pas si loin au nord, croyez-moi.

— J'ai pris la route de glace jusqu'à Tuktoyaktuk, dit David.

— Vous êtes allé à *Tuktoyaktuk* ? Sérieusement ?

— Je voulais aller le plus loin possible au nord. Vous venez de quelle ville ?

— Inuvik.

— J'y ai passé quelques jours.

– À Inuvik ? Pourquoi donc ?

– L'endroit me plaisait, dit David. C'était l'hiver et les aurores boréales étaient magnifiques. Le soleil ne se montrait jamais, mais ça me plaisait bien de vivre au clair de lune.

– C'est un trou, qui est toujours boueux quand il n'est pas gelé. Il n'y a rien par là-bas.

– Vous parlez du manque d'emplois ?

– Non, je parle du manque de tout. Du potentiel perdu. C'est difficile à expliquer. Il n'y a... les possibilités sont réduites à la portion congrue. Même les gens les plus intelligents finissent par ne rien faire de leur vie, parce qu'il n'y a rien à faire. Ce n'est pas vrai uniquement pour Inuvik, c'est vrai pour toutes les villes du monde qui sont petites et isolées. Moins de choses sont possibles dans des endroits comme ceux-là.

– Je peux comprendre. Vous croyez aux fantômes ?

– David, intervint Anton, cette malheureuse vient juste d'arriver.

Il ne parvenait pas à ôter sa main de la cuisse d'Elena, sous la table.

– Vous savez à quel point je déteste les futilités.

– Je suis bien de votre avis, approuva Elena. C'est futile.

– Bien dit.

– Je ne pense pas croire aux fantômes, non.

– En avez-vous déjà vu ?

– Non. Autrement, j'y croirais.

Elle était fatiguée. Un peu plus tard, elle s'excusa et partit se coucher. David but une gorgée de son verre de café et contempla le port.

– J'aime bien cette fille, dit-il.

– Moi aussi.

De mémoire d'homme, c'était la première fois qu'Anton était pleinement satisfait.

– Qu'est-ce qu'elle fait ici ?

– Je n'en ai aucune idée.

Anton savait très précisément ce qu'elle faisait là, mais il n'avait pas envie d'en parler. La soirée était trop belle ; les étoiles brillaient, le café était excellent, dans quelques heures la transaction serait terminée et il serait définitivement libre. Il y avait Elena, bientôt il y aurait un enfant, et il réfléchissait déjà à un choix de prénoms. *Esme. Michael. Zooey. Lucille.*

— Je n'ai aucune idée de ce que je fais ici, moi non plus, dit David d'une voix un rien cassante. Je songe à partir demain.

— Pourquoi voulez-vous partir ? demanda Anton, saisi d'un sentiment de solitude qui le surprit.

— Si je vous le dis, vous allez me croire dingue.

Renversé en arrière sur sa chaise, David contemplait les étoiles.

— Je vous promets que non.

— J'ai encore senti ces... ces *picotements* sur ma nuque, aujourd'hui. Ça a l'air absurde, dit comme ça, mais je ne vois pas comment l'exprimer autrement. Ce matin, j'étais assis sur ce mur, là-bas, dos au port, à lire tranquillement le journal, et voilà que cette sensation me prend. Je me retourne, personne ne m'observe. Mais la dernière fois que j'ai ressenti ça, les *deux* dernières fois, elle m'est apparue un peu plus tard.

— Qui ça, « elle » ?

— Ma femme, répondit David. Et si je reste ici, sur cette petite île, je ne tarderai pas à la voir réapparaître. Combien de temps peut-on fuir un fantôme ? Ça fait maintenant cinq ans qu'elle est morte. Je ne sais pas pourquoi j'ai peur d'elle. Enfin quoi, merde, c'est *Evie* ! C'est ma femme. Je l'aime. Mais j'ai peur des morts.

— Qui n'en a pas peur ? hasarda Anton, mal à l'aise, ne sachant pas trop quelle attitude adopter.

— Dans l'idéal, personne. Dans l'idéal, on... je ne sais pas, on devrait les *étreindre*, mon vieux, on devrait *accepter* le fait qu'ils se promènent parmi nous, putain, et continuer de vivre normalement. Ça ne devrait pas poser un si gros problème, d'accord ? Il arrive que les choses se chevauchent.

– Vous croyez qu'ils se promènent…

Nullement désireux d'entendre la réponse à sa question, Anton s'interrompit et laissa sa phrase en suspens dans les airs.

– Vous n'écoutez pas ? Je l'ai *vue*. Deux fois.

– Après, dit Anton.

– Oui, putain, *après* ! Quand elle est morte, je suis parti vers le nord, comme je le disais à Elena. Il n'y a rien par là-bas, mais c'était justement le but : je voulais fuir loin de tout, loin du cauchemar des derniers mois. Je crois, en fait, que j'essayais de partir aussi loin du service de cancérologie qu'il m'était humainement possible de le faire. J'ai vendu tous mes biens, résilié le bail de mon appartement et mis le cap plein nord. Le paysage était tellement beau que je ne peux même pas vous le décrire. La lumière du jour était presque inexistante, il n'y avait que l'obscurité et le crépuscule, et je n'avais jamais vu la lune briller à ce point. Je voyais les aurores boréales par la fenêtre de ma chambre d'hôtel. Je suis resté quelque temps à Inuvik, puis j'ai pris la route de glace jusqu'à Tuktoyaktuk, et un jour j'ai loué une motoneige pour me balader un peu à l'extérieur de la ville. C'est le grand calme dans ce coin-là, mais la motoneige faisait du bruit et je voulais profiter du silence cinq minutes. J'ai donc coupé le moteur, et là j'ai eu l'impression que quelqu'un m'observait. Je me suis retourné, et elle était là…

David esquissa un geste de la main et Anton, dans ce simple mouvement, eut presque l'impression de voir une apparition.

– Elle était sur un monticule neigeux, dans sa robe de mariée. Ça n'a duré qu'un instant, juste un flash, mais elle m'a souri et j'ai senti le parfum à la vanille qu'elle se mettait toujours.

– Et ça s'est reproduit ?

– Oui. J'ai quitté l'Arctique à fond de train et me suis dirigé vers Sault Ste. Marie, où je suis resté quelque temps, après quoi je suis allé en Europe. Et à Athènes, j'ai vu ma femme dans la foule. Alors là, évidemment, vous vous dites : *D'accord, tu l'as vue dans la foule à Athènes, tout ce que tu voudras.* On peut voir *n'importe qui* dans une foule à Athènes. Il y a foutrement trop de gens par-là-bas, c'est le problème avec cette ville, et tout être humain vu de dos ressemble à quelqu'un d'autre. Mais je marchais dans la rue et j'ai vu, loin devant moi, une Noire vêtue d'une longue robe bleue. Ma femme était kényane et sa robe de mariage était bleue. Cette femme, dans la foule, apparaissait et disparaissait successivement. J'ai commencé à la suivre, mais je ne pouvais pas m'en approcher. Et juste au moment où je me disais : *Allez, reprends-toi, ça fait des années qu'elle est morte...* Evie s'est retournée et m'a *souri*. C'était comme si on s'était perdus de vue et qu'elle attendait que je la rattrape.

Les implications de cette dernière phrase firent courir un frisson dans le dos d'Anton.

— Simple histoire de fantômes, dit-il faiblement, en essayant d'émettre un rire enjoué.

— Le problème, dit David, c'est que je ne suis pas insensible à la peur, je n'arrête pas d'espérer que je vais cesser de la voir et trouver, je ne sais pas, une espèce de paix en ce monde... mais si elle partait, si elle partait *vraiment*, j'entends, si je ne pouvais plus me dire qu'elle est quelque part près de moi, je crois qu'elle me manquerait encore plus. Il n'y a donc pas moyen d'en sortir.

— Il vous est arrivé de la voir quand vous étiez avec quelqu'un d'autre ?

— Non. Uniquement quand je suis seul.

— Dans ce cas, nous allons rester un moment ensemble. L'autre soir, sur le port, vous m'avez dit que, pour une certaine somme d'argent, vous seriez prêt à faire la transaction à ma place.

— Faites-moi une offre, dit David. Dieu sait si j'aurais bien besoin d'argent de poche.

— Est-ce que vous le feriez pour cinq cents euros ?

— Vous me paieriez cinq cents euros pour donner une enveloppe à quelqu'un ?

– Je ne connais pas ces gens-là. C'est peut-être dangereux, ils risquent…

– Marché conclu, l'interrompit David. Tout ira bien.

Après la fermeture du restaurant, ils s'assirent sur un muret en pierre, près du port, et regardèrent les bateaux. Anton éprouvait le sentiment exaltant d'une liberté toute proche. Plus tôt dans la journée, il avait appelé son ancienne banque à New York pour demander qu'on lui vire les dix-huit mille dollars d'Aria sur son compte en banque local, où il avait déjà transféré le gros de ses économies. Et maintenant, assis avec David dans la semi-pénombre, il pensait à la nouvelle vie radieuse qui commencerait demain : il prendrait un emploi quelque part et vivrait à Sant'Angelo avec Elena et leur enfant.

– Quelle heure est-il ? s'enquit David.

Anton perçut la tension dans sa voix.

– Neuf heures cinq, dit-il. Elle n'apparaîtra pas si nous sommes ensemble, n'est-ce pas ?

– Non.

– Alors je vais attendre avec vous, dit Anton. Je vais attendre avec vous jusqu'à ce qu'il soit l'heure.

Ils s'éloignèrent à pied du port et longèrent l'étroite bande de sable qui reliait l'île d'Ischia proprement dite à son satellite, l'îlot rocheux qui émergeait de la mer de l'autre côté. Celui-ci était tout proche de l'île principale et personne n'y habitait. Du côté qui faisait face au port, quelques hôtels étaient disséminés au pied de la paroi rocheuse. Un sentier contournait l'îlot par la droite. Ils entreprirent de le grimper, mais le sentier était raide et escarpé. Au bout d'un petit moment, ils se retournèrent, adossés à un banc de sable et de stéatite, et regardèrent le village en contrebas. Au-delà du port, Sant'Angelo était un mur de lumières et de maisons qui s'étageaient à flanc de colline. Anton put repérer leur hôtel, à la lisière de la place éclairée.

– Comment était-elle ? demanda-t-il.

– Evie ? C'est curieux, vous savez. Quand les gens meurent, on en garde le souvenir d'anges. Au fil du temps, ça devient de plus en plus dur de se rappeler comment ils étaient en réalité. Elle n'était pas un ange… je veux dire, c'est vrai, je fourguais de la coke et elle s'occupait de l'aspect financier. Elle n'était donc pas nécessairement *bonne* au sens où on l'entend généralement, quand on respecte scrupuleusement la loi et qu'on s'interdit de vendre de la drogue. Mais elle était bonne pour moi. Nous étions bons l'un pour l'autre.

– C'est tout ce qui importe, je suppose.

– Personnellement, c'est ce que je pense. Et vous, votre femme ?

– Ma femme ? Je ne sais pas. Elle a annulé deux fois notre mariage. Elle projetait déjà de me plaquer et de s'installer à San Francisco quand nous avons quitté New York pour notre voyage de noces. Nous nous sommes mutuellement déçus.

– Vous ne l'aimez pas ?

– Si. Du moins, je l'aimais. Mais pas suffisamment. Je ne sais pas pourquoi nous avons éprouvé le besoin d'aller jusqu'au bout, aussi bien elle que moi… Regardez !

Une unique lumière, pâle reflet à la surface de l'eau, s'était allumée dans le restaurant de leur hôtel. C'était difficile à dire de cette distance, mais Anton crut voir bouger des silhouettes à travers les fenêtres éloignées. Quatre personnes qui disposaient des chaises autour d'une table.

– Il faut rentrer, dit-il. Partez devant et tâchez de ne pas faire de bruit. S'ils vous entendent, dites-leur que vous vous appelez Anton Waker et que vous descendrez le paquet tout à l'heure. J'arriverai quatre minutes après vous. On se retrouve dans votre chambre.

David acquiesça sans un mot et commença à descendre le sentier. Anton se sentit soudain coupable à l'idée de l'envoyer ainsi en éclaireur, tout seul, alors que son épouse fantôme pouvait l'attendre, souriante, à n'importe quel détour du chemin ; puis, se rappelant qu'il ne croyait pas aux fantômes, il se traita d'idiot. Après ça, il resta quelques minutes à fixer sa montre pendant que David longeait l'étroite bande de sable avant de disparaître dans les ombres qui bordaient la place. Ça ne faisait pas encore tout à fait quatre minutes, mais Anton, ne pouvant y tenir davantage, décida de le suivre.

Il n'y avait personne sur la plage. Les bateaux se balançaient en silence contre les jetées, le clapotis des vagues étant calmé par la digue. La place était déserte. La porte d'entrée de l'hôtel n'était pas fermée à clef, comme d'habitude. Anton se faufila dans le hall presque sans bruit, entendit un murmure de voix en provenance du restaurant. Vague impression de lumière dans le couloir. Il regarda en haut de l'escalier et vit David, accroupi sur le palier, qui lui sourit en levant un pouce victorieux : il s'était introduit sans se faire repérer. Anton lâcha la porte, trop tôt : elle lui échappa et se referma bruyamment, et le murmure de voix s'interrompit net. Il resta silencieux. Les hommes dans le restaurant restèrent silencieux. David resta silencieux ; il avait les mains étroitement nouées, les articulations blêmes, et il fusillait Anton du regard. Anton ferma les yeux et songea à prier, mais il n'était jamais allé à l'église et n'avait personne à prier – surtout en cet instant, où le monde lui paraissait tout sauf saint.

– Hello ? cria quelqu'un en anglais.

Anton fit signe à David – *Ne bougez pas* – et s'engagea dans le corridor non éclairé qui reliait le hall au restaurant.

À part l'unique lampe allumée sur l'une des tables, près de la fenêtre, le restaurant était plongé dans l'obscurité. Les chaises, renversées sur les tables, projetaient des ombres sur les murs. Quatre hommes, assis, observaient Anton. Ils étaient âgés d'une trentaine d'années, bien habillés, de nationalité indéterminée. Ils le regardèrent d'un air impassible, sauf l'homme assis à la droite d'Anton, qui sourit et lui indiqua un siège vide.

— Je vous en prie, joignez-vous à nous.

Une bouteille de vin à moitié pleine trônait sur la table. L'un des hommes replia une carte routière et la fit disparaître pendant qu'Anton s'asseyait. Un autre rangea des documents en une petite pile soignée et les retourna, face vierge sur le dessus.

— Qu'est-ce qui vous amène sur l'île d'Ischia, mon ami ?

L'homme avait un accent britannique avec des intonations d'Europe de l'Est.

— J'écris un guide touristique, répondit Anton.

Il se maudit aussitôt pour la stupidité de cette réponse. D'un autre côté, se dit-il, Aria n'était pas au courant de son projet de guide ; donc, peut-être que tout n'était pas encore perdu, peut-être que son faux pas n'était pas désastreux, peut-être qu'ils pourraient encore le prendre pour David Grissom et prendre David Grissom pour lui.

— Un guide d'Ischia à la morte-saison ?

— Un guide du monde à la morte-saison.

Ils restèrent un moment sans parler, puis l'un d'eux se mit à rire et leva son verre pour porter un toast.

— Au monde à la morte-saison ! dit-il. Santé ! (Les autres levèrent aussi leurs verres.) Un peu de vin ?

— Merci.

L'un des hommes le servit. Voyant qu'on semblait attendre de lui une réaction, Anton en but une gorgée et hocha la tête d'un air appréciateur. Il avait conscience de paraître parfaitement calme — un don qu'il avait toujours eu, extraordinairement utile dans sa première carrière —, mais ses nerfs étaient du verre pilé. Le vin n'avait aucun goût. C'était un choc de se rendre compte que le moment était bel et bien arrivé ; après toutes ces semaines de tension à attendre la transaction, celle-ci était enfin sur le point d'avoir lieu.

— Excellent, dit-il. Merci.

— Anton Waker, je présume, dit l'homme à l'accent britannique.

– Pardon ? Oh ! non. En fait, je suis David Grissom. Je crains que vous ne m'ayez pris pour...

Le moment semblait parfaitement choisi pour s'échapper ; il eut un sourire d'excuse et fit mine de se lever, mais son voisin le retint par le bras.

– Restez, restez, vous ne croyez pas que nous allons si vite renier notre hospitalité ? Il y a eu un petit malentendu, mais que cela ne vous empêche pas de passer un moment avec nous. C'est une bien belle soirée et, comme vous dites, ce vin est excellent. Je m'appelle Alberto, se présenta l'homme à l'accent anglais. Ali pour faire court. Et voici Claro, Mario et Paul.

Claro fit une remarque, dans une autre langue, qui fit sourire ses compagnons. Anton sourit également, essayant de se montrer aussi poliment niais que possible, et se demanda comment ils s'appelaient réellement. Il percevait avec acuité les battements de son cœur.

– Et vous pourriez vous demander, reprit Ali, pourquoi Ischia un vendredi soir d'octobre ?

– Pourquoi Ischia, répéta Mario.

À défaut d'être exactement anglais, son accent pincé évoquait de coûteuses études en Angleterre.

– Parce que j'aime la paix et le calme, dit Ali.

– Difficile de trouver plus calme qu'une destination touristique à la morte-saison, observa Anton.

– Voilà un homme selon mon cœur. Toutes les destinations touristiques sont calmes en hiver, mais il n'y a pas beaucoup d'endroits aussi paisibles que celui-ci. Pas de voitures. Pas de touristes. Les boutiques sont barricadées ; le marché n'ouvre quasiment jamais. Et mon nouveau restaurateur préféré a l'amabilité de nous offrir l'hospitalité. (Il leva de nouveau son verre.) À Gennaro !

Les autres reprirent son toast, sauf Paul, qui se borna à sourire.

– Vous séjournez dans cet hôtel, monsieur Grissom ? s'enquit Ali.

– Oui.

– Vous ne connaîtriez pas, par hasard, un certain Anton Waker ? Un client comme vous ?

– Anton Waker…, répéta pensivement Anton.

Sa peur s'était envolée. Il éprouvait exactement les mêmes sensations qu'à l'époque où il vendait des cartes de sécurité sociale à New York : une parfaite sérénité, une assurance qui prenait possession de lui. Il se faisait l'effet d'un poisson qui se retrouve dans l'eau, d'un oiseau qui reprend son envol. Il but une gorgée et fit tournoyer le vin dans son verre, l'air songeur.

– Le nom me dit quelque chose. Oui… (Il reposa son verre mais le vin continua de remuer.)… oui, en effet, je vois l'homme dont vous parlez. Cheveux bruns, taille moyenne ? Il occupe la chambre voisine de la mienne.

– Vous le connaissez bien ?

– Waker ? Non, à peine. Nous nous sommes salués deux ou trois fois.

– A-t-il précisé quand il comptait quitter l'hôtel ?

Et la peur s'abattit à nouveau sur Anton.

– Je me contente de lui dire bonjour dans le couloir, c'est tout. Nous n'avons jamais vraiment bavardé.

Ses jambes tremblaient un peu sous la table, mais ses mains étaient fermes.

Ali acquiesça. Les autres regardaient Anton sans ciller. Il feignit de réprimer un bâillement.

– Pardonnez-moi, dit-il, mais la journée a été longue. Si vous voulez bien m'excuser, je crois que je vais monter me coucher. Encore merci pour le vin.

– Il n'y a pas de quoi, dit Claro. Voulez-vous demander à Waker de descendre ?

– Certainement. Bonne nuit.

Anton les entendit parler dans une autre langue tandis qu'il s'éloignait dans le couloir et approchait du pied de l'escalier. Ce n'était pas de l'italien, il en était sûr, mais il ne pouvait l'identifier précisément. Ça ressemblait un peu à du russe. David était debout sur le palier ; Anton lui fit signe de ne pas bouger. Il gravit les marches, passa devant lui, frappa bruyamment à la porte de la chambre vide de David, l'ouvrit, la referma, puis se déchaussa et rebroussa chemin sur la pointe des pieds pour rejoindre son compagnon.

– Écoutez, chuchota-t-il, ça m'a l'air différent de ce que je croyais au départ.

– Comment ça ?

– Ça me paraît plus dangereux que je ne le pensais.

David haussa les épaules.

– Ça ira, dit-il dans un murmure. Je regrette seulement de ne pas avoir de revolver.

– Quoi ?

– J'en avais toujours un sur moi quand je vendais de la coke. Je ne m'en suis jamais servi, mais j'aimais bien le sentir dans ma poche. Allez chercher l'enveloppe.

Anton entra dans sa chambre et referma la porte derrière lui. Elena s'était assoupie en laissant la lampe de chevet allumée, et elle était invraisemblablement délicieuse dans la lumière jaune. Jim était pelotonné contre son flanc. Elle se réveilla en sursaut et s'assit en clignant des paupières.

– Quelle heure est-il ?

– Dix heures et quart. Chut, rendors-toi.

Mais elle était maintenant bien réveillée et l'observait. Anton, à quatre pattes, farfouillait sous la penderie. Ses doigts touchèrent le bord de l'enveloppe FedEx.

– Qu'est-ce que tu fais ? demanda-t-elle dans un murmure théâtral. Qu'est-ce qui se passe ?

– C'est le moment, dit-il en mettant un doigt sur ses lèvres.

– Cette fameuse transaction dont tu m'as parlé ?

– Je ne veux pas qu'ils entendent ta voix. Ferme à clef derrière moi et éteins la lampe, d'accord ?

Elle acquiesça et il se faufila dans le couloir. La clef tourna dans la serrure avec un *clic !* sonore qui fit grimacer Anton et le rai de lumière sous la porte s'évanouit. David, immobile, l'attendait en haut de l'escalier.

– Descendez et dites-leur que vous êtes Anton Waker. Quand ils vous le demanderont, vous avez un paquet pour eux.

– Anton Waker. (Les yeux de David flamboyaient. Presque n'importe quelle aventure était préférable aux limbes.) Et sérieusement, vous me payez cinq cents euros pour ça ?

– Quand ce sera terminé, dit Anton, je pourrai mener une vie différente. Pour moi, ça vaut bien cinq cents euros.

– Je comprends.

– Ils vous parleront peut-être de ma cousine, dit Anton à voix basse. Elle s'appelle Aria. Aria Waker. C'est elle qui orchestre toute l'affaire.

– Aria Waker, chuchota David. Je m'en souviendrai.

Anton ouvrit son portefeuille, compta cinq billets de cent euros et les donna à David, qui les mit en éventail pour mieux les examiner en souriant avant de les fourrer dans sa poche. Anton lui remit l'enveloppe FedEx contenant les passeports et David s'engagea dans l'escalier.

– Attendez ! souffla Anton.

Il alla s'accroupir devant la porte de sa chambre et murmura dans le trou de la serrure : « Elena, ouvre ! » et elle tourna aussitôt la clef. Il se glissa dans la pièce et prit le Beretta de la chanteuse dans le tiroir supérieur de la commode. Elena poussa une exclamation étouffée en voyant l'arme luire au clair de lune, mais Anton ignora sa réaction. De retour dans le couloir, il plaqua le pistolet dans la main de David.

– Tenez. Mais ne tirez pas, O.K. ?

– Ne vous en faites pas, murmura David en mettant l'arme dans la poche de son sweat-shirt. Merci. Ces types sont donc si dangereux que ça ?

– Franchement, je le pense.

– Au moins, vous êtes honnête.

– Merci. J'essaie.

David Grissom descendit l'escalier.

Sur le palier du premier étage, Anton n'avait rien d'autre à faire que d'attendre. Derrière lui, dans la chambre fermée à clef, Elena était silencieuse. Il entendait les mouvements de Jim – un bond du lit sur la commode, puis de la commode sur le tapis, les coussinets de ses pattes amortissant les atterrissages – et il se prit à souhaiter que le chat reste tranquille. Il entendit les voix en provenance du restaurant, indistinctes d'ici, un murmure de salutations – quelqu'un prononça son nom –, puis une conversation qu'il ne put saisir. Il s'accroupit dans les ombres, l'oreille aux aguets. Le temps passait très lentement. Il eut tout loisir d'enregistrer les moindres détails qui l'entouraient : les contours des rampes, la texture granuleuse du linoléum sous sa paume. Il commença à trouver que la remise de l'enveloppe durait bien longtemps. Il consulta sa montre : quinze minutes s'étaient écoulées. Il y eut un raclement de chaises, puis le bruit d'un objet, petit et dur, qui tombe par terre. Et puis une phrase, parfaitement claire : « Vous êtes venu armé, monsieur Waker ? » – mais il eut beau tendre l'oreille, il ne put comprendre la suite, jusqu'au final : « … une promenade sur la plage ? » Et il entendit alors la voix de David, maintenant nerveuse : « En pleine nuit ? »

Les voix devenaient plus distinctes ; le groupe se déplaçait vers le pied de l'escalier, vers l'entrée. Il y eut des pas, un murmure étouffé – « Non, je vous en prie... après vous » –, puis la porte de l'hôtel s'ouvrit et se referma. Le silence retomba. Anton frappa discrètement à la porte de sa chambre, où Elena attendait.

– Qu'est-ce qui se passe ? chuchota-t-elle.

– Ils l'ont emmené dehors.

Anton ferma le panneau derrière lui. À travers les portes vitrées coulissantes, le clair de lune brillait avec éclat. Il voyait clairement Elena mais ne put croiser son regard. Assise en tailleur sur le lit, elle l'observait. Il s'approcha de la fenêtre, le front presque contre la vitre, et attendit que les hommes apparaissent sur l'étroite bande de sable qui reliait Ischia à l'îlot rocheux. Le plus silencieusement possible, Anton entrebâilla la porte vitrée de quelques centimètres ; aussitôt, les bruits de l'océan et du vent s'engouffrèrent dans la chambre. Les hommes marchaient en groupe compact, silhouettes sombres qui s'éloignaient sur le sable, et il n'aurait su dire lequel d'entre eux était David. Arrivés à l'extrémité de la plage, ils s'arrêtèrent. Il y eut apparemment une discussion, puis ils s'engagèrent dans le sentier escarpé qui contournait l'îlot, ombres grisâtres au clair de lune, et disparurent bientôt à la vue d'Anton. Il attendit.

À l'intérieur de la chambre, ils étaient parfaitement immobiles. Perché sur la table de chevet, Jim considérait son maître d'un air grave, l'œil luisant. Elena était assise sur le lit et Anton, debout devant les portes coulissantes, s'efforçait de distinguer un mouvement quelconque dans l'obscurité de l'îlot. Il jetait de fréquents coups d'œil sur la pendulette de voyage. Cinq minutes passèrent, puis dix. Long silence, suivi d'une détonation, d'une ondulation à la surface de la nuit, si vite dissipée qu'il crut d'abord l'avoir imaginée : Si je me retourne et que le visage d'Elena n'exprime rien, c'est que je l'aurai bel et bien imaginée, qu'il n'y a pas vraiment eu de coup de feu. Mais quand il regarda par-dessus son épaule, Elena avait la paume de sa main pressée sur sa bouche et des larmes roulaient sur ses joues. Le bruit se répéta une fois, deux fois. Trois balles ; Elena tremblait ; elle était sur le point de hurler.

– Pas un son, lui dit-il.

Elle le dévisagea quelques instants, puis alla dans la salle de bains. Un rai de lumière tremblota sous la porte et il entendit couler le robinet. Il ferma la porte vitrée mais laissa entrouvertes les persiennes en bois et regarda par l'interstice.

Finalement, il les vit réapparaître. Un groupe de silhouettes, quatre à présent au lieu de cinq, redescendait le sentier. Les hommes rebroussèrent chemin vers l'hôtel rose, passant par l'étroite bande de sable, et Anton cessa de respirer quand ils s'en approchèrent, mais aucun d'eux n'y entra. Il y eut des voix feutrées et des raclements de pieds sur les pavés, devant l'hôtel. Quelqu'un rit. Anton se posta près de la porte de la chambre, pétrifié, mais il n'entendit pratiquement rien : de vagues murmures, des pas qui s'en allaient. Un long moment plus tard, une voiture démarra sur la route, à la sortie de Sant'Angelo, et s'éloigna.

19

Dans l'un des appartements d'une étincelante tour de verre aux arêtes vives, à New York, Aria était assise, seule, sur un divan en cuir blanc. Elle avait fait installer à grands frais des doubles vitrages, de sorte que le silence était quasi absolu. Un téléphone était posé sur une table en marbre, à ses genoux. Elle était assise là depuis une heure quand l'appareil se mit à sonner ; le bruit la fit sursauter ; elle jeta un coup d'œil sur sa montre et décrocha le combiné pour regarder l'affichage du numéro, qui indiquait ITALIE sans autre précision.

— C'est fait, dit Ali.

— Merci. Je vous rappelle bientôt.

La communication fut coupée. Aria posa le récepteur sur la table basse et se renfonça dans le divan. La pièce était grande et dénuée de couleurs : murs blancs, moquette blanche, cuir blanc, téléphone blanc. Ce décor, elle l'avait voulu ainsi ; d'ordinaire, l'absence de couleur l'apaisait, mais en cet instant, ça lui donna l'impression d'être un fantôme. Elle referma les yeux et s'aperçut que ses mains tremblaient. Elle avait le tournis. Au bout d'un long moment, elle se leva et se dirigea d'un pas incertain vers la chambre, où elle prit sa valise sur l'étagère de la penderie. Elle fit ses bagages rapidement, dans un état second. Puis elle endossa son manteau et quitta l'appartement.

20

Dans la rue, Aria héla un taxi. À l'aéroport de LaGuardia, elle appela les parents d'Anton d'une cabine téléphonique.

Ce fut le père d'Anton qui répondit.

– Sam, dit-elle.

– Aria ?

– Je m'en vais. Je pars ce soir et je serai absente quelque temps. Tu n'as pas eu de nouvelles de moi, d'accord ?

– Bon, d'accord. Il y a un problème ?

– Sam, je suis désolée. Je suis… vraiment désolée.

– Il est arrivé quelque chose ?

– Tu devrais peut-être t'asseoir.

– Attends.

Il parlait sur un téléphone sans fil. Sa femme, dans le salon, était plongée dans un livre. Il passa devant elle, l'appareil à la main, ferma la porte de l'appartement derrière lui, traversa le vaste entrepôt ombreux et sortit sur le quai de chargement, dont il ferma également la porte. L'été avait fini par prendre congé ; il faisait froid dehors et Sam ne portait pas de veste. Il resta debout sur la plate-forme de chargement, adossé au mur.

– C'est bon, dit-il calmement. Raconte-moi ce que tu sais.

– Écoute…

La voix d'Aria était étranglée, méconnaissable. Il se fit la réflexion, dans un recoin de son esprit qui demeurait rationnel et détaché malgré la nouvelle indicible qu'elle lui annonçait, qu'elle n'avait encore – à sa connaissance – jamais pleuré. Même le jour où sa mère avait été expulsée des États-Unis, par un bel après-midi de mars, quand Aria avait onze ans. Étrange enfant.

– Je ne comprends pas, dit-il au bout d'un moment.

Le building d'Aria était visible de l'autre côté du fleuve, quelque part dans la masse de tours en verre éclatantes qui entourait le World Trade Center disparu. Elle le lui avait montré du doigt, un jour, mais il n'était pas très sûr de savoir lequel c'était. Ce soir, Manhattan était aussi éloigné qu'une autre galaxie, qu'une constellation de fenêtres éclairées, indifférentes.

– Il y a eu un accident, Sam.

Et elle se remit à tout expliquer depuis le début, une histoire compliquée : un contrat qui avait mal tourné, un malentendu, un corps qu'il était impossible de récupérer sans lancer à leurs trousses à la fois le F.B.I. et la pègre. Mais Sam avait du mal à écouter – ou du mal à comprendre, il n'aurait su dire exactement. Le téléphone plaqué sur l'oreille, il regardait le fleuve sans le voir.

La communication terminée, il retourna dans le magasin et verrouilla derrière lui les portes du quai de chargement. Tout au fond du spacieux entrepôt, la porte de l'appartement était une ombre qu'il ne put se résoudre à franchir. De l'autre côté de cette porte, sa femme lisait. Elle lèverait la tête quand il entrerait ; il s'agenouillerait à côté d'elle et commencerait à parler. Il ne s'en sentait pas encore le courage. Il fit la lumière dans le coin de la pièce où deux figures de proue, qu'il avait récemment entrepris de restaurer, attendaient un coup de pinceau. Sam resta un moment à les contempler. Elles étaient belles, à ses yeux, et il comprit confusément que c'était important de concentrer son attention sur une tâche, de s'occuper les mains – même si elles tremblaient. Il alla chercher dans une armoire à outils sa peinture et ses burins. Il se disait qu'il y aurait peut-être un moyen de survivre à la nouvelle que lui avait annoncée Aria.

L'une des figures de proue avait été repêchée au large du détroit de Gibraltar. Elle représentait une femme aux traits énergiques, le buste arqué en avant, ses bras disparaissant dans les replis de sa robe, laquelle disparaissait dans les replis des vagues sculptées. L'autre, récupérée à la suite d'un naufrage au large du cap de Bonne-Espérance, était sertie de balanes qui adhéraient à ses cheveux comme des étoiles. Elle tenait dans ses bras un poisson. Ces deux personnages se trouvaient être des femmes, mais ce n'était nullement une généralité. Sam, tout en travaillant, se remémora d'autres figures de proue qu'il avait vues dans des livres. Certaines prenaient la forme de dragons, de lions, de princes et de rois. Le clipper *Styx* s'ornait d'une tête de diable. Tous les bateaux de pirates étaient dotés de Pégases et, au XIXᵉ siècle, le *Flying Cloud* arborait un ange embouchant une trompette. En Angleterre, sous le règne d'Henri VIII, la figure de proue préférée était le lion. Le bateau corsaire anglais *The Terrible* avait un squelette à la barre. La corvette française *Le Revenant* appareillait avec un cadavre.

Au bout d'un long moment, il s'aperçut qu'il regardait la figure de proue sans la voir et que ses mains recommençaient à trembler. Il consulta sa montre ; il était onze heures du soir et le rai de lumière, sous la porte de l'appartement, avait disparu. Sa femme était couchée. Il avait survécu aux toutes premières heures. Il battit des paupières et se pencha de plus près sur son travail. Il avait ôté les antiques balanes, carapaces décolorées, qui s'étaient fixées à la chevelure sculptée de la figure de proue du cap de Bonne-Espérance. Travail délicat effectué avec un ciseau à fine lame. Elle avait coulé à pic, dans un nuage de soie et d'oranges, tandis qu'à la surface une tempête se déchaînait sur l'océan. Des débris du navire marchand avaient sombré en même temps qu'elle, des rouleaux de soie se dévidant de leurs attaches brisées. Quelques hommes avaient coulé avec l'épave, lui avait-on dit, mais d'autres avaient réussi à remonter à l'air libre, grimpant sur des rochers et s'y cramponnant en attendant la fin de la tempête, cueillant autour d'eux les oranges qui flottaient sur la mer avant de se mettre en route, trempés, vers la ville la plus proche. Finalement, Sam posa son outil et entreprit de repeindre le poisson que tenait la femme sculptée. Il donna à ses écailles un ton bleu-vert chatoyant et peignit l'intérieur de sa gueule béante du même rose que la chair d'une goyave.

À minuit, Samuel Waker abandonna son pinceau et sortit contempler le fleuve, les lumières de Manhattan qui brillaient sur l'autre rive. L'East River coulait sur le lit rocheux criblé de profonds tunnels aménagés pour les trains souterrains, rejoignait l'Hudson et passait devant la statue de la Liberté, au sud-est, avant de sortir du port de New York pour se jeter dans l'Atlantique. Ces mers nocturnes qui encerclent les pays : l'Atlantique devient la Méditerranée au-delà du détroit de Gibraltar et, au-delà de la Sardaigne, la Méditerranée devient la mer Tyrrhénienne. Et là, sur une île de la mer Tyrrhénienne, Anton était assis sur le balcon de son hôtel, le regard fixe. Dans la chambre, derrière lui, Elena était allongée sur le lit, immobile, loin du sommeil. David Grissom était mort depuis moins de six heures. La lune était un croissant dans le ciel nocturne.

Anton ferma les yeux. Loin de là, sur l'océan Atlantique, un porte-conteneurs faisait route dans la direction opposée.

TROISIÈME PARTIE

21

Lorsque Broden eut quitté l'entrepôt de matériaux de récupération des Waker, elle s'enfonça plus profondément dans Brooklyn, le long de Graham Avenue, dans un quartier plus lugubre, moins cher, où toutes les fenêtres – même en cette époque de tours de verre en copropriété – avaient encore des barreaux. Dans le bloc où avait habité Elena, une épicerie bio s'était installée, de même qu'une boutique de vêtements dernier cri dont les robes bariolées, asymétriques, étaient exposées en devanture, entre une bodega délabrée et une quincaillerie. Broden se gara près de la boutique, se rendit à pied jusqu'à l'immeuble d'Elena et sonna deux fois, mais personne ne répondit. Elle remonta en voiture, prit une aspirine – elle sentait venir la migraine – et tourna à gauche dans Montrose Avenue. À côté du métro se trouvait une petite boulangerie. Elle se gara pour y acheter deux croissants avant de rebrousser chemin vers Manhattan. Elle ne pouvait s'empêcher de penser à la jeune morte du conteneur maritime, aux parents qui, dans quelque pays lointain, attendaient des nouvelles de leur enfant. Tout en conduisant, Broden appela sa fille, mais il se faisait tard et Tova était déjà dans son bain.

– Tu ne l'as pas vue de la journée, lui dit son mari.

– Je sais. Je vais tâcher de rentrer avant qu'elle soit couchée.

Elle fit un détour afin de repasser devant le magasin des Waker. La mère d'Anton était toujours sur le quai de chargement, le regard fixé sur le fleuve, le visage dépourvu d'expression. Le père d'Anton, agenouillé à côté d'elle, lui parlait avec intensité en lui caressant le dos. Broden ralentit, mais ils ne regardèrent la voiture ni l'un ni l'autre. Arrivée au bout du bloc, elle accéléra et emprunta le pont qui menait à la ville hérissée de flèches.

Broden était fatiguée. En l'état actuel des choses, il n'y avait pas d'affaire à proprement parler, les personnes impliquées refusaient de coopérer et les recherches ne menaient nulle part. Néanmoins, de retour à son bureau, elle appela la femme d'Anton à San Francisco ; elle avait déjà essayé à plusieurs reprises, laissant des messages restés sans réponse. Cette fois, Sophie décrocha et lui annonça qu'elle avait laissé Anton en Europe et que, pour autant qu'elle sache, il y était toujours ; à ce propos, Broden serait bien aimable de lui faire une commission : ce serait chouette si Anton pouvait rentrer un de ces jours pour signer les papiers d'annulation du mariage. Broden lui demanda si elle avait des renseignements à lui fournir sur Elena James. Sophie garda le silence, puis déclara qu'Elena James avait volé le chat d'Anton et que c'était la dernière fois qu'elle l'avait vue. Broden lui demanda de quoi elle parlait et Sophie se mit en colère, clamant qu'elle n'avait pas envie d'entrer dans les détails, qu'elle lui avait déjà dit tout ce qu'elle savait et qu'elle aimerait vraiment qu'on lui fiche la paix, si Broden n'y voyait pas d'inconvénient.

Dans le courant de l'après-midi, Broden avait sorti une cassette de ses dossiers. La toute première cassette qu'Elena lui eût remise, quelques mois avant de disparaître. Lorsqu'elle eut raccroché, elle mit son casque et appuya sur la touche *Play* du magnétophone. L'enregistrement débute par un léger bruissement – Elena qui glisse la main dans son sac pour mettre l'appareil en marche – et Anton et elle commencent à discuter de leurs origines respectives et de villes lointaines.

– *Yellowknife ?* dit Anton.

– Une petite ville du nord. Finalement, de Yellowknife, vous prenez l'avion pour Inuvik.

– Combien de temps ça prend, au total ?

– Longtemps.

– Combien de temps ?

– Vingt-quatre heures. Parfois davantage, en hiver.

– C'est-à-dire ?

– Des jours. Dans le Nord, il arrive que les aéroports ferment par mauvais temps.

– Un lointain territoire nordique. Combien de temps que vous n'y êtes pas retournée ?

– Jamais.

– Comment ça ?

– Je n'y suis jamais retournée.

Là, il y avait un petit hiatus, un froufrou sur la bande : Elena farfouillait dans son sac. Un déclic, puis la bande s'arrêtait. Elle avait expliqué à Broden, à l'époque, qu'elle avait éteint le magnétophone par inadvertance en cherchant une pastille dans son sac. La pastille, à l'en croire, c'était parce qu'elle avait la gorge sèche, et c'était pour ça qu'elle avait une drôle de voix.

Broden ôta son casque, se leva et s'étira. Il était dix-neuf heures trente. Dans d'autres bureaux, elle entendait des gens travailler, un bourdonnement d'activité et de claviers d'ordinateurs, mais quand elle sortit de la pièce pour ranger la cassette, toutes les portes étaient fermées. De retour dans son bureau, elle consulta une carte des Territoires du Nord-Ouest – Inuvik était là, minuscule point rouge à la lisière nord du monde – et envisagea de faire appel à la police canadienne, de contacter le détachement de la G.R.C.[1] à Inuvik, mais il n'y avait aucune

---

1. Gendarmerie royale du Canada. *(N.d.T.)*

raison valable de penser qu'Elena était là-bas. La distance entre Inuvik et New York était presque vertigineuse par son immensité.

Debout devant la fenêtre, Broden réfléchit au curieux commentaire qu'avait fait Sophie à propos d'Elena volant un chat, puis elle retourna à sa table pour donner un coup de téléphone. La sonnerie retentit quatre fois dans l'ancien appartement d'Elena avant que Caleb ne décroche. Ils avaient déjà eu par le passé quelques conversations tendues et Caleb ne se montra pas plus aimable ce soir-là qu'il ne l'avait été précédemment ; le nom de Broden fut accueilli par un soupir audible.

— Je vous le répète, dit-il, je ne sais rien.

— Parlez-moi du chat.

À l'extrême surprise de Broden, il y eut au bout du fil un silence qui l'amena à penser que Sophie n'était peut-être pas si folle, en définitive.

— À qui appartenait-il ? demanda-t-elle.

— À son ex-patron, d'après ce qu'elle m'a dit.

— Pouvez-vous me le décrire ?

— Qui ? Le chat ? Je ne l'ai vu que deux minutes. Bon, d'accord, il était orange. Et il n'avait qu'un œil.

— Elle est partie rejoindre Anton en Italie, dit Broden, histoire de tester Caleb.

— C'était parfaitement son droit.

— Vraiment ?

— Maintenant, vous en savez autant que moi. Et de toute façon, ce ne sont pas vos oignons.

Il raccrocha et Broden ne le rappela pas.

La circulation était dense lorsqu'elle quitta son bureau pour rentrer chez elle. Broden roula à une allure de tortue, en écoutant de la musique classique à la radio, et arriva à l'appartement quelques minutes trop tard pour embrasser sa fille dans son lit. Tova s'était endormie avec une barrette bleue dans les cheveux. Elle remua quand Broden la lui retira doucement, mais ne se réveilla pas. Broden mit la barrette dans la poche de son blouson et resta un long moment sur le seuil de la chambre à regarder dormir sa fille.

22

Anton essaya de retrouver la famille de David mais n'aboutit nulle part. Deux jours après les coups de feu, dans la matinée, il laissa Elena seule sur le balcon – elle regardait la mer, l'horizon, le chat, tout sauf lui – et sortit dans le couloir. Il n'y avait pas d'autres clients à l'hôtel, si tard dans la saison, et la présence de Gennaro était intermittente, mais il inspecta néanmoins les environs avant de se glisser dans la chambre de David. Elle n'était pas fermée à clef. Il entra, referma la porte à double tour et resta quelques instants sur le seuil, clignant des paupières dans la pénombre. Les rideaux étaient tirés, les portes du balcon fermées.

La lampe de chevet allumée éclairait un citron vert, seul de son espèce, qui commençait à jaunir. Un chevalet était installé près de la commode. Lorsque Anton ouvrit les persiennes, le soleil inonda la chambre et il vit sur le chevalet une petite toile, d'environ trente centimètres sur trente, sur laquelle était peint un citron vert inachevé. Drôle d'effet de voir le même citron, sur la même table de chevet, devant le même mur bleu-vert, tel qu'il avait existé deux ou trois jours plus tôt. Sur la toile, il était brillant, d'un réalisme presque photographique, d'un vert vif. De brefs coups de pinceau rayonnaient tout autour : le blanc de la table, le bleu des murs. Étrange, pensa-t-il, de louer une chambre avec vue sur la mer Tyrrhénienne, puis de fermer les

271

persiennes pour peindre un fruit posé sur une table. Quatre ou cinq tableaux étaient appuyés contre le mur, représentant des citrons dans les moindres détails.

Anton transféra en plusieurs fois le contenu de la chambre de David dans la sienne. D'abord la pile de toiles de citrons verts, puis les vêtements, entassés dans un sac à dos qu'il trouva sous le lit. Les tiroirs de la commode étaient vides. Il jeta les divers accessoires de toilette – brosse à dents, dentifrice, un rasoir à main, un savon – et ce fut lors de son ultime visite dans la chambre qu'il repéra la dernière toile. Petite et carrée, d'environ vingt centimètres de côté, elle était posée sur la commode, contre le mur. C'était le portrait d'un homme blanc et d'une femme noire. L'homme avait les cheveux bruns et les yeux marron – Anton eut un choc en reconnaissant David – et, sur le tableau, il serrait la femme contre lui. Elle était d'une beauté saisissante, avec des pommettes très hautes et d'immenses yeux bruns, et elle portait une robe bleu pâle, flottante, qui lui découvrait les clavicules. L'air, autour d'elle, était peint d'une façon particulière ; Anton se pencha pour y regarder de plus près. Ils étaient adossés ensemble contre un mur de briques, et il y avait une infime perturbation dans la texture des briques, une infime charge électrique, une sorte de brume, et soudain il comprit : Evie était entourée d'un halo. La première phrase d'un roman qu'il avait lu autrefois lui revint à l'improviste : *Nous ne sommes pas seuls, de ce côté-ci de la mort.* Il prit la toile et quitta la pièce très rapidement, laissant la porte entrebâillée. Il ferma à clef la porte de sa propre chambre.

Lorsqu'il inventoria le contenu du sac à dos, il ne trouva presque rien. Des vêtements usés, un sac en plastique contenant deux pinceaux apparemment neufs, une clef accrochée à un simple anneau métallique. Un répertoire d'adresses. Celui-là, Anton l'empocha. Il sortit de l'hôtel, alla s'asseoir sur un muret bas, près du port, et alluma son portable. Puis, se souvenant qu'il était censé être mort, il éteignit l'appareil et le balança discrètement dans l'eau, où il atterrit avec un petit *plouf!* en lançant un bref éclair argenté, comme un poisson qui coule. Anton rebroussa chemin vers la place et se dirigea vers le téléphone public ; là, il ouvrit le répertoire et en feuilleta les pages, qui étaient toutes vierges. Pourtant, le carnet n'avait pas l'air neuf ; sa couverture était usée, les coins cornés. Seulement voilà : pendant toutes les années où David l'avait porté sur lui, il n'avait jugé bon de noter que neuf numéros de téléphone, parmi lesquels six étaient des numéros en 1-800 qui correspondaient à diverses compagnies d'aviation. Les autres étaient Margaret (pas de nom de famille), L'Aurore Boréale – un hôtel d'Inuvik – et la Galerie Montaigne à Duluth. Il commença par appeler Margaret.

– Allô ? dit-il lorsqu'une voix féminine lui répondit. Vous êtes bien Margaret ?

– Je l'étais.

– Vous l'étiez ?

– J'ai changé mon prénom en Margot quand j'ai quitté Sault Ste. Marie, expliqua-t-elle.

– D'accord. Margot, connaissez-vous un certain David Grissom ?

Elle ne répondit pas.

– J'ai là son répertoire d'adresses, reprit Anton, et vous êtes le seul nom qui y figure. J'ai pensé…

– Qui êtes-vous ? Pourquoi avez-vous son répertoire ?

– Écoutez, il s'est produit… je ne…

– Mon Dieu, dit-elle. Il lui est arrivé quelque chose.

Difficile de ne pas regarder l'îlot, de l'autre côté du port, et sa paroi à pic qui se dressait derrière une simple rangée de boutiques et d'hôtels aux couleurs vives. Difficile de ne pas imaginer ce qui pouvait être enterré sur le versant opposé, dans une fosse peu profonde, ou peut-être jeté à la mer. Au prix d'un effort, Anton se détourna de cette pensée.

– Il a eu un accident, dit-il.

Il baissa les yeux sur les boutons rouges du téléphone, sentant dans son dos la présence de l'îlot.

– Est-ce qu'il est… ?

– Oui, répondit-il calmement.

Au bout du fil, la femme se mit à pleurer. Anton ferma les yeux.

– Il n'a pas de famille, dit-elle.

– Personne ?

– Il a bien une sœur… elle est quelque part en Inde, ou peut-être au Bangladesh. Elle fait partie d'une secte, ou voyage avec un gourou, ou fait du yoga – je ne sais pas au juste. Je ne pense pas qu'ils s'adressaient la parole.

– Ses parents ?

– Sa mère a quitté le domicile conjugal quand il était petit. Il ne l'a pas revue depuis l'âge de trois ou quatre ans. Son père est mort.

– Avait-il des amis ? Des cousins ? Quelqu'un ?

– Nous avons vécu un moment ensemble dans une communauté, il y avait toujours beaucoup de gens tout autour, mais personne… il n'a jamais… il n'était proche de personne.

– À part vous.

– À part moi. Il vagabondait depuis des années, depuis que sa femme était morte. Il est venu passer quelques mois à Sault Ste. Marie après avoir fait un séjour dans l'Arctique, et puis il a dit qu'il partait pour l'Europe et je ne l'ai jamais revu. Je suis la seule à figurer dans son carnet d'adresses, dites-vous ?

– La seule.

– Je dois vous laisser. Merci de m'avoir prévenue. Au moins, peut-être qu'il est avec elle, maintenant.

– Avec qui ?

Mais elle avait déjà raccroché. Une seconde plus tard, il comprit ce qu'elle avait voulu dire. Il eut la sensation que le sol se dérobait sous ses pieds, comme il l'avait eue un peu plus tôt en regardant le portrait – au point qu'il dut se ressaisir. Il appela L'Aurore Boréale, l'hôtel d'Inuvik, mais la réceptionniste lui dit qu'ils ne tenaient pas de registres. Il lui demanda si elle se souvenait d'un certain David Grissom, mais l'inanité de sa question lui apparut aussitôt. Cela faisait des années que David avait voyagé dans le Grand Nord. La réceptionniste, elle, ne travaillait là que depuis un mois. Elle était gentille et Anton fut presque tenté de prolonger la conversation. Il lui dit au revoir et appela la Galerie Montaigne, à Duluth, mais il n'y avait plus d'abonné à ce numéro.

Anton empocha le répertoire d'adresses de David, acheta un panini et un *latte* au café des pêcheurs et les rapporta dans sa chambre. Il fit coulisser la porte du balcon, contourna Jim – le balcon était juste assez large pour contenir deux transats et un chat étendu de tout son long – et embrassa Elena sur le front. Elle leva les yeux vers lui et parvint presque à sourire mais son regard était vitreux.

– Tu devrais manger quelque chose, lui dit-il.

– Je n'ai pas vraiment faim.

– Peut-être, mais c'est déjà ce que tu as dit hier.

Il trouva un espace libre et s'assit dos à la mer, la colonne vertébrale appuyée contre la rambarde, Jim tout contre sa jambe. Il arracha un morceau de son sandwich et le tendit à Elena.

– Franchement, je n'ai pas…

– Juste ce petit bout.

– D'accord.

Elle mastiqua lentement, le regard fixé sur l'horizon.

– J'ai appelé une femme qu'il connaissait, dit Anton. Inscrite dans son carnet d'adresses. D'après elle, il n'avait aucune famille.

– Personne ?

– Presque personne. Une sœur, quelque part en Asie, avec qui il était brouillé. Tiens, prends un autre morceau.

– Je n'ai…

– Encore une bouchée.

– Bon. Mais qu'est-ce que tu vas faire ?

Son visage était pâle et elle avait pleuré. Elle était quasiment transparente dans la lumière du soleil.

– Je crois que je devrais attendre ici, dit Anton.

– Attendre quoi ?

– Peut-être que sa sœur viendra un jour le chercher. Écoute, je ne sais pas quoi faire. Mais rester ici est la seule chose qui me paraisse un tant soit peu honorable.

– C'est peut-être toi que la police viendra chercher.

– C'est possible. Est-ce que je t'ai dit à quel point je suis désolé de t'avoir entraînée dans ce gâchis ?

– Une dizaine de fois.

– Quoi que tu décides de faire, Elena…

– C'est une espèce de pénitence, là ? demanda-t-elle d'une voix blanche.

– Quoi donc ?

– D'attendre ici, sur les lieux du crime.

– Peut-être. Oui.

– Tu risques d'attendre éternellement. Si ça se trouve, personne ne viendra jamais le chercher.

– Je sais, dit-il.

Elena déclara qu'elle voulait s'en aller et il lui donna dix mille dollars. Elle protesta, jugeant que c'était trop, mais il insista pour qu'elle les prenne. Il l'accompagna au ferry, après quoi il rentra en bus à Sant'Angelo. Là, il marcha jusqu'à l'hôtel, traversa la place, longea l'étroite bande de sable menant à l'îlot, passa devant la rangée d'hôtels sur la rive opposée.

Le sentier que David avait emprunté lors de sa dernière soirée sur terre contournait l'îlot mais, à un certain point, disparaissait au milieu des buissons et des rochers épars. Anton déboucha sur une large corniche en pente et s'aperçut qu'il ne pouvait pas aller plus loin. La falaise se dressait au-dessus de lui et plongeait à pic dans l'eau bleue. Il chercha des empreintes de pas, mais il y avait eu deux grosses averses depuis la dernière fois qu'il avait vu David. Il scruta la mer, en contrebas, mais il n'y avait rien sur les rochers et le courant semblait rapide. Une mouette se posa à la surface de l'eau et fut rapidement emportée loin du rivage.

Il avait plus ou moins espéré voir un fantôme. Il aurait voulu se retourner et voir, non loin de là, David lui sourire, lui dire que tout allait bien. Mais l'absence de David était absolue. La corniche était déserte, la journée claire et ensoleillée, la mer scintillait tout en bas. Anton était totalement seul, abstraction faite des mouettes. Au loin, le triangle blanc d'un voilier évoluait sur l'eau.

Les agréables cadences du soir : verser de la nourriture pour chats dans l'assiette en porcelaine, remplir d'eau un bol au robinet du lavabo, l'eau froide giclant sur les poignets d'Anton. Jim se frotta contre la jambe de son maître et s'approcha du bol d'eau, qu'il lapa à un rythme régulier. Anton s'accroupit pour le gratter derrière les oreilles, et le chat ronronna sans lever la tête.

Les jours qui suivirent le départ d'Elena, il s'installa dans une paisible routine. Une ou deux fois par semaine, il prenait le bus pour aller acheter des provisions et de la nourriture pour chats dans une ville plus grande. Il allait à Naples de temps à autre acheter trois ou quatre livres en langue anglaise, mais ceux-ci étaient chers et il se trouvait toujours à court de lecture entre deux expéditions. Le soir, la plupart du temps, il étudiait l'italien dans un manuel Berlitz, seul dans sa chambre, Jim endormi sur le bureau. Après quelques mois, il arrivait à comprendre les serveurs du café des pêcheurs (le dernier café encore ouvert dans le village où tout était fermé pour la saison), mais la langue des pêcheurs eux-mêmes lui demeurait impénétrable. Quelqu'un finit par lui expliquer qu'ils parlaient napolitain, ce qui – crut-il comprendre – n'était pas tout à fait de l'italien mais n'en était pas non plus si éloigné. Au bout d'un moment, il posséda suffisamment bien l'italien pour décrocher un emploi subalterne dans un immense hôtel, à deux villes de là, un des rares établissements à rester ouverts toute l'année. Il commença par être plongeur au restaurant avant d'être promu bagagiste.

Vêtu d'un uniforme chamarré, Anton transportait des valises et rentrait chez lui épuisé à la fin de la journée ; parfois, il recevait de gros pourboires des touristes anglophones. Il travaillait dur, passait du temps avec son chat, étudiait l'italien le soir dans sa chambre, relisait les livres de sa bibliothèque qui s'étoffait lentement. Et il essayait de ne pas trop penser aux êtres qu'il aimait.

Au début, il garda Jim à l'intérieur, mais le chat observait les mouettes avec une telle nostalgie et la litière improvisée sur le balcon devenait un tel problème qu'Anton, un soir, se décida à l'emmener sur la plage. Le chat resta d'abord sur ses gardes, crachant à la vue des rochers et s'efforçant de regarder partout à la fois, mais il se détendit peu à peu et commença à bondir sur les coquillages.

Anton sortait Jim tôt le matin et de nouveau tard le soir, quand tout le monde dormait et qu'il avait l'océan pour lui. Le chat était orange en plein jour, pâle au clair de lune ; il traquait l'ombre d'Anton et creusait le sable à la recherche de trésors. Assis sur un rocher, Anton l'observait ou contemplait la mer. Lorsqu'il se levait pour marcher au bord de l'eau, le chat l'accompagnait, restant à proximité de ses pieds, exécutant des manœuvres compliquées dans ses perpétuels efforts pour attraper sa queue.

Jim dormait dans un coin du lit, roulé en boule et indépendant, même s'il lui arrivait de marcher sur la poitrine d'Anton pour le réveiller le matin. Anton avait toujours un réveil pénible, le cœur soulevé par des souvenirs de coups de feu. Dans la plupart de ses rêves, des gens se volatilisaient : seul sur l'île paradisiaque abandonnée, il errait de maison en maison avant de descendre sur la place déserte, sur la plage silencieuse. Il allait sur la jetée, où les bateaux abandonnés se balançaient doucement sur la mer morte, il parcourait des villas abandonnées, des cafés abandonnés, le restaurant abandonné où quatre chaises étaient disposées autour d'une table avec une bouteille de vin – et tout ce paysage paradisiaque, abandonné, était gorgé de terreur.

23

Elena revint à Ischia début avril. Anton la découvrit sur le seuil, toute pâle, quand il ouvrit sa porte. C'était une soirée ordinaire : il avait travaillé toute la journée à l'hôtel, à deux villes de là, et n'avait pas encore quitté son uniforme. Il avait bu un Orangina en lisant *La Repubblica* à son bureau, s'interrompant à l'occasion pour chercher un mot dans le dictionnaire. Juste avant minuit, on frappa un léger coup à la porte et Anton crut que tout était fini. Il se leva, arrangea sa veste et alla ouvrir avec une formidable solennité, s'attendant à voir la police italienne, ou un truand armé d'un revolver, ou la sœur de David, ou une combinaison des trois. Elena resta immobile, telle une apparition, puis se jeta dans ses bras – ou essaya, mais son ventre l'en empêchait. Elle était immensément enceinte et Anton eut du mal à la serrer contre lui. C'était la nuit et elle avait voyagé pendant des heures. Elle s'affala sur le lit, les yeux fermés, et ne répondit pas tout de suite quand il lui demanda si ça allait. Était-elle malade ? Non, juste fatiguée, lui dit-elle, mais sa fatigue avait pris les proportions d'une maladie. Elle tremblait et avait les mains froides.

— Tu m'as tellement manqué, murmura-t-elle. Pardonne-moi d'être partie.

— Là, là… ce n'est rien. Tu as faim ?

Elle acquiesça. Il lui apporta des spaghettis et des calamars provenant du restaurant du rez-de-chaussée, qui avait juste rouvert ses portes cette semaine-là : les touristes revenaient à Ischia, mince petit ruisseau qui allait en s'élargissant et qui deviendrait un torrent d'ici au mois de juin. Il donna l'assiette à Elena et lui demanda où elle était partie, mais elle était trop lasse pour se montrer cohérente. Elle était allée en France parce qu'elle parlait la langue, puis elle avait passé l'hiver à traverser lentement le pays dans le froid et la pluie, faisant des petits boulots ici et là, essayant de décider si elle devait retourner ou non à Ischia.

— Je craignais que tu ne sois rentrée chez toi, dans le Nord, dit Anton. Je pensais ne jamais te revoir. (Il l'étreignit et elle posa la tête sur son épaule.) Ta famille ne te manque pas ?

— Tu ne peux pas savoir à quel point. Mais si je rentre à la maison enceinte, je ne repartirai jamais. Je finirai comme ma sœur, éternellement coincée là-bas.

Elle s'assoupit au beau milieu d'une histoire qui lui était arrivée dans un grand hôtel marseillais où elle avait travaillé à la buanderie. Elle se réveilla quelques instants plus tard, après avoir rêvé de motoneiges, et dit :

— Il savait d'où je venais.

— Pardon ?

— Les gens du Sud, quand tu leur dis que tu viens du Grand Nord, ils s'imaginent que tu as grandi dans un igloo. Mais lui, il savait comment c'était par là-bas. Il était réellement allé à Inuvik et à Tuktoyaktuk, tu te rends compte ? Il fait tellement sombre, là-haut… À Paris, il faisait froid en janvier, mais je n'arrêtais pas de me dire : *Tu pourrais être au pays*. Où il fait si sombre et où il n'y a rien. Le soleil ne se lève même pas en hiver. On vit au clair de lune pendant des semaines.

— Tu devrais te reposer, Ellie.

Il lui prit l'assiette de spaghettis et la posa sur le bureau, à côté de lui. Elle était affalée au bord du lit. Il s'agenouilla devant elle et entreprit de lui ôter ses chaussures à boucles.

— Tu as gardé le tableau, dit-elle.

Elena regardait la petite toile peinte de David et Evie qui était posée sur le bureau, contre le mur. Elle portait d'élégantes chaussures, écarlates et brillantes comme du rouge à lèvres, mais la boucle de gauche était apparemment coincée. Anton s'escrima dessus pendant qu'elle continuait de parler. Elle avait les pieds enflés.

— On ne croirait jamais qu'une nuit puisse durer aussi longtemps. Ma sœur ne m'adresse plus la parole, je te l'ai dit ? Je ne sais même pas pourquoi. Sans doute parce que je l'ai laissée là-bas. Quand j'étais à New York, je l'appelais mais elle ne voulait pas venir au téléphone…

— Tu devrais te reposer, murmura Anton. Tu as voyagé trop longtemps.

24

L'affaire stagnait, tout en questions et en détails inexpliqués. Les parents d'Anton ne voulaient pas admettre que leur fils ait disparu, et encore moins qu'il soit mort, ce qui signifiait qu'il n'y avait même pas d'affaire de personne disparue ; quant à Aria, elle n'avait pas encore refait surface – dans ses moments de franchise, Broden se disait que les chances de l'appréhender étaient relativement minces, vu que la jeune femme gagnait sa vie en fabriquant de faux passeports –, ce qui signifiait qu'il n'y avait pas vraiment non plus d'affaire de contrefaçon. Le seul et unique associé connu d'Aria – un homme qu'elle avait rencontré une fois devant chez elle et qu'on avait entendu mentionner un arrivage sur les docks de Red Hook, le jour où Broden avait parlé pour la dernière fois à Elena, et qui n'avait rien dit d'intéressant depuis lors – fit l'objet d'une filature pendant trois mois, sans résultat, jusqu'au moment où le supérieur de Broden décréta que c'était un gaspillage d'effectifs. Les filles qui avaient survécu à la traversée en conteneur croupissaient dans un centre de rétention des services de l'immigration, dans le nord de l'État, en attendant de passer devant un juge. Elles savaient très peu de chose sur les gens qui les avaient fait venir clandestinement à New York, et elles ignoraient comment s'appelait la jeune morte. Les recherches effectuées pour remonter la piste du conteneur n'avaient rien donné ; la compagnie qui avait payé l'expédition se révéla être une société écran basée en Estonie, dont l'adresse professionnelle correspondait à une boîte postale abandonnée.

Le supérieur de Broden convint que l'enquête était au point mort et que les journées de Broden étaient bien trop longues et trop frénétiques. Personne n'avait de temps à perdre avec des affaires insolubles. Cependant, en avril, elle assista à une conférence à Genève et ce ne fut pas compliqué de prolonger son voyage de deux jours, de prendre l'avion pour Rome et de monter à Termini dans un train argenté afin de suivre une histoire de chat jusqu'à la côte de Naples, où elle paya un chauffeur de taxi pour la conduire au port.

Elle acheta un billet pour Ischia et embarqua à bord du premier ferry. À défaut d'autre chose, se dit-elle, ça lui ferait une journée sur une île magnifique. Mais, dans la foulée, elle se dit que ce serait aussi une journée de plus sans sa fille, et sa gorge se serra à cette pensée. Lorsque Broden avait vidé les poches de son blouson pour franchir les contrôles de sécurité, à l'aéroport, elle était tombée sur une barrette en plastique bleu qui n'avait pas quitté sa poche depuis qu'elle l'avait délicatement ôtée des cheveux de sa fille, plusieurs mois auparavant.

— Tu n'es jamais là pour t'occuper d'elle, lui avait reproché son mari en la voyant préparer sa valise pour l'Europe.

Broden n'avait pas pu réfuter cette accusation. Son travail la retenait de longues heures. Il y avait des jours où elle partait au bureau avant que Tova ne soit réveillée et où elle rentrait à la maison après qu'elle était couchée. La fillette avait fêté ses sept ans pendant que sa mère était à Genève.

— Ischia ! cria un membre de l'équipage.

Broden descendit sur le quai et se fit conduire en taxi au petit village de Sant'Angelo, où le chauffeur la déposa au sommet d'une longue côte en lui disant qu'il ne pouvait pas aller plus loin.

Elle se rendit d'abord à l'hôtel où Sophie avait séjourné avec Anton. C'était une belle journée ; les portes du restaurant étaient grandes ouvertes et un ou deux serveurs s'affairaient à l'intérieur, dans l'ombre fraîche. Un chat orange dormait dans un rayon de soleil, juste sur le seuil.

Broden s'agenouilla tant bien que mal sur les pavés et frôla le doux pelage du chat. Celui-ci se réveilla en sursaut mais n'ouvrit qu'un seul œil. Il se mit à ronronner lorsqu'elle lui caressa la tête.

— Il vous aime bien, déclara un homme en italien.

Il se tenait à quelques pas, au-delà de l'entrée du restaurant. Un homme d'une cinquantaine d'années, immaculé, bien habillé. La mer bleue brillait à travers les fenêtres, derrière lui.

— C'est réciproque, dit Broden. À qui appartient-il ?

— C'est le chat de l'hôtel, répondit Gennaro. Il fait fuir les souris.

— Il n'a donc pas de propriétaire particulier ?

N'ayant pas eu l'occasion de parler italien depuis quelques années, elle maniait la langue avec une certaine maladresse. Elle était sûre de mal prononcer des mots importants. Le chat roula sur le dos pour lui permettre de caresser son ventre d'un blanc laiteux.

— Ma foi… c'est le chat d'Anton, je suppose. Mais on l'a tous adopté.

Broden s'immobilisa, une main sur le chat, puis se redressa lentement pour regarder Gennaro.

— Le chat d'Anton, répéta-t-elle avec circonspection. Vous voulez dire… Anton est ici ?

— Il vit ici, mais il travaille dans une ville voisine pendant la journée.

Broden sourit.

— Il vit dans cet hôtel ?

— Vous le connaissez ?

— Je suis une amie de la famille. Sa mère m'avait dit que je le trouverais peut-être à Sant'Angelo et j'espérais le voir. Savez-vous à quelle heure il rentrera ?

Gennaro jeta un coup d'œil sur sa montre.

– D'habitude, il dîne ici vers sept heures, mais on est encore en début d'après-midi. Il est prévenu de votre visite ?

– C'est une surprise, dit Broden. Y a-t-il un endroit où je pourrais passer le temps ?

– Vous avez une petite place juste au coin de la rue.

– Quand vous verrez Anton, vous voudrez bien lui dire que je l'attends ?

– Bien sûr.

Elle descendit la rue en pente et déboucha sur la place. On était seulement en avril mais l'été avait commencé tôt. Il faisait chaud et les touristes arpentaient déjà les pavés, achetant des journaux au kiosque et des robes en lin à la boutique de vêtements qui se trouvait à côté du restaurant de fruits de mer, encore fermé ; deux cafés sur trois avaient des tables en terrasse et des parasols installés au soleil. Broden choisit une table offrant une vue agréable sur le port, commanda un café et un sandwich et se prépara à attendre.

Une heure passa, puis deux. Les bateaux allaient et venaient dans le port. Elle régla son addition, traversa la place et s'attabla dans un autre café pour bénéficier d'une vue différente. Elle but encore du café, mangea un autre sandwich, acheta un journal qu'elle lut de la première à la dernière page, puis resta un long moment à regarder les garçons jouer sur la plage. Elle avait apporté un roman d'espionnage – un épais livre de poche acheté à l'aéroport – mais, guère enthousiasmée par le début, elle le remit dans son sac.

Il y avait quelque chose d'anormal à se retrouver seule au paradis ; cette solitude était étrange, inattendue. Elle observa le flot de touristes et s'aperçut qu'elle était entourée de couples et d'enfants. Son mari et sa fille lui manquaient. Elle pensa aux parents d'Anton, se souvint de Mme Waker assise sur le quai de chargement, les épaules affaissées, regardant le fleuve de ses yeux éteints. Il ne faisait aucun doute dans l'esprit de Broden qu'ils croyaient leur fils mort, et elle tenta d'imaginer les circonstances inconcevables qui pouvaient bien pousser une mère à rejeter l'aide de la police si elle pensait que son enfant avait été assassiné. Elle se représenta Tova gisant sur le sol, telle une poupée brisée, et cette image était tellement horrifiante qu'elle dut fermer les yeux un moment et faire le vide dans son esprit.

Dans son portefeuille se trouvait une carte d'identité. *Anton Waker, Water Inc., 420 Lexington Ave.* Elle examina la photo à la lumière dorée de la fin d'après-midi. Anton Waker regardait l'objectif, employé de bureau comme un autre, l'ombre d'un sourire sur les lèvres. Rien, dans son regard serein, ne donnait à penser qu'il avait vendu à sa secrétaire un numéro de sécurité sociale et un faux passeport, ni que le diplôme accroché au mur de son bureau était un faux, ni qu'il venait d'une famille qui vendait des marchandises volées et importait clandestinement des filles d'Europe de l'Est dans des conteneurs maritimes.

Broden attendait maintenant depuis près de quatre heures. Le soleil était bas dans le ciel mais la chaleur ne diminuait pas et les touristes grouillaient sur la plage. Elle ferma les paupières et s'adossa à son siège, écoutant les mouettes, les voix, les vagues, le va-et-vient des bateaux dans le port.

— Figurez-vous, dit Anton, que je n'ai jamais réussi à comprendre où ils cachaient la bande magnétique.

Broden ouvrit les yeux. L'homme assis en face d'elle, en jean et tee-shirt, offrait peu de ressemblance avec le jeune et pâle employé de la carte d'identité.

— Dans la bordure noire de la photo, répondit-elle. C'est ça que décode le lecteur quand vous franchissez le portique du hall.

— Qui êtes-vous ?

— Alexandra Broden.

Elle sortit son insigne de sa poche et le posa entre eux sur la table.

— Je travaille avec le Département d'État, au service de la Sécurité diplomatique. Nous sommes la division qui enquête sur les fraudes en matière de passeports.

– Alors là, c'est un sujet dont j'ignore tout.

– Je crains qu'il ne soit un peu tard pour nier, dit Broden. J'ai un enregistrement de vous.

– Ça m'étonnerait fort, répliqua Anton avec infiniment plus de confiance qu'il n'en éprouvait réellement.

Il s'était arrêté à l'hôtel, sur le chemin de la plage, et Gennaro lui avait dit que quelqu'un désirait le voir ; à présent, il aurait bien voulu trouver un moyen d'avertir silencieusement Elena de ne pas venir le rejoindre. Elle était de retour à Ischia depuis trois semaines et passait ses après-midi à lire, allongée sur le sable chaud, à l'abri d'un énorme chapeau de paille. Il se surprit à la chercher des yeux au milieu des touristes.

– Votre première cliente était une serveuse, reprit Broden. Elle travaillait dans un bar irlandais, près de la gare de Grand Central. Elle voulait faire une école de pilotage.

Anton parcourut la plage du regard mais ne put localiser Elena. Dans un recoin brumeux de sa mémoire, elle s'allongeait sur le sol de son bureau et plongeait négligemment la main dans son sac. *Comment c'était, pendant que tu grandissais ?* Son cœur se mit à battre très vite.

– C'est une belle histoire, dit-il, mais je ne vois malheureusement pas de quoi vous parlez.

– Qui d'autre ? Federico. Lui, il venait de Bolivie et il vous a fait un peu peur. Il a menacé en plaisantant de vous tirer dessus, alors la serveuse est retournée derrière le bar pour appeler Aria, qui est venue vous sortir de là. Dois-je continuer ?

Anton garda le silence. Il avait repéré Elena parmi les touristes. Elle était assise sur le sable, au bord de l'eau, à l'ombre de son grand chapeau, et elle regardait en direction de Capri.

– Il y a eu aussi Catina, poursuivit Broden. Catina, de Lisbonne. Elle lisait un magazine quand vous êtes entré dans le Café Russe.

– Vous êtes encore en contact avec Elena ? demanda Anton tout à trac.

– Non, elle a rempli son rôle en ce qui me concerne. Mais si vous, vous êtes encore en contact avec Elena, vous devez comprendre la position dans laquelle elle se trouvait. Si elle refusait de coopérer, c'était l'expulsion assurée.

– Retour dans l'Arctique. (Le sourire d'Anton se mua en une grimace douloureuse.) J'aurais sans doute fait la même chose.

– Mais je ne suis pas ici pour parler d'Elena, même si ça m'intéresserait de savoir ce qu'elle est devenue. Je voudrais vous parler d'un conteneur maritime.

– Je ne m'y connais guère en conteneurs maritimes.

– Dans ce cas, permettez-moi de vous en décrire un, déclara Broden avec calme. Un conteneur bleu d'origine incertaine arrive aux docks de Red Hook, à Brooklyn. Il ne ressemble pas à la plupart des conteneurs ordinaires, en ce sens qu'il est équipé d'un conduit d'aération artisanal, lequel donne sur une chambre secrète. Cette pièce fait deux mètres trente sur deux mètres cinquante et renferme quinze jeunes filles.

– Encombré, non ?

– Le mot est bien faible, en vérité. (Le regard de Broden ne cillait pas.) Votre amie Ilieva a comparé cette traversée à une sorte de mort vivante. Imaginez d'être enfermé dans une pièce qui flotte sur l'océan. L'air arrive par un petit tuyau et il n'y a pas de lumière. L'obscurité est totale. Voilà le problème : l'une des filles est morte pendant le trajet, et personne ne connaît son nom. Ces filles n'ont aucun papier d'identité sur elles.

Ilieva qui parlait et riait avec les autres serveuses du Café Russe, près de la vitrine à pâtisseries, qui apportait spontanément à Anton un *latte* et l'embrassait sur la joue, qui l'écoutait lui expliquer – bien des années auparavant – comment marcherait la combine, posant des questions intelligentes pendant qu'ils mettaient au point leur système. *Ginger ale* signifie Je suis en danger. Si j'en commande un, va derrière le comptoir appeler Aria et dis-lui de venir me chercher. *Vin rouge* signifie que le compte est bon. *Verre d'eau* signifie le contraire. Ilieva qui gloussait,

Ilieva qui parlait en russe aux vieux clients d'Europe de l'Est qui venaient parfois au café, Ilieva qui traversait gracieusement la salle avec un verre de vin et une tranche de gâteau au fromage blanc. Ilieva prise au piège avec une jeune morte dans une pièce sans air voguant sur la mer. Difficile de concilier cette image d'horreur avec la sérénité des souvenirs qu'il avait d'elle.

– Tout ce que nous savons sur la victime, enchaîna Broden, c'est qu'elle avait entre dix-sept et vingt ans et qu'elle parlait uniquement l'ukrainien. Nous avons essayé de l'identifier, mais l'enquête n'a rien donné et aucune des autres filles ne savait comment elle s'appelait. Après quelques semaines à la morgue, elle a été enterrée dans la fosse commune, avec les autres corps anonymes – ou non réclamés – que New York avait en réserve cette semaine-là, et sa famille ne saura sans doute jamais ce qui lui est arrivé. Ce serait déjà une terrible tragédie s'il s'agissait d'un événement isolé, mais ce n'est pas le cas. Les conteneurs maritimes sont un domaine qui m'intéresse tout particulièrement.

Elle semblait attendre une réaction d'Anton.

– Vous avez rencontré d'autres affaires du même genre, dit-il, nullement désireux de connaître la réponse.

– Une autre, il y a des années, quand j'étais dans la police new-yorkaise. Ce conteneur particulier avait été débarqué à Red Hook, exactement comme celui-ci. Il y avait certaines similitudes dans le manifeste d'expédition et la chambre secrète était conçue d'une manière presque identique. Sur les docks, c'est parfois la grande confusion ; il arrive que des conteneurs ne soient pas entreposés au bon endroit. Celui dont je vous parle était perdu dans l'empilement et n'a été récupéré qu'au bout de presque huit semaines.

– Huit semaines…, répéta Anton, qui sentit une nausée l'envahir.

– Nous ne savons pas pourquoi les importateurs n'ont fait aucun effort pour retrouver leur conteneur. Peut-être que notre enquête se rapprochait un peu trop d'eux et qu'ils ne voulaient pas courir le risque. Quoi qu'il en soit, il y avait dans ce conteneur onze jeunes femmes originaires d'Europe de l'Est. D'après le rapport du médecin légiste, elles avaient entre dix-huit et vingt-deux ans, mais je pense pour ma part que l'une d'elles était beaucoup plus jeune. Voilà le commerce auquel vous êtes mêlé, monsieur Waker.

— Penser que ces conteneurs...

Anton ne put terminer sa phrase.

— Ce n'est pas ce que vous vouliez, dit Broden.

— Non, ce n'est pas ce que je voulais. Bien sûr que non. Si j'avais su... qui voudrait une chose pareille ?

— La question est plutôt de savoir qui accepterait une chose pareille, dit-elle. De faire des affaires à un tel prix.

— Vous parlez d'Aria.

— Oui. Et au-delà de cette question – *qui accepterait une chose pareille ?* –, une autre se pose : *qui empêchera une chose pareille de se reproduire ?* Ce trafic ne s'arrêtera pas tout seul. C'est un commerce lucratif. Je sais que vous avez essayé de tourner le dos au business d'Aria, mais celui-ci continue, avec ou sans vous.

— Je ne vois pas bien ce que vous attendez de moi.

— Pour commencer, je veux que vous me disiez où est Aria.

— Je ne sais pas où elle est. Désolé.

Au loin, sur la plage, Elena était à demi cachée sous son chapeau de paille. Elle s'était rapprochée de l'eau et les vagues lui léchaient les pieds.

— Je suis allée voir vos parents, dit Broden, il y a quelques mois.

Un serveur s'était avancé vers leur table. Anton commanda un Orangina.

— Vous voulez prendre quelque chose ? proposa-t-il.

— Non.

Lorsque le serveur se fut éloigné, il demanda :

— Comment allaient-ils ?

– Vos parents ? Franchement, ils flippaient un peu.

– Qu'est-ce que vous entendez par là ?

– Je veux dire qu'ils étaient secoués. Votre père, qui retouchait une figure de proue, avait les mains qui tremblaient, et votre mère donnait l'impression de ne pas avoir dormi depuis une semaine. Quand je suis arrivée au magasin, elle était assise sur le quai de chargement, à regarder le fleuve. Elle m'a dit que, dans le temps, vous veniez souvent vous asseoir là avec elle.

– Oui, c'est vrai.

– Je lui ai alors demandé où vous étiez, et elle m'a répondu : *Dans un pays lointain.*

– Ce sont ses paroles exactes ? Un pays lointain ?

– Un pays lointain. C'est ce qu'elle a dit. Et je n'ai pas très bien compris ce qu'elle entendait par là, mais il m'a semblé qu'elle ne parlait pas seulement de l'Italie.

– Quand j'étais petit, dit Anton d'une voix un peu altérée, nous avions un chien. Mes parents l'avaient déjà avant ma naissance, et Aria et moi on jouait souvent avec lui. Nous étions vraiment petits, à l'époque – cinq ans maximum. Bref, le chien est devenu vieux, malade, et mes parents ont dû le faire piquer. Et quand Aria et moi avons demandé où était le chien, ma mère a répondu : *Il est parti pour un pays lointain.*

– Je vois. Vos parents vous croient-ils encore mort ?

Anton garda le silence.

– Je n'en sais rien, répondit-il enfin. Je ne leur parle plus.

Le serveur lui avait apporté son Orangina. Soulagé de cette diversion, il porta la bouteille à ses lèvres.

– À vous dire vrai, reprit Broden, l'attitude de vos parents ne m'a pas complètement surprise. Moi aussi, je vous croyais mort. (Elle le regardait fixement.) Je pense qu'on vous a demandé d'effectuer une transaction, mais que celle-ci était différente de toutes celles que vous aviez effectuées pendant des années. Et quelque chose a très mal tourné pour vous. Aria a annoncé à vos parents que vous étiez mort, après quoi elle a fui la ville.

– Elle pourrait être n'importe où.

– De nos jours, dit Broden, les peines prévues pour le trafic de faux passeports sont plutôt salées. Maintenant que vous êtes réapparu vivant, je crains que vous n'ayez de gros problèmes sur le plan judiciaire. J'ai une cassette sur laquelle on vous entend expliquer comment fonctionnait l'opération. Et je peux présenter un témoin qui vous a acheté un passeport. Ne vous méprenez pas : Ilieva dit le plus grand bien de vous, mais elle ne mentira pas sous serment. Vous risquez de purger dix ans dans une prison fédérale. Mais je vais vous confier un secret, monsieur Waker. Ça m'intéresse beaucoup plus de retrouver l'origine de ce conteneur maritime que de vous traîner en justice pour avoir vendu de faux passeports. Si vous me disiez où est Aria, je serais sans doute disposée à négocier.

– J'ignore où elle est.

Il avait l'étrange impression d'être en train de rêver. Toutes ses pensées étaient focalisées sur Elena, sur l'enfant à naître, sur les moyens de leur assurer la sécurité. Son cœur battait la chamade.

– Je voudrais vous faire écouter quelque chose, dit Broden en sortant de son sac un petit appareil électronique qu'elle posa entre eux sur la table. C'est un coup de téléphone qui a été enregistré il y a quelques mois.

Elle appuya sur un bouton et, par-dessus le grondement de l'océan, Anton entendit une voix. Un homme qui s'exprimait avec un accent anglais : *C'est fait.* Et la réponse d'Aria : *Merci. On se rappelle bientôt.*

– Quand cet appel a-t-il été enregistré ? demanda-t-il d'une voix mal assurée.

En réalité, il connaissait déjà la réponse.

– Deux jours avant que le conteneur n'arrive à Red Hook, répondit Broden. Plus précisément, le soir du vendredi 21 octobre. À New York, c'était la fin de l'après-midi ; en Italie, il était onze heures du soir. Le temps que la police arrive à son appartement, Aria s'était envolée.

Le soir du vendredi 21 octobre. À l'affût près des portes vitrées coulissantes, dans l'obscurité de sa chambre d'hôtel, il regardait en silence quatre ombres descendre le versant de l'îlot avant de passer devant l'hôtel. Des pas sur les pavés, un rire, une voiture qui s'engageait dans la côte, au-delà des grilles de Sant'Angelo. Ils avaient appelé Aria dix ou quinze minutes plus tard.

– Mais si ce *C'est fait* se rapportait à moi, dit Anton, je ne serais pas là, n'est-ce pas ?

Il était très fatigué, tout à coup. *C'est ma dernière transaction,* se rappelait-il avoir dit à Elena en buvant un verre de vin au Café Russe, par une soirée neigeuse, quelques années auparavant. Ce souvenir lui donna envie de rire ou de pleurer. Depuis ce fameux soir, les transactions lui avaient laissé peu de chances de survie.

– L'important n'est pas que vous soyez toujours en vie, dit Broden, même si c'est assurément un coup de théâtre intéressant. L'important, c'est qu'Aria, en entendant ces mots, a cru que vous étiez mort, parce que c'était l'issue qu'elle attendait. (Elle rangea l'appareil dans son sac.) Le lendemain de ce coup de téléphone, un policier est allé voir vos parents. Votre père a affirmé qu'ils ne savaient rien, qu'ils n'avaient aucune nouvelle de vous ni d'Aria, mais votre mère était trop bouleversée pour prononcer un mot. Quand je suis allée les voir, deux semaines plus tard, votre mère parlait de pays lointains et votre père avait encore les mains qui tremblaient.

Anton détourna la tête. Sans avertissement, ses yeux se remplirent de larmes.

– Vous connaissez Aria depuis toujours, poursuivit Broden. Elle fait partie de la famille. Même si vous ne savez pas précisément où elle est, où pensez-vous qu'elle ait *pu* aller ?

– Je n'en sais rien.

– Est-elle proche de vos parents ?

– Très. Ils se parlent tout le temps.

Broden sortit un portable de sa poche et l'ouvrit d'une pichenette.

— J'ai entré dans mon répertoire le numéro de Waker, Récupération de matériaux architecturaux.

Le regard rivé sur l'écran de son téléphone, elle fit défiler les noms de ses contacts.

— Je n'imagine même pas la joie de vos parents quand je vais leur annoncer que vous êtes vivant et en bonne santé. Si je les appelle maintenant, combien de temps faudra-t-il pour qu'Aria soit au courant, à votre avis ?

— S'il vous plaît, ne faites pas ça.

— Pourquoi donc ?

— Il est possible que je sois encore en vie, dit Anton, uniquement parce que ma cousine me croit mort.

Broden leva les yeux de son portable.

— Oui, dit-elle d'un ton dénué d'émotion, c'est hautement probable.

Elena revenait de la plage et se dirigeait lentement vers la place. La voyant approcher, Anton faillit paniquer. Il s'évertua à trouver un moyen de l'avertir discrètement de ne pas le rejoindre, mais la jeune femme, arrivée à une certaine distance de la table, dut apercevoir le visage de Broden, car elle obliqua instantanément. Anton regarda Broden. Elle avait suivi la direction de son regard, et maintenant elle suivait des yeux Elena qui s'éloignait.

— C'est un garçon, dit-il avec douceur. Nous l'appellerons David.

Ils restèrent silencieux quelques minutes à observer Elena. Elle marchait à pas lents, essayant de se perdre dans la foule de touristes. Lorsque Broden reprit la parole, ce fut d'une voix posée :

— Savez-vous avec qui travaille Aria ?

— Je ne l'ai jamais su.

— Ces gens-là ne sont pas des tendres, dit Broden. Ils n'aiment pas laisser de témoins derrière eux. Vous semblez prêt à risquer votre vie, mais êtes-vous prêt à risquer celle d'Elena ? Et celle de votre enfant ? Supposez qu'un jour, un ami d'Aria vienne vous rendre visite, un professionnel discret portant sous sa veste un pistolet muni d'un silencieux. J'espère qu'Elena et votre fils ne seront pas dans la même pièce que vous.

La plage se vidait peu à peu et il ne voyait plus Elena. Le soleil s'était couché et les touristes s'engouffraient dans les restaurants et les hôtels. Une brise fraîche soufflait du large et il ne restait plus que quelques clients aux terrasses des cafés. Il n'y avait personne près d'eux.

— Écoutez, dit Broden, vous m'avez l'air de vous être fait une vie ici.

Elle tenait le téléphone ouvert au creux de sa paume. Elle plongea son autre main dans la poche de son blouson et ses doigts effleurèrent le bord rigide d'une barrette en plastique bleue. De l'autre côté de l'Atlantique, sa fille se promenait dans le parc avec sa nounou.

Elle se tut un moment avant de poursuivre :

— Par égard pour votre enfant, je suis disposée à faire comme si je ne vous avais jamais vu. Je suis disposée à ne pas compromettre votre nouvelle vie. Si vous me donnez ce que je veux, je ne dirai pas à vos parents ni à Aria que vous êtes ici.

— Vous nous laisserez tranquilles.

— Promis. Mais seulement si vous me dites où est Aria.

Le soleil s'était enfoncé dans la mer et le ciel s'assombrissait, un vent frais courait à la surface de l'eau. Il avait conscience du moindre bruit alentour : le doux clapotis des vagues sur le sable, le choc des bateaux qui se cognaient, bois contre bois, et qui heurtaient les jetées, les voix et les rires des touristes au loin, les pleurs d'un petit enfant inconsolable qu'on ramenait à l'hôtel. Il fut tenté de fuir cette place, de plonger dans l'eau et de nager sans s'arrêter jusqu'à ce qu'il se noie ou qu'il atteigne la côte nord de l'Afrique.

— Vous avez une adresse ? s'enquit Broden.

– J'ai un numéro de téléphone.

Anton l'avait noté par écrit le jour de son arrivée à Ischia, et il finit par le retrouver dans les innombrables bouts de papier que contenait son portefeuille.

– C'est le numéro de fixe d'un appartement à Santa Monica.

Broden prit le papier qu'il lui tendait, le regarda un moment, puis le plia en deux dans son carnet.

– Santa Monica ? Vous êtes certain qu'elle est là-bas ?

– Non, mais c'est là qu'elle va quand elle quitte New York. Ça fait déjà quelques années qu'elle loue cet appartement. Je ne sais pas ce qu'elle y fait.

– Merci.

Broden s'était levée, remontait la fermeture Éclair de son blouson et rangeait son calepin.

– J'aurai besoin de pouvoir vous joindre s'il me faut d'autres renseignements.

– Vous savez où j'habite, dit Anton.

Broden tourna les talons et s'éloigna. Anton laissa de l'argent sur la table pour l'Orangina et la suivit à une certaine distance : ils gravirent la côte, passèrent devant l'hôtel rose et arrivèrent aux portes de Sant'Angelo. Elle monta dans un taxi. Lorsque celui-ci eut disparu de l'autre côté de l'île, Anton rebroussa chemin jusqu'au village de Sant'Angelo, franchissant l'arcade au-delà de laquelle les voitures étaient interdites. Il descendit la route pavée, passa devant l'hôtel où il avait vécu ces longs mois étranges, retourna sur la place et entreprit de longer la plage étroite, avec le port sur sa gauche, les jetées formant de longues ombres dans l'eau de chaque côté.

Les lumières de Capri brillaient au loin. Un seau en plastique, oublié par un enfant, gisait dans le sable. Sant'Angelo paraissait maintenant désert, tout le monde dînait à l'intérieur, les garçons qui avaient joué sur la plage étaient rentrés chez eux. C'était une belle soirée et il y avait du mouvement tout autour de lui, des mouettes qui tournoyaient dans le crépuscule.

Il pensa : Regarde ces saints bateaux dans le port. Regarde le saint îlot dont la sombre silhouette se profile sur les premières étoiles du ciel, regarde cette île magnifique où tu vivras avec ta bien-aimée, avec votre enfant, avec tes fantômes et ta culpabilité. Regarde cette sainte femme qui vient vers toi le long de la sainte plage, enceinte de huit mois et demi, un saint chapeau de paille entre les mains.

REMERCIEMENTS

Avec mes profonds remerciements à mon éditeur, Greg Michalson, pour ses conseils infiniment précieux ; à Caitlin Hamilton Summie, Steven Wallace, Fred Ramey, Libby Jordan, Rachel J. K. Grace, Rich Rennicks, et à tous leurs collègues d'Unbridled Books pour leur dur labeur, pour leur talent et leur soutien ; à mon formidable agent, Emilie Jacobson, et à ses collègues de Curtis Brown ; à Kim Mc Arthur, Devon Pool, et à leurs collègues de McArthur & Company ; à Mandy Keifetz et Douglas Anthony Cooper pour avoir lu et commenté gracieusement les premières moutures de ce roman ; à Louisa Proske pour son aide concernant les traductions en allemand ; et à Kevin Mandel.

Note : la phrase « Nous ne sommes pas seuls, de ce côté-ci de la mort », citée dans le chapitre 22, provient d'un roman inachevé de Douglas Anthony Cooper et est reprise ici grâce à la généreuse autorisation de l'auteur.

IMPRIM'VERT®

Achevé d'imprimer
en juin 2013
par Corlet imprimeur
14110 Condé-sur-Noireau

Dépôt légal : août 2013
N° d'imprimeur : 156286
Imprimé en France